遇见你是美丽的错误

韩兆若 著

作家出版社

图书在版编目（CIP）数据

遇见你是美丽的错误 / 韩兆若著. -- 北京 : 作家出版社，2022.6

ISBN 978-7-5212-1902-9

Ⅰ. ①遇… Ⅱ. ①韩… Ⅲ. ①长篇小说－中国－当代 Ⅳ. ①I247.5

中国版本图书馆CIP数据核字（2022）第069976号

遇见你是美丽的错误

作　　者：韩兆若
责任编辑：韩　星
装帧设计：中尚图
出版发行：作家出版社有限公司
社　　址：北京农展馆南里10号　　**邮　　编：**100125
电话传真：86-10-65067186（发行中心及邮购部）
86-10-65004079（总编室）
E-mail:zuojia@zuojia.net.cn
http://www.zuojiachubanshe.com
印　　刷：三河市北燕印装有限公司
成品尺寸：170×240
字　　数：180千
印　　张：15
版　　次：2022年6月第1版
印　　次：2022年6月第1次印刷
ISBN 978-7-5212-1902-9
定　　价：59.00元

谨以此书献给

敬爱的同学和我们终将逝去的青春

Contents

目 录

遇见你
是美丽的错误

一

拖拉机在泥泞的山路上颠簸了一个多小时才到达西山车站——一个只有两名工作人员的公社偏远车站。梅山坡从拖拉机上跳下来，又将父亲梅西岭从拖斗里扶下来，然后快步走向售票口。西山没有直达阜城的汽车，到阜城需要去沂城转车。

梅山坡拿着车票返回拖拉机旁，对堂哥梅山河说："哥，你跟我大先回去吧，客车还有一个多小时后才能到呐，家里还有那么多活等着你回去干！"

梅西岭从粗布上衣口袋里掏出昨晚请村干部去家里吃饭时抽剩的半盒红金烟放在鼻子上闻了闻，然后掏出一支递给梅山河，自己取下夹在耳朵上的半支烟，边点火边说："山河，陈老七急等着你回去帮他拉石头，要不你先回去？"梅山河是梅西岭堂哥家最小的儿子，上有三个姐姐。上半年村里实行联产承包责任制，梅山河连同父母一共分了十三亩责任田，地多劳力少，在省城当工人的两个姐姐就凑钱帮他买了这辆十二马力拖拉机。

梅山河深深地吸了两口烟，瓮声瓮气道："我走了你怎么回去？十五六里山路，步行不得半晌午？再说山坡这一走，过年才回来，我还有很多呱要跟他拉呐，别说等一个小时了，就是等一天一夜，咱爷俩也得把他送上车以后再走！”听梅山河说得坚决，梅西岭也就不好再说什么了。

“在小店村，咱梅家虽然是个小姓，跟陈、刘那两大姓没法比，但村里第一个大学生是咱们梅家人，就凭这一点，那两家就没法跟咱们梅家比！”梅山河说着又坐回了拖拉机驾驶座上。

梅西岭嘿嘿笑着说：“山坡确实争气，一年就考上了大学，而且还是读四年的阜城师范学院。陈老七家的狗窝，连续考了三年，分数一年不如一年，陈老七都快急魔怔了！刘大山的三小子拴住，恢复高考那年就开始考，本指望今年稳了，可还是差了三分！”

“我听说高考分数下来那天，拴住他娘跑到集上把相面先生的卦摊子给砸了，还把相面先生抓挠得满脸没点囫囵地方。他娘这么一闹，拴住也就彻底灰了心，死活都不去复习了，气得刘大山一把火把书全给烧了！”梅山河一脸不屑地说。陈老七和刘大山都是村里的干部，自打梅山坡记事起，他们两个人在村里一个是书记，一个是大队长。

小店村是一个人口不足七百人的小村子，在西山公社二十八个村庄中是人口最少的一个，村里除了有五户姓梅的和七户姓赵的，其他人家要么姓陈要么姓刘，因此村里大小事一直都是陈刘两家说了算，姓梅的和姓赵的在村里从来没有过发言权。尽管门户小、人口少，但梅家端公家碗、吃公家饭的人最多，算上梅山坡，一共有三个“公家人”，占了全村的一半。之所以有如此高的比例，这还得感谢陈老七的两个叔伯兄弟，要不是他的两个叔伯兄弟死乞白赖地硬逼着梅山河的姐姐嫁给他俩，他的两个姐姐也不会在去亲戚家躲避两个无赖的路上碰巧救了一位突发重病的省城来的领导。为报救命之恩，那位省城领导让他外甥娶了梅山河的大姐，安排梅山河的二姐去省城纺织厂当了工人。

“叔，我兄弟现在考上了阜城师范学院政治系，毕业以后那都是当干部的料，最次也得是个公社书记，以后再见到陈老七那混蛋，不用上赶着搭理他们，他们要是再像以前那样狗眼看人低，别说我兄弟不让着他们了，我梅山河也不会依着他们！”

看梅山河豪情万丈的样子，梅山坡也跟着激动了起来：“哥，大，你俩尽管放心，到了大学，我一定好好学，将来一定混出个人样来，决不能让那些狗杂碎小瞧了咱们梅家！”内向的儿子说出这么提气的话，一向被村里人瞧不起的梅西岭顿时泪眼涟涟，满脸的褶子都绽放开了，他打心眼里感激老天爷在他四十岁的时候让他有了这个儿子，让他年近花甲之年终于在村里直起了腰杆，就是明天去见阎王爷，他感觉也没有什么好遗憾的了。

梅西岭有一个闺女、两个儿子，可惜闺女一生下来就是个傻子，除了吃喝拉撒睡，什么都不会。大儿子梅山江本来身体好好的，可十六岁那年上山打石头时伤着了腿，耽误了治疗，落下了残疾，以至于二十六七了还光棍一条。三个子女，一个是傻子，一个是瘸子，一个年龄尚小干不了活，在那个靠挣工分吃饭的年代，梅西岭一家的口粮就从没年头吃到年尾过，一年总有几个月靠借粮、挖野菜过日子，要不是梅山坡的远房姨父、班主任老师周大庆惜才爱才，三番五次地找梅西岭做工作，梅山坡早被爹娘拽回村里挣工分了。自打梅山坡记事起，他就没见父母真正开心过，即使那年他考了全公社第一，把大红奖状拿回家的时候，父亲也只是露出了一丝十分勉强的苦笑。十四五岁正是孩子长身体的年纪，可对于嚼着盐粒子吃煎饼、窝窝头长大的梅山坡来讲，发育不良那是再正常不过的事情了，尽管高考体检表上的身高是一米六六，但他清楚那身高是如何量出来的。营养不良，加上精神高度紧张，高考预选前的头两天晚上，梅山坡的眼睛突然什么都看不见了，这事他没敢让爹娘知道，而是偷偷告诉了周大庆，因为家里已经有个傻子、一个瘸子了，要是再出个盲人，即使父母心再大，也承受不住这致命的打击。第二天一早，周大庆带着梅山坡去了公社医院，把症状跟医生说了说，医生马上就断定患的是“夜盲症”，开了一瓶药，又让周大庆带梅山坡去了集市的“老汤锅”美美地喝了两顿猪肉汤，梅山坡的眼睛竟然奇迹般地又明亮起来。对梅山坡来讲，周大庆既是老师，也是恩人。

梅西岭颤抖抖地从腰里掏出一个又黑又脏的破手绢，将手绢包着的三十块钱塞进儿子手里，满眼歉意道：“这钱本来是想给你买块手表的，可托人去县上百货大楼一问，梅花鹿手表得五十九块钱！你爹没能耐，这次没办法给你买上了，等以后咱家宽裕了，再想办法给你买吧！”望着满脸愧疚的父亲，梅山坡的眼圈红了。他说上大学书杂费全免，国家每月还补贴二十四块钱的生活费，没多少花钱的地方，他把钱全带走了，家里怎么办？分田到户了，化肥种子都得自己买。梅山河也说上大学公家管吃管住，确实花不着什么钱，那钱还是留着买农具种子吧，刚分田到户，需要钱的地方多。见山坡执意不要，梅西岭也就没再坚持，将钱仔细地包回手绢里，小心翼翼地揣进了腰里。

站长走到候车室门口大声吆喝着，说去沂城的车很快就到了，没买票的赶紧买票。梅山坡紧紧抓住父亲布满老茧的手，嘱咐他不要再干石匠活了，集中精力把责任田伺候好就行了，快六十岁的人了，再那样没白天没黑夜地干，铁打的身子骨也承受不住。平时看着像闷葫芦一样的儿子说出这样贴心的话，梅西岭心里暖融融的，他暗暗庆幸自己多亏听了周老师的话，没让儿子回家挣工分，否则这辈子就只能弯着腰做人了。

陈旧的客车慢慢悠悠地进了车站，三个人从拖拉机上取下麻绳捆着的被褥包、有些褪色的土黄色帆布提包和装满脸盆、茶缸等生活用品的深绿色尼龙网兜，慌里慌张地上了车。当梅西岭转身走下客车的时候，梅山坡忽然发现父亲背驼了、脚步也不那么利索了，情不自禁地叫了一声“大”，眼泪哗哗地流了下来。

二

到达阜城的时候已是第二天上午十点多了。按理说从西山公社到阜城满打满算也就三百多里路，即使车开得再慢，也用不着第二天才到。来阜城前，梅山坡去过最远的地方就是北里县城，全程三十一公里，是七月五号那天学校统一组织去北里一中高考时坐敞口货车去的，坐客车去这么远的地方他还是第一次。独自一人去那样远的地方，还是坐从未坐过的客车，梅山坡心里甭提多激动了。车刚走了半个多小时，梅山坡就感觉肚子里翻江倒海，他怕别人笑话，更怕盼了大半年才好不容易吃上的韭菜肉饺子一不小心吐了出来，所以就极力捂住嘴和鼻子，不让自己闻到那讨厌至极的汽油味道。客车晃晃悠悠地进了北里县汽车站，梅山坡迫不及待地跑下车，对着一堆爬满苍蝇的垃圾“哇哇”地吐了起来，把母亲半夜起身为他包的送行饺子一次吐了个干净。望着那一堆白花花、绿油油的碎饺子，梅山坡心疼死了，暗暗骂自己没出息，后悔不该吃那样多，要是早知道那么好的东西就这样白白糟蹋了，他无论如何也不会听母亲的，把满满两大碗全吃了下去。为了让他吃饱吃够，母亲尝了一个破的，父亲和哥哥用煎饼卷了几个，可怜的傻姐姐，好像忽然变得懂事了一般，两眼死死盯着盖帘上的饺子，硬是一个都没吃。

客车不停地颠簸着，吐得没东西再吐的梅山坡迷迷糊糊地睡着了，等到达沂城的时候他感觉整个人都虚脱了。不知是晕迷糊了，还是方言太重，下车后的梅山坡竟坐上了开往省城的汽车，等晚上九点多钟到达省城的时候，迷糊了一路的梅山坡方知坐错了车，要不是周边全是人，他真想号啕大哭一场。

开往兖城的最后一班火车四十分钟前就开走了，只能坐第二天一早开往兖城的火车，或是坐开往阜城的汽车，因为阜城未通火车，乘火车只能去兖城后再转道阜城，好在两城相距只有十几公里。梅山坡懊丧之余庆幸自己提前一天离开了家，要是晚一天出发，自己无论如何也不可能按时赶到学校报到。

梅山坡排队买好第二天一早开往兖城的火车票后，找了个座位坐下来，从土黄色帆布包里拿出母亲烙的足足有两个巴掌大的发面火烧，狼吞虎咽地吃了起来，连吃了六个都没觉得撑。十二点后，候车室里的人明显少了许多，木头排椅上空出了许多位子，梅山坡找了个灯光明亮的排椅上躺了下来，他害怕灯光暗或旅客少的地方不安全。迷迷糊糊刚睡着，一名警察把他吆喝了起来，告诉他不能躺着睡觉，不能一个人占多个人的座位，要注意财产安全，等等。梅山坡环顾四周，发现四周空着许多座位，旁边就有两个人四仰八叉地躺在排椅上，心中不免怨恨起来：那两个人也躺着睡觉你怎么不管？是不是歧视我们乡下人？老子现在也是城里人了！是大学生！

好不容易挨到了天亮，梅山坡排在前面第一个进了站，一上火车他就两眼瞪着没敢打个盹，生怕再次坐过了站，尽管他又困又乏。自从下半夜被警察叫醒，他就再也没有睡着，不是担心警察再次来查夜，而是肚子胀得厉害，他后悔昨晚不该吃那么多发面火烧，又喝了那么多的水。

九点多钟，火车终于停靠在了兖城火车站。乘客们乌泱乌泱地下了车，从他们身上穿的手里提的可以判断，他们也是前往阜城师范学院报到的新生或送新生报到的家长。

兖城火车站广场不大，一条“热烈欢迎阜城师范学院新生”的大红条幅就占据了半个广场，条幅下面还竖着一块“阜城师范学院新生报到处”的指示牌，旁边聚拢了许多人。见有人走来，负责新生接待的高年级学长们主动上前搭话，说接送新生的车刚走没多大会儿，让学生和家长们去旁边耐心等待。大约过了半个多小时，绿色大卡车来了，大家呼啦啦地上了车，车子就又朝着阜城方向疾驰而去。

车子在学校大门口停了下来。尽管在宣传彩页和录取通知书上见过学院大门，但当梅山坡真正站在学校大门前的时候，心中不免生出丝丝的惆怅，他感觉那校门实在是太寒碜了，寒碜得不像个大学校门的样子，甚至连他们西山中学的校门都不如。

校门内人声鼎沸、熙熙攘攘，如同老家的集市。各系的新生报到处摆布在校门口两侧，学长们正热情地迎接着来自全省各地的学弟学妹们。梅山坡怯怯地走到政治系新生报到处摊位前，桌子后面一位看上去差不多三十岁的男子热情地跟他打着招呼，问他来自哪里、叫什么名字，旁边一位看上去年龄小得多的男生将花名册递到梅山坡面前，要他在花名册上签个名，并顺手将一张“入学须知”的单子塞到他手上。

阜城师范学院校园挺大，梅山坡感觉快赶上他们老家的县城大了。新生宿舍很容易就找到了，因为操场上高年级同学踢足球的吆喝声老远就能听得到，紧挨着操场的两栋六层楼就是男女生宿舍楼。梅山坡背着行李一步两台阶地刚走到三楼，就被一名身着警服的人吆喝住了，那人上下打量着梅山坡，一脸严肃地问他上楼干什么，梅山坡怯怯地说自己是新来的学生，是去五楼新生宿舍的。“这是女生宿舍，怎么可能会安排男生？男生宿舍是左边那座楼！”听警察这么一说，梅山坡尴尬得不知说什么好，他一步三台阶地下了楼，感觉后面有无数双眼睛在盯着他看。

吃午饭的时候，出去转悠的三名室友回来了，同室的最后一名同学也到了，大家羞涩地介绍着自己，然后将从家里带来的苹果、花生、板栗等土特产拿出来，边吃边欢快地聊着。八名室友中，魏明年龄最大，自然是大哥。吴天奇跟梅山坡同岁，都是十七岁，但梅山坡的生日小，自然就是宿舍的老幺。一个宿舍睡了四年，直到毕业，大家都不知道魏明年龄到底是多少，尽管他自称上大学那年他刚好二十岁，但室友们打死都不会相信，一个给生产队放了两年猪，又在村里小学当了五年民办教师的人，无论如何都不可能只有二十岁，除非他三岁就上学，或者上学时跳过三级。魏明的年龄，被全班同学戏称为“阜城师院第八大未解之谜”，尽管其他七大未解之谜是什么谁都说不清楚。八名室友中，刘中原跟孙汉的父母是吃国库粮的，在那个年代被称为双职工家庭，据说刘中原的父亲还是清风县的县长，这对于连公社书记都没见过的梅山坡来讲，县长简直就是天大的干部，不用介绍，仅看刘中原那肥头大耳的模样，就知道人家不是一般家庭出身。其他五位室友中，马连波的父亲是中学教师，他们家属于单职工家庭，其他人都是不折不扣的农村娃子、老农民后代了。

疯了一下午，大家可能都累了，不到十点宿舍里就鼾声一片。呼噜打得最响的要数对面床上的黄贯中了，那呼噜打得简直如六月的响雷，惊天动地，多少年以后，只要同宿舍的人聚到一起，就少不了“控诉”他一番。睡觉最安静的当数马连波和吴天奇了，梅山坡怎么也想不明白，平时说话声音大得整个楼层都能听得到的马连波，晚上睡觉会那样安静，安静得甚至让人怀疑他是不是还活着。除了黄贯中的“响雷”，孙大猛的咬牙放屁说梦话也是公认的501室的“扰民源”，对于睡在他下铺的梅山坡来讲，大学四年简直就是水深火热的四年，他甚至怀疑大学四年自己的个头基本没长，很大程度上是让上铺的孙大猛放屁给熏的，因为跟他同岁的吴天奇上大学的第一年个头就蹿了三四厘米。

七点半多，全班七十二名同学悉数到达了教室，尽管人数不少，但教室还是显得有些空旷。教室是一座联排平房建筑，共有五个教室，这个被称作西联五的教室是面积最大的一个，能容纳一百一二十人上课。教室虽是一九五五年学校成立时的第一批建筑，但并不破旧，某种程度上还代表着学院的建筑风格。梅山坡的个头矮，座位自然安排在前几排，但让他始终不明白的是，全班二十四名女生明明可以正好坐满三排，辅导员老师为何非要把他跟另一名男生安排在第三排？是入学成绩太好，还是两个人的个子实在是太矮了？梅山坡偷偷瞄了一眼左手边上的那位女生，眼睛挺大，个头挺高，体态丰盈，肤色黝黑，梳着一个“五好头”，戴着一副宽边眼镜，乍一看像知识分子，细一看就是一村姑。跟梅山坡同桌的那位男生，眼窝深陷，脸色蜡黄，鼻小嘴翘，个头低矮，梅山坡只瞅了一眼，自信心立马就提升了不少。同桌的男生一坐下，就自我介绍说他叫毕天齐，祖籍山西，来自省城。看他那信心满满的样子，梅山坡忍不住暗暗骂道：“省城来的就了不起了？比天齐，你怎么不叫比天高啊？”

约莫八点左右，一名个头挺高、关公脸膛的人陪着一位中等身材、面容清瘦、满脸笑容的人一走进教室，立马就有人带头鼓起掌来。高个男子自我介绍说他姓游名福，是这个班的辅导员，以后同学们就叫他游老师。站在他旁边的那位，是系里的钱书记，昨晚刚从北京坐火车回来，一大早就赶过来看望同学们。钱书记滔滔不绝地讲了大半个小时，直讲得全班同学心花怒放，激情澎湃。送走钱书记，强调完学习组织纪律后，游老师公布了班级干部名单：同室的魏明是团支部书记，刘中原是学习委员，班长是503室的杨百团，不用见人，仅听名字，梅山坡就感觉人家就应该当班长。跟人家那气势磅礴的名字比较起来，梅山坡感觉小学老师刘玉辉给他起的这个名字简直是俗不可耐，土得掉渣，一文不值，他甚至怀疑刘玉辉故意不给他起一个响亮大气的名字，就是想让他一辈子跟土坷垃打交道，永远没有出头之日。游老师十分幽默地说，孔子弟子三千，贤人七十二人，跟他们这个班的学生数量正好相同，他希望同学们发奋努力，将来都成为国之栋梁，那他就跟孔子一样成为一代名师了。

七十二名同学被划分成了七个学习小组，梅山坡和同室的刘中原、孙汉、黄贯中、吴天奇、马连波和孙大猛被分到了第五学习小组，组长是马连波。除了七名男生，第五学习小组还有三名女生。公布完各学习小组人员名单后，游老师就安排各小组分头组织交流，名曰“见面交流会”，第五学习小组的见面交流会被安排在院子中央的法桐树下。十个同学搬着各自的椅子来到法桐树下围成一圈，马连波作为组长当仁不让地先自我介绍了自己，尽管他极力装作坦然镇静的样子，但大家还是从他那扭捏的神态、颤抖的声音中感觉出了他的紧张。他一紧张，其他几名男生也都跟着紧张了起来，尤其是梅山坡，方言本来就重，加上嘴不听使唤，所以他的介绍，可能没人听懂一句。跟七名男生比较起来，三名女生的表现可谓是非常优秀，尤其是那个叫唐婉儿的，岂止是冷静，简直就是高冷。梅山坡只偷偷瞄了一眼，就被她那冷艳的面容、独特的气质、游离的眼神吸引了，以至于多少年后他都认为被称为台湾文坛第一狂人才子的李敖对其号称台湾第一美女的前妻胡因梦的描写，就是写给唐婉儿的：如果有一个新女性，又漂亮又漂泊、又迷人又迷茫、又优游又优秀、又伤感又性感、又不可理解又不可理喻，一定不是别人，是胡因梦。

三

入学第二天就是周六，学院安排新生正常休息。一大早，班长杨百团就来宿舍找魏明商量班里的工作，刘中原是学习委员，自然而然参与了讨论。杨百团说接院办通知，从下周开始新生恢复上早操，经常无故不上者，按旷课处理，毕业时会影响工作分配。听说学校要恢复早操制度，孙汉第一个表示反对，马连波、黄贯中等人也都义愤填膺。魏明虽然心不情愿，但嘴上却对恢复早操制度拍手叫好，这让室友们十分反感，明里暗里地说了他不少风凉话。

魏明跟杨百团一起去辅导员那里汇报工作去了，孙汉、马连波、孙大猛被高年级的老乡喊着去了城里，刘中原借口有事两天没见人，直到周日晚上才回到宿舍，事后大家才知道，那两天他一直在城里陪他一起来学校报到的女朋友。一下子走了五个人，宿舍立马沉寂了许多，没事可干的梅山坡、黄贯中、吴天奇三人，躺在床上聊了没多大会儿，黄贯中雷鸣般的呼噜声又响了起来，这让梅山坡无限地羡慕嫉妒，他多么希望自己也像黄贯中那样，触枕即酣。自从小组会上见到唐婉儿，梅山坡满脑子里想的都是唐婉儿，他记不起昨天下午老师讲了什么，记不起昨天晚上自己想了什么，甚至记不起刚才同学们说了什么，但小组见面交流会上唐婉儿讲的每一句话他都记得清清楚楚，他庆幸自己考入了这所大学，庆幸自己选择了这个专业，更庆幸自己跟唐婉儿分到了一个小组，这样他就有比别人更多的机会与她接触，尽管他知道像他这样一个要家庭没家庭、要相貌没相貌的农家子弟，是不会对貌美如花的唐婉儿产生任何吸引力的，牛顿关于自然界中任何两个物体都是相互吸引的万有引力定律对他俩来讲并不适用，因为他俩之间隔着一条永远无法逾越的马里亚纳海沟。

吴天奇辗转反侧了一阵子后终于忍不住地下了地，轻轻来到梅山坡床前，推了推闭目遐思的梅山坡问："你能睡得着？"梅山坡朝黄贯中睡的床铺望了望，苦笑了两声，跟着吴天奇一起出了门。

梅山坡跟吴天奇从宿舍楼下的小食摊上每人买了两个包子边吃边来到了操场。"你会踢足球？"吴天奇问。

"不会！我上学的高中满打满算也就两个足球场大，有这么大块闲地，还不如种庄稼呐！"梅山坡答。

"我也不会！我们学校闲地倒有，但都建了砖瓦场，今年要是考不上大学，我爹肯定让我去砖瓦场干活去了，他在那里已经干了七八年了。我不明白，为了个破球，几十个人搞得像土驴似的，有意思吗？"梅山坡十分理解地笑笑，他知道经济发展水平还可以的北里县都没有一个像样的足球场，经济发展程度更落后的天河县就更加不可能了！

两个人边吃边聊来到了女生宿舍楼前，梅山坡借口看球，跟吴天奇找了个地方坐了下来，但他自始至终就没看过球，而是不停地朝女生宿舍楼门口瞄来瞄去，幻想着唐婉儿突然从楼道里出来，从他俩面前经过，即使不打照面，远远地看看也好，可直到足球场上沉寂了下来，那个身影也没有出现，这让梅山坡沮丧不已。

两个人沿着栽满法桐和大白杨的林荫大道来到西联五，教室的门竟然开着，七八个人正坐在教室里天南海北地聊着。梅山坡默默地走到座位上坐下来，眼睛盯着前排中间靠南的那个座位看了许久，那是唐婉儿的座位，他多么希望自己左手边坐着的不是“五好头”，而是唐婉儿，或是唐婉儿右手边座位上坐着的是自己。

梅山坡走出教室，再次来到院子中央那棵大法桐树下，努力回忆着昨天上午唐婉儿自我介绍时的样子，尽管没敢直视，只是偷偷地瞄了几眼，但她的美丽、她的冷艳、她那飘忽游离的眼神、她那超凡脱俗的气质和她那恬静蔚蓝的上衣颜色，深深地烙在了他的脑海里，如同雕刻在学校公园石头上的“萃花园”三个字一样深刻。

开学的第一堂课是西方哲学史，老师姓俞，叫俞大志，是全院仅有的三十名教授之一，也是政治系唯一的一名正教授。可能是系里唯一，也可能是入校第一堂课，所以那堂课大家听得十分认真，笔记也记得十分仔细，以至于多少年以后其他教师的名字和他们教授的课程都忘却了，唯有那堂课同学们却依然记得。对梅山坡来讲，俞教授他没忘记，但他讲的第一堂课他确实不记得了，因为那堂课他压根儿就没有听进去，心思全在第一排的唐婉儿那里了。

周四有两节大学语文课，授课的老师名叫崔莹莹，跟元代名曲《西厢记》中的女主人公崔莺莺同音不同字。崔莹莹虽称不上是绝色美女，但肌肤雪白、身材丰满，尤其是那双宽厚性感的唇，着实把班里的许多男生迷得神魂颠倒，魏明就是其中一位，为此室友们没少调侃他，刘中原为此还惹毛过魏明，两人差点动了手。事后大家才明白，原来刘中原也暗恋上了崔莹莹。崔莹莹是恢复高考后考入阜城师范学院的第一批大学生，也是国家恢复高考制度以来留校的第一批非工农兵大学生，因此政治系的这七十二名新生是她教过的第一批学生。崔莹莹的第一堂课讲的是唐朝诗歌，其中讲到“巾帼宰相”上官婉儿，因为《全唐诗》中收录了她的遗诗三十二首。梅山坡没读过上官婉儿的诗，也是第一次听说上官婉儿这个名字，为此他还专门去学校图书馆里查阅过上官婉儿的资料。尽管资料有限，但梅山坡还是通过零星的资料推断唐婉儿的名字就来自上官婉儿，祖上很可能与唐朝上官家族有着千丝万缕的联系，甚至唐婉儿就是上官家族或武氏家族的后裔，因为史书上记载，上官婉儿与武则天的侄子武三思有过私情。因为上官婉儿的原因，更准确地说是因为唐婉儿的缘故，梅山坡开始了写诗。

政治系的课程不紧，每学期大约三门专业课三门选修课。正常情况下是上午上课下午自习，且自习不要求必须待在教室里，可以去图书馆。即使下午安排上课，大多数情况下也都是选修课，所以每到下午，教室里总是人不过半，女生更是少之又少，所以毕业时班里考上研究生的六名中没有一名是女生。唐婉儿不是那种学习刻苦之人，在梅山坡的记忆中，大学四年她好像就没怎么在教室里上过自习课，到底去哪儿，只有她自己知道。

周五是第五学习小组值日的日子，梅山坡跟马连波、吴天奇早早来到了教室，没多大会儿，刘中原、孙汉、黄贯中和孙大猛也来了。见男生们都到齐了，马连波就招呼大家开始打扫卫生，梅山坡连忙上前阻止，说辅导员规定每天打扫卫生的时间是下午五点半之后，现在还差二十分钟，教室里还有同学在学习。梅山坡说这话并非真的怕影响同学学习，因为教室里压根儿就没人在学习，而是想等女生们都到齐后再一起打扫，这样他就可以多看一会儿唐婉儿了。感觉梅山坡说得有道理，孙汉、吴天奇等人都跟着附和起来，说第一次不立好规矩，以后就更没人主动值日了。马连波笑笑，没有说话，拿起扫帚径直干了起来。刚打扫了一半，三名女生就到了，马连波还没说话，孙大猛就先开了腔："马大组长说了，这次值日，我们男生全包了，你们回去歇着吧！"没等孙大猛说完，宋真真和杨晓就迫不及待地说了声"谢谢"，捂着鼻子跑出了尘土飞扬的教室，唐婉儿连门都没进，这让梅山坡气愤不已，心里不停地埋怨孙大猛狗拿耗子多管闲事，骂他"马屁精""屁篓子"。因为这事，梅山坡很长时间都不愿意搭理孙大猛。

可能是大家都彼此熟悉了，也可能第二天是周日的缘故，所以周六那天晚上各宿舍都不约而同地开起了"卧榻会"，501 室自然也不例外。"卧榻会"的内容挺多挺杂，但主题只有两个：哪位教师的课讲得最好，哪位女同学长得最漂亮。关于谁的课讲得好的问题，八个人三种不同的看法。魏明和黄贯中认为崔莹莹的课讲得最好，生动形象，语言优美，关键人长得漂亮。刘中原、孙汉、孙大猛则认为俞教授的课讲得最好，纵贯中西、博大深奥，而且深入浅出。梅山坡本来也认为俞教授的课讲得好，但因为孙大猛支持俞教授，所以他就毅然决然地跟马连波和吴天奇一道支持丁讲师，尽管他的中共党史课讲得实在是不咋地。谈论完教授，八个人又把班里的二十四名女生连同崔莹莹评论了一遍，并将她们分为五种类型：青春活力型、妖冶冷艳型、气质优雅型、土里土气型、女生男性型。关于唐婉儿和山菊花等人应该归属于哪种类型的问题，大家产生了分歧，并为此争论了半宿，直到隔壁宿舍的同学连敲门带捶墙表示抗议后，争论才慢慢平息。

不到八点，魏明、刘中原、黄贯中等人就出去了，无事可干的梅山坡、吴天奇和马连波接着昨晚的话题又聊了起来。正聊着，从外面进来一高一矮两个人。高个自我介绍说他叫徐亚非，是八零级物理系的，个矮的那人叫李东山，是外语系八一级的，他俩听说政治系新来了一位北里县老乡，就特意过来看看。徐亚非说学院里北里老乡不多，只有四位，所以大家没事的时候经常约着一起出去玩。

徐亚非和李东山带着梅山坡去了中文系女生宿舍，喊着王杨又一起去了萃花园。一进萃花园，徐亚非就看见生物系的韩世东脖子上挂了个 120 照相机，正满园子里东瞅瞅西看看。

照完萃花园，五个老乡又去校门口、物理楼、图书馆拍照了半天。景点是拍了不少，但最后成功的没有几张，尽管借相机时韩世东仔细咨询过同学，但真正操作的时候就又不知道哪是焦距、哪是光圈了。

中午，几位老乡一起去校门口的小饭馆点了几个菜，要了一桶啤酒，边喝边聊了起来。王杨说再过几天她就跟韩世东去外地实习了，实习一回来就面临着毕业论文和毕业考试的事情，报到时的情景历历在目，恍如昨天，谁知一眨眼毕业就在眼前，她嘱咐梅山坡一定要好好珍惜大学时光，别以为四年很漫长很遥远。韩世东说本科生还好，像他们只上两年的专科生，感觉还没适应大学生活就毕业了，想想心里挺不是滋味的。王杨咯咯笑着说她巴不得明天就毕业，赶快找个人嫁了，否则就成为嫁不出去的“老姑娘”了。梅山坡怯怯地问王杨多大了，王杨斜睨着梅山坡，半开玩笑半认真地说论年龄她完全有资格当他阿姨。事后梅山坡才明白，恢复高考后的前三届大学生，不仅年龄普遍偏大，而且一个班的同学年龄甚至相差十多岁。王杨虽不是他们班年龄最大的，但毕业的时候差不多也快三十了。

回到宿舍，梅山坡把老乡们的话反复在脑子里过了几遍，感觉他们说得在理，从山沟沟里考出来的孩子，只有好好学习，将来才有可能有个好前程。梅山坡在床上静静地坐了半天，忽然想起应该给家里写封信了，来学校一个多星期了，爹娘一定挂念他了。

教室里只有七八个人，左右两侧的毕天齐和“五好头”施香玉正伸长脖子小声聊着什么，见梅山坡进来，一齐把头缩了回去。毕天齐问梅山坡怎么没跟宿舍的人一起去城里，他听说他们宿舍的人一早就进城了。梅山坡说学院里的老乡上午请他吃饭，晚上还约着一起去城里看电影，所以上午他就没跟他们一起进城。

没多大工夫信就写完了，内容无非是告诉家里学校环境很好，伙食花样很多，天天有肉，顿顿有馍，等等。信寄出去没多久，梅山坡就收到家里的来信，是堂哥梅山河代写的，告诉他家里新买了十头小猪崽子，等猪长肥了卖了钱，就给他买块梅花鹿牌手表。信中父亲反复嘱咐梅山坡一定别在钱上紧巴着自己，在家千日好，出门处处难……收到信的那天，梅山坡心情十分压抑，想想年迈的父母，想想上大学后的自己，真想狠狠地抽自己。

四

中秋节说来就来。八月十五那天正好是国庆节，各系不约而同地安排学生集体观看国庆特别节目。

八点刚过，魏明就着急上火地招呼室友们去了教室。入学快三周了，可教室的电视柜子还从未打开过，尽管大家不止一次地找杨百团和魏明提意见，要他俩去请示一下辅导员，让同学们每周看上一次电视。杨百团跟魏明嘴上应着，但实际上从未找辅导员请示过。

坐了没多大会儿，孙大猛和黄贯中就沉不住气了，不停地问魏明什么时候开电视柜子，如果不开，他们就回宿舍打扑克了。魏明一脸不悦地说昨天他就跟杨百团说好了，八点准时来教室开电视柜子，这都八点二十了，怎么还不来？

“你是团支部书记，党管宣传这是中央规定的，电视又是咱们班最大的宣传工作，怎么能拱手让给杨百团呢？”刘中原一本正经地说。

“对！一定要把这权力夺过来，否则你那团支部书记还有什么鸟干头？”马连波笑呵呵地说。

“杨百团是个老手，祖上就在朝廷里做官，听说他老爷爷清朝时曾官至青州府同知，正五品。我听他们宿舍的人讲，杨百团十三岁谈对象，十四岁就被打成了‘现行反革命’。‘现行反革命’都能上大学，你想想他家的实力得有多大？你可得提防着点他！”黄贯中小声提醒魏明。

“他家里的事你怎么知道得这么详细？难道你把他家祖上八代都调查过了？”刘中原笑着问黄贯中。

“这事我也听说了，是杨百团不小心自己吐露出来的，这事八成是真的！”马连波附和道。几个人正嘀嘀咕咕着，杨百团、体育委员江宏图跟辅导员游福有说有笑地来了。因班里大多数同学都没见过电视，当辅导员打开电视柜子的时候，同学们都忍不住地挤到了教室前面。梅山坡本来也想挤上前去看看的，当看到唐婉儿纹丝不动地坐在自己座位上的时候，他又故作矜持地回到了自己座位上。

尽管电视上播放的都是各地群众自发欢度国庆的报道，但同学们个个看得津津有味，毕天齐一边看还一边不停地叨念着：“天安门好像新刷了油漆，故宫应该是翻新了，圆明园怎么还没开始修复……”看毕天齐对北京城十分熟悉的样子，施香玉满眼里都是羡慕，不停地问这问那。毕天齐说刚记事那会儿他就去过北京，那时候他爸爸在北京卫戍部队当连长，北京的古迹名刹、游园美景没有一个他没有去过的。看毕天齐那洋洋得意的样子，梅山坡直想骂人，尽管他相信毕天齐去过北京，但他不相信从黑白电视上就能看出天安门城楼上的毛主席像是不是新换的，故宫的墙是不是新刷的。

电视播放了没多大会儿，女生就走了一大半，男生也走了三分之一，到中午吃饭的时候，教室里就剩下八九个人了，尽管电视开着，但基本上没人在看，而是在高谈阔论或嬉戏打闹着，俏皮的刘浪还学着电视上少数民族的舞步跳起了舞蹈。梅山坡是第一次看电视，别说小店村没人买得起电视，就是有人买得起也没人敢买，在那个精神生活极度匮乏的年代，谁家要是有个电视，他家晚上就甭想安省了，搭上电搭上水不说，还可能把邻居们都得罪个遍。梅山坡十分厌恶地瞪了刘浪等人一眼，心想你们就不能安静点？那么闹腾，别人怎么看电视？梅山坡犹豫再三，羞羞答答地走到唐婉儿的座位上坐了下来。尽管离电视近了，同学们打闹的声音小了，可他一坐上唐婉儿的座位就再也没心思看电视了，满脑子里想的都是唐婉儿。梅山坡望着唐婉儿课桌上的课程表，感觉她的字是那样地流畅，那样地娟秀，如同她的人一般，要是有一部 120 相机，他一定把课程表拍下来，拿回去当字帖，等哪一天字写得跟她一样好了，他感觉他俩之间的差距就缩小了。梅山坡正想入非非着，去食堂吃饭的杨百团、江宏图、刘中原等人嘻嘻哈哈地进来了。杨百团瞅了眼独自在看电视的梅山坡，问了句“还看吗”，没等梅山坡回应，“吧嗒”一声就把电视关了。

“班长，可找到你了，我在食堂里踅摸了一圈也没踅摸着你，原来你回教室里啦？”伊枝玫笑嘻嘻地说着走向杨百团。伊枝玫是班里的生活委员，负责全班同学饭票菜票的领取与发放。每到月初，伊枝玫都要去院里的学生部将全班同学的饭票菜票领回来，用皮筋扎成七十二份，分发给每个同学。伊枝玫是那种办事认真、脾气和蔼之人，虽称不上漂亮，但在全班男同学心目中绝对是印象最好的。上了四年大学，伊枝玫心甘情愿地为全班同学服务了四年，以至于几十年后，班里许多同学的名字都记不真切了，但伊枝玫在每个同学的心中像扎了根一样，想忘都忘不了。

“踅摸我干什么？今天双节合一，伊委员想请大家吃大餐？”杨百团满脸笑容地打着哈哈。

“大餐没有，但月饼还是应该有的！”伊枝玫说中秋节食堂里准备了月饼，每人一个，问杨百团是将月饼统一领回来发给大家还是让大家各自去食堂里取。在场的几位班委简单商量了一下，决定统一领回来后按宿舍发放，这样外出的同学晚上回来也能吃到月饼了。

月饼是食堂做的，跟公社供销社里卖的一模一样，看着就让人流口水。月饼一发下来，梅山坡就迫不及待地掰下一小块放在嘴里嚼着，还没尝出是啥馅儿，就一不小心咽了下去。吃着又香又甜的月饼，梅山坡想起了父母，他多想将大半个月饼寄回小店村，让几乎一辈子没出过西山公社的父母也尝尝！他相信，在小店村，除了陈老七、刘大山和梅山河等少数人家吃过这种月饼，再也不会还有其他人家吃过了！

晚上八点多钟，魏明、孙大猛、孙汉等人从城里回来了，看样子喝了不少。魏明等人前脚进屋，马连波和吴天奇后脚也跟着进来了，室友们聚在一起，自然少不了聊起老家的月亮、老家的中秋、老家的父母。聊着聊着吴天奇就哭了，他一哭，其他人也都跟着伤感了起来。

“年轻的朋友们，今天来相会，荡起小船儿，暖风轻轻吹，花儿香，鸟儿鸣，春光惹人醉，欢歌笑语绕着彩云飞。啊，亲爱的朋友们，美妙的春光属于谁？属于我，属于你，属于我们八十年代的新一辈！”歌声从对面的513宿舍里一飘出来，其他宿舍的人就“哗”的一声拥了进去，大家都想知道歌是谁唱的，歌名叫什么。

《年轻的朋友来相会》这首歌梅山坡以前听过，是在西山中学校庆二十周年的文艺晚会上，一个叫吴红梅的老师唱的，当再次听到这首歌的时候，他忽然想起那个叫吴红梅的年轻英语老师来。国家恢复高考那年，仅上了一年高中的吴红梅就参加了高考，并成功考取了青山教育学院外语专业，当她读完两年大学分配到西山中学当老师的时候年仅十七岁，比班里许多学生都小。班里忽然来了个“小朋友”老师，以高扬为首的老复习生们顿感压力山大，他们私下给吴红梅起了个绰号——“小不点”，并“密谋”写信给学校教导处主任，以吴红梅未教过毕业班为由将马上就要退休的陈老师换回来，因为他们在吴红梅面前无论如何都喊不出“老师”两个字。为粉碎高扬等人的“阴谋”，让年轻漂亮、率性开朗的吴红梅留下，梅山坡趁人不注意的时候偷偷将一张小纸条夹到吴红梅的备课簿里，并发誓将来一定找一个像吴红梅一样的女人当媳妇。

513 室里人越聚越多，曲东方更来劲了，他一边唱还一边不停地变化着手势：再过二十年，我们重相会，伟大的祖国该有多么美！天也新，地也新，春光更明媚，城市乡村处处增光辉。

“啊，亲爱的朋友们，创造这奇迹要靠谁？要靠我，要靠你，要靠我们八十年代的新一辈！”听到走廊里有人在接唱，曲东方随着同学们拥出房间，跟 504 室的王祥合唱起来：“但愿到那时，我们再相会，举杯赞英雄，光荣属于谁？为祖国，为四化，流过多少汗？回首往事心中可有愧？啊，亲爱的朋友们，愿我们自豪地举起杯，挺胸膛，笑扬眉，光荣属于八十年代的新一辈！”

西边的掌声还未停止，楼东边中文系有人扯开嗓子唱了起来：“让我们荡起双桨，小船儿推开波浪，海面倒映着美丽的白塔，四周环绕着绿树红墙……”中文系那头的歌声刚一停止，就听有人喊道：“政治系的，还敢不敢比了？我们这边可是毛泽东思想文艺宣传队的！”

“是村里的文艺宣传队的吧？我们这边可是县剧团出来的！”杨百团

一边说着，一边朝在场的人做着鬼脸。“曲东方、王祥，唱一个！曲东方、王祥，唱一个！”众人起哄道。曲东方红着脸，挤到人群前面，面朝中文系宿舍方向唱起了当时最流行的歌曲：《在那桃花盛开的地方》。整个楼道里挤满了人，其他楼层的人也都跑到五楼来看热闹。正当两个系的人绞尽脑汁比着唱的时候，楼道里忽然传来手风琴的声音，接着传来高昂浑厚的《乌苏里船歌》，刚才还吵吵嚷嚷的人群一下子没了声音，待那位相貌堂堂的同学唱完，整个楼道里爆发出热烈的掌声和叫好声。

“那俩家伙可能是艺术系的，咱们快别在这里丢人现眼了！”王祥小声说着转身进了宿舍。

楼道里慢慢恢复了平静，501 室的八个人边谈论着边来到了西边阳台：“有那么好的嗓子干吗不考艺术系？你看艺术系里的小妮，个个赛西施，一个比一个养眼！”刘中原哈哈笑着说。

“曲东方和王祥的歌唱得是不错，可跟唱《乌苏里船歌》的那人比起来，那可就小巫见大巫了，人家那歌唱得，简直绝了！”马连波啧啧称赞道。

“已经不错了！他们唱的那些歌，我一首都没有听过，我就会唱《三大纪律八项注意》和《学习雷锋好榜样》。”吴天奇幽幽地说。

“那些歌，我倒是听过两首，可咱天生五音不全，要是有人家一半的功力，我也非唱它个一天一夜不可！唉！”看梅山坡羡慕嫉妒恨的样子，孙汉和孙大猛都忍不住地笑了。

可能是受了同学的感染，也可能是每逢佳节倍思亲的缘故，刘中原竟对着月亮发起了感慨，其他人也都跟着诵起诗来：“明月几时有，把酒问青天，不知天上宫阙，今夕是何年……”

二号一早刘中原就起了床，说是女朋友那天要来。看他一脸不悦的样子，魏明忍不住揶道："人家大老远跑来看你，你少睡会儿又能咋地？别身在福中不知福了！"

"开学没几天人家就来了两趟，说明人家对你不放心，你小子可别当陈世美呀！"孙汉嘴上这样讲，但心里却想，"不就是有个当县长的老子嘛！"

刘中原嘟嘟囔囔着走了，吴天奇也着急忙慌地要去教室，黄贯中十分不解地问吴天奇，说上大学跟上高中一个样，那大学上得还有什么意思？吴天奇呵呵一笑，说自己不像刘中原那样有女朋友陪着，没个鸟事不学习干什么？

"小孩子脑子还挺复杂的，你哥哥都这把年纪了还没想那事，你倒想三想四起来了！"孙大猛哈哈笑着说。

"当着老大的面敢说这把年纪？听你这口气你是咱们 501 室的 NO.1 了？"虽然知道马连波话中有话，但魏明也只能硬着头皮说："就是！就是！老大的位子能随便争吗？"

吴天奇前脚出了宿舍，马连波拿着英语课本后脚就去了南操场。自从来到阜城师院，马连波一刻都没放松英语学习，他知道高考时要不是因为英语拖了后腿，他起码能考上山东大学中文系或者中国人民大学经济系。来阜城报到的头天晚上，当教师的父亲跟他聊了半宿，告诉他中国开放的大门既然已经打开了，就不可能轻易再关上，熟练掌握一门外语的人，将来一定会成为香饽饽，他要马连波上了大学以后千万别把英语撂下了，经济学也要学好。实践证明，父亲的忠告非常具有前瞻性，否则就不会有马连波日后的成绩。

排了很长时间的队才把馅饼买回来的梅山坡还未进屋，诱人的香气就飘了进来。孙大猛和黄贯中如弹簧般地从床上跳下来，魏明跟孙汉也匆忙下了床，抓起馅饼就吃，连手都没顾得上洗。

“告诉大家一个好消息，学院今晚上放电影，地点好像就在咱们教室南面的小操场。”梅山坡兴奋地说。

“是吗？你怎么知道的？”黄贯中嚼着馅饼呜呜啦啦地问。

“买馅饼的时候，校办的一个老师说的。”梅山坡答。

“他没说放什么电影？”魏明问。

“一部叫《人到中年》，另一部好像是《庐山恋》！”看着四个室友狼吞虎咽地吃着，梅山坡偷偷咽了一口口水，后悔不该路上就把两个馅饼全吃完了。

“《庐山恋》我在我们矿务局电影院看过，扮演女主角的那个人叫张瑜，简直是太美了！用成语来形容，叫作美艳至极，不可方物！”听着孙汉的介绍，看着他眉飞色舞的样子，同室的几个人都有些迫不及待了，巴不得马上天黑，早点看到被孙汉描述得如天仙般的女主角周筠。在梅山坡的记忆中，他最近一次看电影应该是去年秋天的一个周三。那天他回家取干粮，碰巧村里放电影《神秘的大佛》，他没经得住诱惑看完电影以后才背上母亲新烙的煎饼往学校走，当走到一片玉米地的时候，忽然想起电影中变脸的剧情，吓得他头皮发麻脊梁发凉，如何到的学校他根本记不得了。西山公社有一个电影院，梅山坡进去参观过，但从未体验过坐在里面看电影的感受。当孙汉描述他父亲所在的田野矿务局电影院如何气派，坐在里面吃着冰棍看着电影的感受时，梅山坡心中不免产生出一股刻骨铭心的嫉妒。

太阳还有两竿子多高，南小操场上就已经摆上了许多椅子，梅山坡、孙大猛、黄贯中等人见状，撒腿跑到教室，扛起椅子来到了南操场。关于椅子摆放在哪里，几个人起了争执。孙汉、孙大猛坚持将椅子摆在右侧靠前的位置，因为他们近视，而梅山坡则坚持挨着前面的椅子往后摆，虽然距离远些，但位置靠中。争执来争执去，谁也没说服谁，几位室友只好分开坐了。梅山坡之所以坚持坐在中间靠后的位置，是因为前面隔着两排的地方有一把喷着“3 号”字样的新椅子，他感觉那是唐婉儿的。太阳落山的时候，“3 号”椅子的主人终于出现了，是一位又黑又胖还长着满脸青春痘的女生，这让梅山坡懊丧不已，整个晚上他都像丢了魂似的。

电影散场回到宿舍，室友们免不了要对当晚的两部电影评头论足，但评论最多的不是故事情节，而是影片中两位女主人公的娇艳与美丽。

黄贯中的呼噜又打了起来，孙大猛也进入了磨牙的节奏，可梅山坡无论如何都睡不着，满脑子里想的都是《庐山恋》，他多么希望自己就是影片中的男主角耿桦，而周筠就是唐婉儿，他感觉自己跟耿桦有许多相似之处：朴实、腼腆、自强不息，只是缺少一位做高干的父亲。不知过了多久，梅山坡迷迷糊糊地睡着了，睡梦中他梦见唐婉儿也穿着影片中女主人公周筠穿的那种泳衣在西山水库里游泳，那洁白的肌肤、优美的曲线、洒脱的泳姿，撩拨得他心里麻麻痒痒的。当他醒来的时候，发现内裤湿漉漉的。

五

家里又来信了，信中说今年家里收成不错，玉米比去年多了两成，地瓜产量也比往年多了许多。粮食大丰收，吃饭的人却少了一口，他们家再也不会因为吃饭问题发愁了，除非国家大包干政策发生变化。父亲信中还说，他们家养的十头猪崽子长势喜人，用不了八九个月就能长到二三百斤，等明年端午节前把猪卖了，他们家就有钱了。收到信的第二天，梅山坡就收到家里寄来的三十块钱，他用父亲寄来的钱买了一双三节头皮鞋，又扯了布让人帮忙做了一条喇叭裤和一件卡腰上衣。一次性花掉二十多块钱，对于梅山坡来讲还是第一次，为此他心疼了很长时间。在梅山坡的记忆中，他上五年级那年家里才第一次从生产队里分到了钱，尽管只有十八块五毛五。第一次不欠口粮钱还分到了钱，这让全家人激动不已，平时不怎么说话的父亲那天晚上跟母亲唠叨了半宿。

星期天那天，梅山坡跟室友们一起进了城，当他们转悠到阜城百货大楼的时候，远远看见施香玉跟毕天齐正手拉着手走着，当看到几位同学迎面而来时，他俩像触了电似的分开了。毕天齐羞答答地走上前搭讪着，施香玉则满脸绯红地将头扭向一边。

逛了大半天，大家都感觉累了，就在景区旁边的一家小酒馆坐了下来，因为是旅游淡季，酒馆里基本没什么人。“平时没发现他俩有什么异常呀，怎么说好就好上了呢？”梅山坡像是在自言自语，又像是在问室友们。

“有异常还能让你发现？学校不允许谈恋爱，明目张胆地谈，将来还毕业不？”孙汉说。

“学校也就是要求要求，辅导员跟他媳妇不就是同学吗？再者说了，谁谈恋爱不悄无声息的？你夹在他俩中间，不也没发现他俩好上了吗？”刘中原斜睨着梅山坡，看他那眼神，明显在笑话他太过天真。

“辅导员跟咱们不一样，他们考大学的时候年龄都挺大了，不在学校里谈个对象，毕业后去哪里找去？辅导员没你小子能耐，没上大学就搂着媳妇睡了，哪像我们，连女人的手都没拉过！”看孙大猛那满脸伤感的样子，其他人都不免跟着伤感起来。

“听说辅导员上大学之前在老家有个对象，可一上大学就把人家给蹬了，补贴了不少钱，人家才没来学校里闹腾！”黄贯中说。

“你祖上是东厂的吧？怎么什么事都能打听到？以后别叫你黄贯中了，叫黄侦探吧！”刘中原随口一说，黄贯中从此就有了“探子”的外号。

“咱们都是一个宿舍的兄弟，中原你跟我们说句实话，你跟老家的那个对象是不是早已生米煮成熟饭了？”孙汉这么一问，其他人都跟着起开了哄，非逼着刘中原说实话不可。

刘中原一本正经地说，别看他平时大大咧咧的没个正形，但他绝对不是那种不讲原则的人，不该办的事他绝对不会办的，否则会后患无穷。刘中原还告诉室友们，他女朋友叫洪霞，在县物资局上班，父亲是清风县商业局的局长。

“班长！”梅山坡望着骑车疾驶而过的杨百团，惊呼着站了起来。

大家伸长脖子看了半天，也没看出杨百团自行车后座上的那个人是谁。孙大猛说是伊枝玫，孙汉说是团支部副书记严冬冬，而刘中原和黄贯中则感觉像文艺委员方红。

从城里一回到宿舍，毕天齐就像一阵风似的跟了进来，说东道西了大半天，终于把话题绕到他跟施香玉那里。他说他跟施香玉在城里只是偶遇，根本不是大家想象的那种关系。

尽管大家都说一起逛个街没什么可解释的，谁都没把你俩往那种关系上想，可大家心里明镜似的：手都拉上了还说不是那种关系，非得睡在一起才算有那种关系？你这是越描越黑呀！

晚上的卧谈会开到了十一二点才结束，话题自然绕不开杨百团、毕天齐、施香玉、方红、严冬冬几个人，并衍生出一个直到毕业也没有争论出结果的话题——找对象应该找外表美的还是找心灵美的？魏明、刘中原、孙汉、梅山坡等人认为，心灵可以改变，但外表难以改变，如果两者选其一，当然要选外表美的。古人云：“关关雎鸠，在河之洲。窈窕淑女，君子好逑。”黄贯中跟马连波则认为，古人所说的窈窕淑女是美丽贤淑的代名词，并非仅指外表，如果一个人外表漂亮但心如蛇蝎，这样的女人必成祸害。“妲己貌美，终亡商朝；飞燕超群，惨绝人寰；王妃褒姒，一笑‘倾’城，历史上祸国殃民、红颜祸水的例子不胜枚举！”黄贯中情绪激动地说。

“贯中说得对！哲人云，人的美不在于她的外表，而在于她本身、在于她的心，一个失去内心美的人，我们往往会厌恶她漂亮的外表！”孙大猛附和道。

“贯中说的都是发生在古代皇宫中的极端案例，是封建制度导致帝王身边的嫔妃性格极度扭曲，她们并非天生就是蛇蝎之心！即便如此，商纣为何独宠妲己？成帝因何独享飞燕？外表美也！帝王都重外表，何况我们这些凡人？”魏明反驳道。

“魏老大说得对！贤人君子都把外表美置于心灵美之上，说明貌美更为重要，应该放在首位。有诗为证：‘千秋无绝色，悦目是佳人。倾国倾城貌，惊为天下人。美颜如花绽，玉音婉转流。’”刘中原不知从哪里掏出一个笔记本，摇头晃脑地念着。黄贯中跟马连波自感寡不敌众，就想拉观点飘忽不定的孙大猛入群。孙大猛虽也赞成外表美重于心灵美，但他为了“扶弱济贫”，就言不由衷地说心灵美比外表美更重要，并拿华夏始祖母嫫母、诸葛亮之妻黄月英作比。两派引经据典，争论不休，要是他们早知道未来有如此了得的整容技术，他们也就不会为此喋喋不休地争论了四年。

元旦那天是周五，系里组织迪斯科舞会，通知两天前就贴出来了。周五一大早，杨百团、魏明就召集班委开会，商量晚上舞会的事情。杨百团说舞会是系团委组织的，辅导员又是团委书记，如果晚上人去得太少，不仅辅导员脸上无光，也显得班委会组织能力太差。魏明说据他了解，全班男同学中只有两三个人跳过迪斯科舞，女同学中有没有会跳的他不清楚，他要方红挨个问一问，只要会蹦跶两下子的，晚上都要动员了去，因为政治系就数他们班女生多。

周五上午是普通话考试和大学语文课考试，因为事先下了通知，所以全班没有一个请假、逃课的。可能是因为入学第一次考试，也可能是因为两门功课都是结业考试，所以同学们都很紧张，尤其是梅山坡和孙大猛，因为他俩的方言实在是太重了，当听说全班公认的“话难懂”王新春的普通话考试都过了的时候，他俩悬着的心一下子放了下来。普通话考试两节课就结束了，全班没有一个考试不过的。如果说普通话结业考试还算认真的话，那大学语文结业考试纯粹就是走过场了。考试前崔莹莹首先对同学们一学期的支持表达了感谢，因为考试结束后她就没机会再给大家上课了，她自嘲为“最后一课”。崔莹莹的话没讲完，班里的男同学就带头鼓起掌来。尽管魏明没有鼓掌，但满眼的不舍还是能够看得出来的。大学语文考试十分简单，就是围绕所学课程自拟题目写一篇八百字的作文，只要字数够，考试就算过了。上大学之前梅山坡就听说大学里考试容易，但如此容易他却没有想到。想起连日来着急上火、寝食难安的样子，他自己都感觉有些杞人忧天了。

崔莹莹拿着考试卷子一出教室，魏明就迫不及待地追了上去：“崔老师，政治系组织迎新春舞会，同学们都想邀请您参加，不知晚上您有没有时间？”

“不好意思！晚上中文系有个诗歌朗诵会，我跟孟主任还有个朗诵，你们系的舞会我参加不了了！谢谢啦！”崔莹莹说完就走了。望着崔莹莹远去的背影，魏明好一阵惆怅。

当晚的舞会班里人去得不少，除了杨百团、刘中原、江宏图、方红、伊枝玫等班委悉数到场外，一组组长高扬、三组组长瞿天歌以及孙大猛、山菊花等人也去了。尽管辅导员让方红捎话给唐婉儿要她参加晚上的舞会，因为她在学生档案的“特长”一栏中填写了“舞蹈”，但唐婉儿以不会跳为由拒绝了。听说唐婉儿要参加晚上的舞会，梅山坡穿上新做的喇叭裤和卡腰上衣，以看刘中原、孙大猛跳舞为由，喊上吴天奇、黄贯中一起去了舞会现场，谁知整个晚上都没有看到唐婉儿的影子，这让他失望不已。尽管班里去了不少人，但真正会跳的只有刘中原，无论是迪斯科还是交谊舞，样样跳得有模有样，跟师哥师姐们相比一点都不逊色。那晚的舞皇后是大二的高茗，不仅人长得漂亮，气质也超群，所以整个晚上她一刻没闲着，不是被这位老师邀请跳交谊舞，就是被那位同学拽着跳迪斯科。瞅准机会刘中原鼓足勇气邀请了高茗，尽管有些不太情愿，但高茗还是接受了刘中原的邀请。刘中原搂着高茗没跳几步，录音机的音乐突然停了，一名男生一边拨弄着录音机，一边大声嚷嚷着："对不起，对不起！按错键了！不小心按错键了！"从那名男生充满敌意的一瞥中刘中原似乎明白了什么。孙大猛压根儿就不会跳舞，但当同样不会跳舞的方红、山菊花被刘中原硬生生地拽进舞池的时候，他也跟着扭了起来，勇气与脸皮着实让人"敬佩"。

见唐婉儿没来，梅山坡拽着吴天奇和黄贯中走了，边走边嘟囔道："我还以为迪斯科是什么高雅艺术呐，原来就是群魔乱舞呀？就那舞，有腿就能跳！"

"会跳你怎么不上去跳呀？看你今晚穿得这么齐整，我还以为你会跳呐！原来也是一舞盲呀？"黄贯中哈哈笑道，"咱宿舍里我就佩服孙大猛，人家那种一不怕丢人、二不怕现眼的精神值得我们每个人好好学习！"

"我感觉迪斯科不难跳，只要能扭屁股就会跳，倒是交谊舞看起来有些难度，需要有基础！八一级那个叫高茗的，舞跳得确实好，跟电影里的国民党太太似的！"吴天奇说。

"跳舞得有天赋，不看别的，光看人家那两条大长腿，就知道人家天生就是跳舞的料，没有个头，即使动作再标准，也跳不出洒脱优雅来！"

听黄贯中这么说，梅山坡心中不免生出无限的惆怅与自卑。

舞会开始没多大会儿魏明就去了中文系，诗歌朗读会现场早已被人挤得水泄不通，连教室的窗户上都趴满了人。尽管魏明有一米八三的身高，但要看到讲台上朗诵的人，也需要踮起脚才行。

“下面请听诗歌朗诵，《再别康桥》。作者徐志摩，朗诵者孟光达、崔莹莹。”一听到崔莹莹的名字，魏明就迫不及待地往里面挤，他想看看朗诵时的崔莹莹到底是什么样子。

“轻轻的我走了，正如我轻轻的来；我轻轻的招手，作别西天的云彩。”孟教授浑厚的嗓音立即引来一阵雷鸣般的掌声。

“那河畔的金柳，是夕阳中新娘；波光里的艳影，在我的心头荡漾。”和着轻柔的音乐，听着崔莹莹那满怀深情的咏诵，魏明莫名其妙地忧伤、落寞起来，当崔莹莹挥起手，朗诵出那句“我挥一挥衣袖，不带走一片云彩”时，他忍不住潸然泪下。

室友们回到宿舍，“卧谈会”自然也就开始了，主题自然是高茗。

“她父亲是高干，被打成右派后遣返回了原籍，所以才考了咱们学校，否则人家怎么可能跑到阜城这个小地方来？”刘中原说。

“怪不得那么有气质！原来是紫禁城里长大的呀？”孙大猛赞道。

“不光是气质好，关键是人长得漂亮，一米七的身高、雪白的肌肤、天使般的容颜，刘晓庆、李秀明、张瑜这些当红明星也不过如此罢了！跟咱们班的唐婉儿、万红、山菊花等所谓的几枝花比起来，简直就是白天鹅遇上黑乌鸦，一个天上，一个地下！”刘中原把唐婉儿比作黑乌鸦，这让梅山坡气愤不已，要是当时走在路上，他非放他的黑石头不可，让他为贬低唐婉儿付出代价，但他明里不敢，因为人家是县长的儿子，跟他在一起，他总有一种矮半截的感觉。

黄贯中的呼噜声又响起来了，孙大猛的牙也“嘎吱嘎吱”地咬个不停，可魏明却失眠了，只要一闭上眼睛，崔莹莹朗诵时的模样就在他眼前晃荡，她那饱含深情的声音一遍又一遍地在他耳边回荡：“……悄悄是别离的笙箫；夏虫也为我沉默，沉默是今晚的康桥！悄悄的我走了，正如我悄悄的来；我挥一挥衣袖，不带走一片云彩。”

“四年可能很快就过去了，尽管我是悄悄地来，但我不想悄悄地走，当我离开阜城离开校园的时候，我一定要带走一片云彩！”黑夜中的魏明紧紧握着拳头，发誓天亮就给崔莹莹写信，把自己的爱慕、自己的情感毫不保留地表达给她。

在魏明想着如何给崔莹莹写信的时候，刘中原满脑子里想的都是高茗，他一遍又一遍地将高茗跟洪霞比，越比越感到失望，越比心越是不甘。他不明白，当年被称作班花的洪霞为何跟高茗比起来显得那样土气？那样不堪？更不明白造物主为何要集万般宠爱于一身？既然给了她天使般的容颜，为何又赐她模特般的身材、诗人般的文采？一个靠外表就能赢得未来的人，何须再拥有一个做官的父亲……

“老刘，叹什么气？是不是还在想高茗？”梅山坡低声问。

“别胡说八道了！我想人家干什么？人不大，思想还挺复杂的！”秘密被人发现，刘中原有些恼羞成怒。

“没想就没想呗，用得着气急败坏吗？”梅山坡小声嘟囔着。

“我哪气急败坏了？你胡咧咧什么？”刘中原说着坐了起来。

“都什么时候了？还让人睡不？”看魏明生气了，两个人也就不好再说什么了，各自躺在床上静静地想着自己的心事。“唐婉儿为什么没去跳舞？难道真的病了？她不会跟人约会去了吧……”梅山坡越想心里越烦躁，越烦躁就越睡不着。

周三上午的政治经济学考试一结束，孙汉就迫不及待地约室友们进城。再过两天就放假了，他想去城里买些当地的土特产带回家。吃过午饭，魏明就跟刘中原去了系办，说是辅导员下午召集班委开会。吴天奇跟马连波去了教室，说是上午的政治经济学考得不好，许多知识点都没有掌握。

“两个书呆子！我真是服了！”望着马连波跟吴天奇一前一后出了门，孙汉头摇得像拨浪鼓。

“全班就数他俩能学，他俩要是不及格，估计全班没人及格了！六十分万岁，难道他俩还想科科满分？”孙大猛一脸不解地问。

“不及格是三八线，老师不会轻易去碰的。这么多年政治系就出现过两例考试不及格的！”黄贯中说。

“听说上学期八一级就有考试不及格的，为了补考，大半个暑假都待在学校里复习了！”孙汉说。

“谁不及格？不会是那个叫高茗的吧？我上午的考试，多半是蒙的，不会也不及格吧？”梅山坡不无担心地问。

“高茗那么漂亮，老师能让她不及格？你傻了？”孙汉笑笑。

“考试跟漂亮有什么关系？照你这意思，唐婉儿、严冬冬那些人就不用考试了？”梅山坡红着脸争辩道。

“放心吧！老师不会难为咱们的！”孙大猛看了看腕上的手表，催促大家赶紧进城。

从城里一回来，梅山坡就将新买的两瓶阜城老窖用纸包好，然后又用绳子捆紧，小心翼翼地放进黄色帆布包里，他相信，从未出过西山公社地界的父亲肯定没喝过这样好的粮食酒。在梅山坡的记忆中，他们家就买过两次瓶装酒，一次是他考上大学父亲请村干部吃饭的时候，一次是母亲求刘媒婆给哥哥梅山江保媒拉纤的时候，逢年过节或是亲戚走动，家里喝的都是用地瓜干换的散装酒，尽管便宜的瓶装酒一瓶只有一块钱。下午进城的时候梅山坡本来是想买一斤阜城特产蜜三刀捎回家让母亲尝尝的，那东西入学的时候他吃过，是刘中原的女朋友洪霞捎来的，又香又酥又甜，想想都流口水，但思想斗争了一下午，最终还是没有买，不是他舍不得，是怕买回来让室友们全尝没了。

晚上，孙大猛跟孙汉去对门的511室打“够级”去了，这种刚兴起来的扑克牌全班没几个会打的，瞿天歌、卜泉信无疑是全班“够级”打得最好的，他俩所在的宿舍自然就成了全班“够级”扑克训练的大本营，每当晚上或是星期天、节假日，511室就被挤得满满当当的，一学期下来，全班一半同学学会了这种扑克牌。因为迷恋“够级”，第一学期卜泉信就和另一位室友考试挂了科。

梅山坡、黄贯中跟吴天奇、马连波正热火朝天地商量着寒假计划，魏明从外面进来了，并带回来一个不好的消息：三门专业课均有考试不及格的，个别科目还不止一个人，仅西方哲学史就有四五个不及格的，这让大家立即担心害怕起来，孙汉和孙大猛直接爆了粗口。

室友们闷着头谁都不愿意说话，刘中原叼着一根烟进来了，将手中的“红梅”往桌子上一扔，嚷嚷道：“红梅花儿开，朵朵放光彩。”见室友们坐着不动，不免奇怪起来，“这都怎么了？马上回家见爹娘了，怎么都玩起深沉来了？”

“考试不及格，还有脸回去见爹娘？俞大志也是，就不能让大家高高兴兴地回家过个年？都不及格，就显出他能耐来了？真是个榆木疙瘩！”孙大猛这么一说，“榆木疙瘩”从此就成了俞大志的外号。

“这么多年政治系才出现两个不及格的，怎么可能会有那么多的不及格？肯定是辅导员吓唬咱们！”黄贯中显然不相信魏明的话。

“辅导员当着我和杨百团的面亲口说的，那还有错？”魏明十分肯定地说。

“我当是啥事，原来是这档子事？卷子又没发，你们怎么就知道自己一定不及格了？即使不及格，不还有补考吗？爱因斯坦小学的时候曾考过一分，耽误人家成为伟大物理学家了？冯特小学时几乎没有一门功课考试及格的，人家不照样成为构造心理学派的创始人？托尔斯泰大学没上完就辍学了，阻止人家成为伟大作家了？《战争与和平》《复活》那些不朽著作不都是人家写出来的吗？你们呀，就是半夜学夜猫子，尽吓唬自己！”看刘中原那洋洋得意的样子，室友们猜测他准有什么好事，就逼着他说出来不可。见执拗不过，刘中原只好将晚上跟高茗一起去城里看电影的事情告诉了大家，怕大家不相信，他还将电影票拿出来给大家看了。刘中原说得没错，那晚他确实跟高茗一起去城里看电影了，是好多人一起去的，但这足以让他显摆些日子。

第二天就放假回家了，所以那天晚上大家都睡得特别香，唯有魏明睁着两只大眼睛几乎挨到了天亮，只要一闭上眼睛，满脑子里都是崔莹莹。他下定决心，这回无论如何都不能再像前几次那样半路上打退堂鼓了，寒假回家之前他一定要见上崔莹莹，哪怕是去她宿舍里坐一会儿也好。刘中原“嘿嘿嘿”的笑声把魏明吓了一跳，他欠起身子朝对面床上瞅了瞅，暗暗骂道：“德性！吃着碗里的，看着锅里的，你就不怕洪霞来学校里闹腾？”

六

陈旧不堪的客车终于停靠在了西山车站，颠簸了七八个小时的梅山坡迫不及待地跑下车，跑到一犄角旮旯“哇哇”地吐着，尽管肚子里早已吐得如水洗过一般。梅山坡从口袋里掏出手帕擦了擦嘴，不好意思地朝堂哥梅山河笑笑，叹道：“我这辈子看来是开不了车了，一闻到汽油味，肚子里就翻江倒海似的！”

“开不了车没关系，但得坐车呀！就你晕车晕成这样，以后咋当领导呀？总不能去哪都骑自行车吧？”梅山河说着用力摇动摇把，拖拉机“突突突”地动了起来。

离家半年，梅山坡确实感受到了家里的变化。整个寒假，他没怎么听到父母唉声叹气。

回到家的第二天，胖婶刘媒婆就来了，父母满脸笑容地把她迎进屋，又是端茶又是递烟。对父母来讲，刘媒婆是他们家的大贵人，不仅为姐姐傻丫找到了婆家，还跑前跑后地为瘸腿哥哥梅山江张罗着娶媳妇。刘媒婆从家里走后，母亲一咬牙把在公社供销社排了一上午队才买回来的六尺

“的确良”送到了刘媒婆家里。

腊月二十四那天，梅山坡见到了未来的姐夫——一个又矮又黑又瘦、满脸长满雀斑、老实得连句话都说不完整的人，他是跟他父亲一起来的。姐姐结婚的日子选在年后农历二月，从父母那一脸苦笑中梅山坡感觉出了他们的忧虑。姐夫比姐姐大十三岁，家境不是一般的差，可对于一个除了会吃什么都不懂的傻丫头来讲，只要有人家愿意要，做父母的也算了了一件心头大事。看父母那矛盾纠结的样子，梅山坡的心里压抑极了，他本想对姐夫和他父亲撂几句狠话，但话到嘴边终于又咽了回去。

正月十五没过梅山坡就离开家去了黄贯中家，家里的气氛实在是太压抑了，压得他都喘不过气来。自打两家确定好姐姐结婚的日子后，父母就一刻不停地张罗着姐姐结婚的事：找属相合适的人帮忙缝棉衣缝被子、把陈木匠父子二人请到家里好吃好喝地伺候着帮姐姐打家具……梅山坡本来打算正月十九学校开学的时候返校的，可一听到“嘎吱嘎吱”锯木头的声音，心里就麻痒极了。他庆幸自己考上了大学，否则自己很可能已经跟着陈木匠学木匠活了，因为在父母的眼里，木匠是那种一辈子不愁吃不愁喝、风刮不着雨淋不着的正当手艺。更让梅山坡受不了的是哥哥那张整日阴沉着的脸。自从姐姐结婚的日子确定下来之后，梅山坡就再也没见过哥哥脸上有过笑模样，脾气也越来越暴躁。梅山坡理解哥哥的心情，比自己小五六岁的傻妹妹出嫁后，他这个马上就奔三十的瘸子，就更不好找对象了。

黄贯中兄弟姐妹五个，两个哥哥一个在村办小学当民办教师，一个在村办副业开拖拉机；两个妹妹一个在邻村中学读初一，一个复习读初三，准备报考县一中。黄贯中的父亲虽是个“赤脚医生”，但把脉诊病的本事比公社医院里的医生都厉害，四邻八乡找他看病的络绎不绝。尽管出生在农村，但黄贯中从小就没缺吃缺穿过。

梅山坡在黄贯中家住了三天也聊了三天，他俩聊家庭聊理想也聊未来，但聊得最多的还是同学。“听说江宏图喜欢唐婉儿，咱班里有好多同学都喜欢唐婉儿，但我感觉他们都是剃头挑子一头热！唐婉儿那样一束高贵艳丽的紫罗兰，怎么可能瞧得上江宏图那些狗尾巴草？”尽管黄贯中嘴上说的是江宏图，但梅山坡感觉他像是在说自己。不管怎么说江宏图的父亲是他们区里最大化工厂的厂长，母亲是区人民医院的副院长，在当地很有影响力。如果有这样家庭背景的江宏图都是分文不值的狗尾巴草，那自己连又丑又臭的马兜铃花都不是了。梅山坡怀疑黄贯中也喜欢唐婉儿，所以才故意贬低败坏江宏图的。

清晨一睁开眼睛，黄贯中就问梅山坡是不是也喜欢唐婉儿，因为晚上睡觉的时候听到他哭了，嘴里还念叨着唐婉儿的名字。秘密被发现，梅山坡既惶恐不安又羞愧难当，他苦笑着说像他那样家庭出身的人，别说娶人家了，就是喜欢人家都是一种亵渎，说出来都贻笑大方！紫罗兰确实不应该跟狗尾巴草生长在一起！

“谁说狗尾巴草就不能喜欢紫罗兰？欣赏、喜欢跟采一朵握在手上是两码子事！”黄贯中言不由衷地说。

梅山坡知道黄贯中心里不是这样想的，他那样讲无非是为了安慰他。尽管他清楚物以类聚、人以群分，平行的两条线是交汇不到一起的道理，但他无论如何都舍弃不掉心中的幻想。

开学第一天，学校安排大一新生平整学校新建足球场。辅导员做完动员，杨百团跟魏明把劳动任务分配下去之后，各小组就热火朝天地干了起来。

三天的任务半天就完成了一大半，所以整个下午大家都在讨论后面的几天怎么安排，因为开学那天是周三，即使劳动两天，后面还有三天空闲。

“去清风县吧，那里有座仙山叫遗山，传说是玉皇大帝不小心遗忘在清风县的，虽无泰山之险，但有泰山之美，尤其是清晨的日出，美不胜收，在其他任何一座山上都无法看到！”刘中原这么一说，大家都表态说好，唯独唐婉儿站在一旁一声不吭，这可急坏了梅山坡，生怕她说不去。还好，“不去”两个字没有从唐婉儿嘴里说出来，但看得出来，她对去遗山根本没什么兴致。

周四上午劳动课一结束，刘中原就带着大家匆匆坐上了开往清风县的客车。一下客车，被刘中原称为韩师傅的中年人把大家引到了一辆上海轿车旁边。

“别让韩师傅跑三趟了，咱们挤挤两趟吧！中原，你带女同学第一批先走？女士优先嘛！“马连波说着看了看身体瘦弱的梅山坡跟吴天奇，问他俩谁跟着女生先走。吴天奇说梅山坡是501室年龄最小的，让他先走吧。梅山坡虽然心里高兴，但嘴上还是虚情假意了一番，然后跟着三名女生挤上了后排座位。唐婉儿跟梅山坡是最后两个上车的，且都是从一边车门上的，所以梅山坡正好跟唐婉儿靠在一起，这让他既忐忑不安又兴奋不已。第一次跟唐婉儿挨得那样近，第一次闻到她身上的脂粉味，梅山坡紧张得不知如何是好！他害怕她嫌弃他，害怕不小心触碰到她惹她不高兴，害怕当着她的面晕车吐了让她瞧不起……梅山坡紧缩着身子十分紧张地抓着车门把手，手心里沁满了汗，坐在副驾驶座位上的刘中原一路上说了什么，他一句也没有听到。

车子很快到达了清风县政府家属院，紧张不已的梅山坡怎么也打不开车门，唐婉儿瞟了一眼满脸汗水的梅山坡，跟在宋真真、杨晓后面从另一边车门下了车，这让梅山坡懊丧不已。多少年后，每当想起唐婉儿那饱含深意的一瞥，梅山坡的脸上依然火辣辣的。

儿子的同学来家里，刘中原的母亲自然十分高兴，不仅把县政府招待所的二厨师请到家里做了满满一桌子菜，还让秘书小刘特意过来作陪，所以那天晚上大家白酒红酒啤酒喝了不少。梅山坡自觉酒量小，就自告奋勇负责倒酒倒水。唐婉儿推说身体不适，只象征性地喝了半杯红酒。

收拾完饭桌，刘中原跟马连波去另一个房间商量第二天爬山的事情，孙汉、黄贯中招呼着宋真真、杨晓等人打“够级”，房间里只剩下梅山坡跟唐婉儿无事可干。黄贯中望了望干坐一旁的唐婉儿和梅山坡，不怀好意地笑笑，要他俩去客厅里看电视，顺便交流交流思想。正在这时，刘中原的母亲端着一盆苹果走进来，顺手挑了一个又红又大的递给唐婉儿：“听中原说你身体不太舒服，要不先去隔壁房间躺会儿？还有好几个小时才上山呐！”唐婉儿推辞不过，跟着刘中原母亲去了另一个房间，这不免让梅山坡犯了嘀咕：“请大家来爬山，不会是为了打唐婉儿的主意吧？”

十二点多一点，刘中原带着同学们出了家门。大家一边打闹着，一边往山上走，等到达山顶的时候气温骤然降到了零下六七度，而太阳还有半个多小时才能升起。同学们纷纷从高处岩石上跑到低洼避风处，可唐婉儿仍坐在岩石上一动不动，如果不是头发还在风中飘动，你一定认为那是一尊蜡像。

“唐婉儿怎么了？她是不是有什么心事？”马连波问。

“风那样大，岩石那样高，她难道不冷？”吴天奇说。

“看样子不冷！这才是真正的冷美人呐！”孙汉调侃道。

“她就那样，太安静了，安静得让人窒息！”杨晓说。

“要是战争年代，我估计她会成为一名出色的地下党员！她有那潜质！”黄贯中说。

“你俩去把她叫下来吧，别感冒了！”刘中原催促两位女生。

“她说坐在飞天石上，颇有想飞的感觉，她想在那儿多坐一会儿！”宋真真说。

梅山坡低头看了看自己身上穿的绒衣，又望了望刘中原身上的黄大衣，故意问道：“你看你又是毛衣又是面包服，外面还套了件黄大衣，不热？”

“是有些过分！这就叫朱门酒肉臭，路有冻死骨！”马连波笑笑。

刘中原边脱大衣边自嘲道：“确实，确实有些缺乏绅士风度！山坡，去把大衣给婉儿披上去！”

看着梅山坡一阵风似的往山上跑，黄贯中对着他后背喊道：“不要把功劳一个人全揽了去，还有中原一半呀！”

下午四点多钟，同学们就返回了阜城，刘中原周日下午才从清风县回到学校，一进宿舍，就将洗好的黑白照片向桌子上一扔，大家“呼啦”一下子围了上来。

梅山坡拿着唯一的一张合影看了又看，心里得意极了！合影中唐婉儿两手插在风衣口袋里，若有所思的目光斜视着右前方，那神态、那风韵，简直美不胜收！从照片上看，站在唐婉儿身后的梅山坡跟一米七五的孙大猛没多大差别，被风吹起的一缕长发扫过他的脸颊，让他产生出无限的遐想。按身高梅山坡是应该站前排的，可他主动去了唐婉儿的身后，在相机快门按下的一刹那，他用力踮起了脚后跟，这才有了那张令他十分满意的“经典之作”。

周一唐婉儿没来上课，听说从遗山一回来就发烧了，这让梅山坡对马连波和刘中原产生了怨气，埋怨他俩不该组织大家去爬山，更不该为了看个日出一夜不睡，否则唐婉儿就不会感冒发烧了。

下午班里组织了“摒弃‘船到码头车到站’思想，树立认真学习不放松意识”的主题班会，辅导员游福对上学期班级考试情况进行了分析，对同学中普遍存在着的“船到码头车到站”的思想进行了批评，指出了“六十分万岁”的危害，要求全班同学珍惜大学时光，保持高昂斗志，圆满完成四年学业。梅山坡尽管对考试成绩不太满意，但好在科科都及格，分数最低的政治经济学也过了“万岁线”，与对门的瞿天歌、卜泉信等六个同学比起来，他感觉自己幸运多了。

梅山坡百无聊赖地翻着徐志摩的《猛虎集》，那是魏明年前去城里新华书店买回来的，据说整个寒假他都在看这本书，其中《再别康桥》等篇章他能熟练地背下来。

梅山坡故意将书翻得“沙沙”作响，表达自己对考试成绩不理想的愤懑。他想不明白，平时看起来不怎么学习且大概率已经谈上恋爱的毕天齐和施香玉，为何考试成绩却那样好，如果说鱼和熊掌他俩都兼得了的话，那自己标准是鱼和熊掌一样都没有得到。他决心新学期一定好好学习，让毕天齐不敢在他面前趾高气扬。

晚上卧谈会的主题自然是下午的主题班会，大家除了愤怒声讨西方哲学史教授俞大志，就是狠狠“批判”吴天奇和马连波了，因为他俩的专业课几乎门门满分，最差的英语成绩也在九十五分以上。梅山坡自觉没脸说人，因为整个寝室就数他考试成绩最差，所以整个晚上他都静静地躺在床上，想着自己的心事，听室友们相互攻讦。

七

家里的来信梅山坡是傍晚取回来的，父亲在信中告诉他姐姐出嫁了，出嫁的前一天全家人还在犹豫要不要让他回去送送姐姐，因为姐姐出嫁的那几天正赶上哥哥发烧拉肚子，无法去送姐姐，但害怕耽误他学习，就没敢拍电报让他回去。有血缘关系的人当中没有去送姐姐的，这对于父母来讲是一辈子的痛，尤其是像姐姐那种情况的人。读着来信，梅山坡哭了，他感觉自己对不起父母，对不起傻姐姐，也对不起瘸子哥哥。梅山坡明白，作为家中的骄傲，父母当然希望姐姐出嫁那天他能回去给家里长长脸，如果自己回去了，哥哥未必那样“巧”正好在姐姐出嫁的前两天突然就病了，他是不想让姐夫家的亲戚们看到梅家的兄弟姊妹瘸的瘸、傻的傻。

梅山坡攥着信满校园里走着，此时的他只有一个想法，就是将来一定要出人头地，给饱经沧桑的父母和饱受世态炎凉的哥哥姐姐们一个抬头走路的理由，也为自己的将来寻找一个理想的港湾。他知道，像他这样人家的孩子，要出人头地，唯一的出路就是要付出比别人更多的努力，而自己上大学以来的表现实在是太令人失望了。

梅山坡坐在萃花园的凉亭里，望着昏暗的路灯出神，他知道在村里人看来了不起的自己，如同那随风摇曳的路灯，有点光亮，但照亮不了家人。走廊拐角处，一对情侣正忘情地拥吻着；狭窄的小径上，一对熟悉的身影正朝凉亭走来，看那倒八脚走路的姿势，梅山坡断定是毕天齐和施香玉。“奶奶的，清静一会儿都不行！”梅山坡暗暗骂道。

梅山坡像躲瘟疫般地躲开了毕天齐跟施香玉，在操场上遇上了老乡徐亚非和李东山，看样子都喝了不少酒。徐亚非告诉梅山坡，王杨可能要留校，因为她跟中文系的副主任谈上了，那位副主任年前刚离了婚。从徐亚非骂骂咧咧的话语中，梅山坡听出了他的不甘与失望。

围着操场转悠了两圈，梅山坡就借故离开了，因为他害怕旁边女生宿舍楼的窗子里忽然出现那个身影，那样他好不容易平静下来的心情就会再起波澜，刚立下的誓言就会付之东流，尽管他并不知道哪扇窗子是唐婉儿寝室的窗子。

梅山坡回到宿舍的时候刚刚九点，其他人都还没有回来，只有魏明跟刘中原坐在床上拼命地抽着烟。自从上次的主题班会开过之后，马连波跟吴天奇回宿舍的时间越来越晚了，就连一向调侃吴天奇是学习机器的孙汉，近来也经常待在教室里很晚才回宿舍。

梅山坡瞅了一眼向来不抽烟的魏明，心想这是咋的了？事后室友们才知道，他背了一寒假《猛虎集》，用了一个多月才写成的《自从课上遇见你》的长篇情诗，被崔莹莹批注上“想什么呐”给无情地退了回来。寥寥四个字，对于鼓足莫大的勇气才将情诗寄出去的魏明来讲，其杀伤力无异于美国人在日本广岛投下的“小男孩”。

暑假说来就来了。暑期前一个月，辅导员就宣布了一条重大消息：经系领导批准，期末考试一结束，他就亲率七十二弟子赴北京游学。辅导员开玩笑说历史上孔子率众弟子周游列国，开创了读万卷书、行万里路的先河，他游福虽不是圣人也成不了圣人，但效仿圣人争取培养出七十二贤人。同学们听到这个消息都非常高兴，憋足了劲地准备期末考试，唯恐考试不好逛北京城也不安心。

辅导员宣布这一消息的当天，同学们就纷纷给家里写信，跟父母报告这一消息是假，让父母赶紧寄钱来是真。去北京一周，腰里不揣上百八十块钱谁心里都不会踏实，尽管住宿系里安排，不用花钱。

信寄出去的第十二三天后，梅山坡收到家里的回信和一百块钱汇款单。梅山坡本来写信问家里要五十块钱的，他知道陪送姐姐出嫁后家里不宽裕，五十块钱加上一学期省吃俭用省下来的二十多块钱，去北京待一周应该够了，没想到父亲一下子给寄来了一百块钱。父亲信中告诉梅山坡，说姐姐出嫁时陪送的三套家具，都是用自己家院子里的梧桐树做的，没花多少钱。家里养的十头肥猪前些日子刚卖了，留足买猪崽子的钱，还剩三百多，他要梅山坡去北京游学时一定别不舍得花钱，穷家富路。读着家里的来信，梅山坡的心里既高兴又担忧。高兴的是姐姐嫁人后家里的负担一下子又减少了许多，父母供应他一个人上学没那么吃力了。忧的是傻姐姐都有人家愿意娶，而残疾人哥哥有人愿意嫁吗？不管怎么样，姐夫总算是个健康人，只是家里穷点，模样差些。

期末考试结束的当天晚上，辅导员就带着七十二弟子乌泱乌泱地登上了兖城开往京城的火车。一上车，杨百团、魏明等班干部就大声喊着：“一组，一至十号座，二组……”梅山坡十分渴望跟唐婉儿挨在一起，但他又十分害怕跟她坐一起，因为在她面前，他感觉自己卑微得连狗尾巴草都不如，浑身像爬满虱子一样不自在。梅山坡装着系鞋带故意走在全组同学的后面，他认为走在前面的男同学肯定不会抢着去坐女同学对面的座位，那样他就可以“被迫”去坐三位女同学对面了，主动去三位女同学的对面坐，他还真没有那个勇气。

机关算尽反误了卿卿性命。梅山坡磨磨蹭蹭上车后发现刘中原、孙汉、孙大猛已经在三个女同学对面的座位上坐下了，刘中原正拿着高粱饴给每位女同学发着，唐婉儿不要，他还硬塞进人家手里。“奶奶的，你不是说唐婉儿是黑乌鸦高茗是白天鹅吗？黑乌鸦都不稀得搭理你，白天鹅能看得上你？别以为老子是县长就了不起了！”梅山坡心里恨恨地想。

火车还未启动，一组、三组、六组就开始打起了扑克，许多同学围拢过来看热闹，整个车厢熙熙攘攘的，好不热闹。

“别的小组都有扑克打，咱小组就这样干坐着？十几个小时呐！”黄贯中这话明显是冲着马连波说的，嫌他没履行好组长的职责。

车厢里终于沉寂了下来，除了瞿天歌、卜泉信几个人还在昏暗的灯光下悄无声息地打着扑克外，其他人都静静地坐在座位上或睡或闭目养神。梅山坡装作伸懒腰站起来偷偷望了望前排座位上的唐婉儿，只见她脸色绯红，眉头紧蹙，玉手托腮，可谓“水月定中何所谓，也嚬眉黛托腮愁”，半睡半醒的样子着实让人爱怜，他后悔上车时不该要小聪明，应该大大方方地走到三位女生对面的座位上坐下，那样他就用不着趁人家睡觉的时候偷偷瞄上几眼了！

梅山坡百无聊赖地从这节车厢走到另一节车厢，连走了四五节车厢，当他折回来走到两节车厢交汇处水炉子的时候，瞥见杨百团跟方红正端着茶缸边走边打闹着。梅山坡见状，连忙停下脚步将脸朝向窗外，暗思道：

“那天在城里看到的，还真是她呀！”

到达北师大的时候已是下午一点多了。一进学生宿舍，同学们就迫不及待地将湿漉漉的衣服脱下来，孙大猛和孙汉更是只穿一条花裤衩、赤着脚在水泥地上走来走去。刘中原四仰八叉地躺在床上没多大会儿，忽然俯下身子从床底下拖出背包，拿出一瓶北冰洋汽水，“咕嘟咕嘟”地灌了起来，刚想喘口气，瓶子被孙大猛一把夺了过去。刘中原笑嘻嘻地从包里又掏出一瓶，瓶盖还没拧开就又被黄贯中抢了去。黄贯中将刘中原背包里剩下的一瓶汽水也拿出来，均匀地倒在三个茶缸里。魏明说刘中原跟孙大猛两人喝过一瓶了，已经算是多吃多占了，剩下的两瓶是其他六个人的，没他俩的份了。孙大猛喝完半瓶汽水，打着饱嗝说：“这哪是北冰洋汽水，简直就是赤道热汤！太不解渴了！要是有根冰棍吃吃就过瘾了！”他一提示，大家立即想起了北京老冰棍，非逼着他去楼下找找有没有卖的不可。

早晨四点钟不到，马连波就把孙汉、黄贯中、吴天奇和梅山坡叫了起来，因为头天晚上五个人就约好第二天一早去天安门广场看升旗仪式。

看完升旗仪式，转完人民英雄纪念碑、人民大会堂，远远看到毛主席纪念堂前有人开始排队了，梅山坡连忙招呼大家赶紧去排队，因为父亲信中反复嘱咐他，到了北京哪都可以不去，毛主席纪念堂必须要去，如果有可能，一定替他和全家人给主席磕几个头。

转完天安门广场周边的景点已近中午了，又饿又累的五个人坐在中国历史博物馆门前商量着中午吃饭的事，眼尖的吴天奇远远看见魏明、刘中原、孙大猛、严冬冬、伊枝玫等人有说有笑地朝他们走来，梅山坡和黄贯中像遇见救星般地跑上前去，拽住胸前挂着 120 照相机的刘中原就不撒手了，要他赶紧帮大家拍几张照，尤其是天安门、人民大会堂和毛主席纪念堂，一个都不能落下。

头两天，各宿舍基本保持一起外出一起回来，但大家感觉人多行动不便，所以后面三天梅山坡基本上跟黄贯中和吴天奇一起外出游玩。

“自打来了北京，魏明就没跟宿舍的人一起玩过，整天就跟高扬、伊枝玫、严冬冬在一起，他是不是跟生活委员好上了？”吴天奇问。

“那谁知道？孙大猛像跟屁虫似的天天跟在他屁股后面，问问他不就知道了？”梅山坡说。

“我听大猛说，那家伙对崔莹莹不死心，还经常去听她的课，他那样锲而不舍地追下去，难说崔莹莹不会动摇！”黄贯中说。

“我看他八成是疯了！崔莹莹都当老师了，咱还得三年才毕业，毕业分配到哪里都不知道，崔莹莹会跟他？真是癞蛤蟆想吃天鹅肉！”吴天奇说。

“杨百团可能跟方红谈上了，来北京的时候我在火车上看见他俩那个了！上次咱们在城里看到的那个人就是方红。”梅山坡说。

“他俩哪个了？”黄贯中跟吴天奇异口同声地问。梅山坡支支吾吾了半天，也没有说清楚他说的那个到底是哪个。

三个人打闹着从东宫门进了颐和园，在长廊里遇见了唐婉儿跟傅芳心。傅芳心祖姓富察氏，乃满族八大姓之一，属八旗中的镶黄旗，清朝灭亡后改汉姓傅。傅芳心祖上尊为皇族，但在她身上看不出半点皇族的痕迹。如果说唐婉儿是那种肤白貌美、气质高雅之美人，那傅芳心活脱脱就是一皮糙肉粗的村姑。差距如此大的两个人按理说是凑合不到一起的，谁知大学四年两个人好得像一个人似的。祖上本就皇族，她本人又对中国历史感兴趣，所以傅芳心对北京城的历史文化自然就比别人了解得多，跟她在一起，活脱脱多了一个免费导游。

在长廊尽头合完影，黄贯中主动提出泛舟湖上，因为偌大的颐和园四分之三被昆明湖覆盖，泛舟湖上园中美景自然尽收眼底，烟波浩渺中别有一番情调。见唐婉儿和傅芳心都不反对，黄贯中快速去了售票亭，梅山坡也跟了过去。

回到北师大宿舍的时候已是晚上九点多钟了，尽管疲乏不堪，但梅山坡却一直沉浸在亢奋之中，跟唐婉儿相处的时时刻刻历历在目，他感觉唐婉儿没有想象中的那样寡语冷艳，那样高不可攀，那样不食人间烟火。梅山坡欠起身子偷偷窥视着对面床上的黄贯中，知道他也没有睡，很可能也在想白天的事，这不免让他不安起来。他多么希望他不是在想唐婉儿，更不希望唐婉儿对他的印象胜过自己，尽管他知道这想法很幼稚很自私也很危险，但他不能控制自己有这样的想法。

四十多天的暑期对于远离父母大半年的学生们来讲并不算长，但对于被思念折磨得死去活来的梅山坡来讲太过漫长，他不知道多少次跑到村东头的高山上，对着空旷的山谷大声朗诵着泰戈尔的那首著名诗篇："如果我占有了天空和满天的繁星，如果我占有了世界和无尽的财富，我仍然有很多的要求。但是，只要我有了你，即使我在这个世界上只有立锥之地，我也会心满意足。"

回到学校的那天晚上，梅山坡偷偷跑到女生宿舍楼前的那条栽满法桐的林荫大道上徘徊了半宿，他幻想着唐婉儿背着她那精致的小皮包在林荫大道上与他不期而遇，他问她："假期过得好吗？"她甜甜地笑笑，说"我很好"，或者莞尔一笑一语不发。他失望了，剧情没有按他设计的情节发展，演练了多遍的剧本没能派上用场。

一连几个晚上，梅山坡都去教室至女生宿舍必经的林荫大道上守候，他相信终有一个晚上他俩在林荫大道上邂逅，即使擦肩而过，远远地望一眼也好。他痴痴地望着操场对面的女生宿舍楼，失望、烦躁、恼怒一齐涌上心头。他疯了似的拍打着法桐树，眼泪顺着眼角不停地流着。

梅山坡坐在石条凳上睡着了，当他被巡查的两名民警叫醒的时候，才意识到已是下半夜了。那位年龄稍长的民警用手电筒照了照眼里噙满泪花的梅山坡，关切地问他怎么了，是想家了还是失恋了？梅山坡慌乱地应答着。那位年纪看起来二十刚出头的民警毫不客气地问他是哪个班级的，为什么经常看到他在此转悠到很晚，是不是有什么企图？又惊又怕的梅山坡手颤抖着，嘴哆嗦着，讨好地上前握着警察的手，谎称家里出了点事，心里不痛快，所以就经常一个人来这里走一走，散散心，没承想就睡着了。那位年长一些的警察十分和蔼地劝他遇事要想开，深更半夜不回宿舍睡觉，影响别人休息事小，耽误了学习事大，国家培养一个大学生，一年花销好几千块钱，不好好学习别说对不起国家了，连自己的爹娘都对不起。几句话说得梅山坡无地自容，逃命似的跑回了宿舍。

第二天一起床，室友们就追问梅山坡昨晚去哪啦，魏明还吓唬他说近来物理系和生物系实验室接连被盗，院长严令学院派出所苟所长限期破案，听说阜城市公安局还专门成立了专案组，进驻学院协助破案。见梅山坡惊慌失措的样子，马连波连忙安慰他说魏明是在开玩笑，实验仪器有什么好偷的，难道小偷偷玻璃瓶子拿回家做实验？

室友们陆续离开宿舍去了食堂，黄贯中悄悄地问梅山坡最近几晚都干什么去了，看他那眼皮浮肿、无精打采的样子，他断定他心里一定有事。尽管知道黄贯中是在关心他，但他心里却十分厌烦，心想：“就你事多，干什么还能告诉你？”

一到教室，梅山坡就主动提出跟毕天齐交换座位，这让毕天齐既惊诧不已，又受宠若惊。上学期毕天齐曾含蓄地提出交换座位的事，但梅山坡装作不明白硬是没换，除了毕天齐曾满脸猥亵地说过唐婉儿的坏话外，还有一个重要原因就是交换座位后，他跟唐婉儿之间又拉开了一个人的距离。梅山坡之所以主动提出跟毕天齐交换座位，除了不想让毕天齐跟施香玉窃窃私语时注意到他偷窥唐婉儿的背影外，更重要的是他感觉昨晚那位警察说得太对了，国家培养一个大学生花费那样大，不好好学习，实在对不起国家；父母省吃俭用供他上大学，可他开学后从未正儿八经地听过一堂课，再这样下去，很可能步上学期瞿天歌、卜泉信等人的后尘。道理梅山坡都明白，后果他也不止一次地想过，可每次想过悔过恨过之后，却又深深地陷入了烦恼。

八

元旦放假的前一天，刘中原回了老家，室友们都说他是因为系里不组织元旦舞会了所以才回清风县的，要是有舞会，打死他都不可能回去。跟着县文化馆的专业舞蹈老师练了一个暑假，不就是为了有机会时能跟系里的舞皇后高茗跳舞吗?

元旦的那天晚上，杨百团带着严冬冬、方红、伊枝玫、江宏图等班干部挨个宿舍拜年，但唯独没见魏明，大家猜测他可能又去中文系听诗歌朗诵去了。十点多钟的时候魏明满身酒气地回来了，黄贯中端着茶缸笑嘻嘻地迎了上去：“还以为你去听诗歌朗诵了，原来是喝酒去了？跟崔莹莹一起喝的？”话未说完，魏明扬手就将黄贯中手中的茶缸打落在地，要不是孙大猛和孙汉及时拉开，两人肯定就动上手了。事后大家才知道，元旦那天崔莹莹结婚了，是魏明在中文系的诗歌朗诵现场听一个老师说的。

刘中原从清风县一回来，就跟室友们宣布跟洪霞分手的消息，尽管理由冠冕堂皇，但室友们都明白他是因为高茗才跟洪霞分手的。一年来，刘中原没少在高茗身上下功夫，为此还跟高年级的一位师哥打了一架，鼻子都被打破了，那位师哥因此还被派出所的苟所长喊去训了半天话，并警告说如有下次，就报告学校开除他学籍。

很快又到了寒假。放假的前一周，火车站就在历史系办公楼开设了卖票窗口。下午上完两节自习课，黄贯中喊着马连波、吴天奇、孙大猛一起去买火车票，看到刘中原排在长长的队伍中，不免奇怪起来，因为刘中原每次回家都是坐客车，坐火车去清风县，不仅麻烦，而且时间还长。

“那小子肯定不是买回家的火车票，一定是去外地的！”马连波猜测道。

“过年不回家能去哪？不会是害怕洪霞闹腾他吧？”吴天奇问。

“他爹是县长，洪霞的爹是局长，局长敢闹腾县长？不想干了？”孙大猛拍着吴天奇的肩膀，一脸不屑地问他书都读到哪里去了。

看孙大猛满脸嘲讽的样子，马连波不高兴了，说那些东西课本上又没有，不知道很正常，没什么丢人的。

“这些都是常识，不知道就光荣了？”孙大猛反驳道。

“中央警卫局长也是局长，很可能是中央委员，难道他比县长小？”马连波一句话撑得孙大猛半天没答上来。

看马上就挨到刘中原了，黄贯中悄悄凑了上去，回来告诉大家说刘中原买的是去北京的火车票。

“不会吧？高茗那么漂亮，还有一个做京官的父亲，怎么可能会看上刘中原？”马连波一脸不相信地问。

“怎么不可能？这年头，只要脸皮够厚，什么样的女人能架住男人的死缠烂磨？艺术系的那些漂亮小妮，为什么都跟了体育系的？还不是因为体育系的脸皮厚，死缠人？”黄贯中说。

“黄探长说得对！这年头，就是撑死胆大的饿死胆小的！”孙大猛积极响应道。

梅山坡放假回家的第五天，姐姐生下了一个八斤八两重的胖小子，把爹娘高兴得不知说什么好了。

姐姐生下孩子的第九天，梅山河开着拖拉机拉着梅家老老少少七八口人去了西庄姐姐家“送主米”。在北里尤其是在西山，女儿生了孩子，娘家人一定要带上小米、鸡蛋、红糖去探望的，名曰“送主米”。在物质十分匮乏的年代，女人坐月子最好的营养品就是小米鸡蛋了，但不是所有人家都有让产妇整个月子都能吃上小米鸡蛋的实力，大多数人家都是能吃几顿算几顿。可能是因为这个缘故，当地才有了“送主米”这一传统。

老丈人率一干近支来“送主米”，姐夫一家自然十分高兴，喝到亢奋时，姐夫的父亲还把孙子抱在怀里，喃喃道：“大孙子，快快长，等长大了，跟着你舅舅吃香的喝辣的。”

“表叔你放心，我兄弟将来最次也得是个公社书记，有他这棵大树，外甥将来还能下了庄户？”梅山河端着酒杯摇摇晃晃地站了起来。

“哥，现在人家不叫公社书记了，叫乡镇党委书记！”梅山坡纠正道。

“不管叫什么，反正是书记，那可不是什么人都能当得上的！”梅山河说。

“没指望能当上公社书记，能当个副书记就知足了！”梅西岭满面笑容，在亲家公面前感觉太有面子了。

“叔，你、你怎么那么看不起我兄弟？怎么就当不上公、公社书记了？我、我还想让他当副县长呐！”梅山河一脸嫌弃地看着梅西岭。

“就听你的，将来让山坡侄子当副县长！不，当县太爷！”姐夫父亲一边往梅山河杯子里倒着酒一边附和道。

整个寒假，梅西岭不停地嘱咐梅山坡好好学习，千万别荒废了学业。自从上了大学，梅西岭感觉儿子不像以前那样用功了，整日闷不作声，像有什么心事似的。为了了解儿子上大学后的情况，梅西岭曾专程去找过周大庆，要他帮忙过问过问，千万别让梅山坡走歪歪了。

腊月二十四是西山大集，也是当地人过小年的日子，梅西岭买上点心和酒，打发梅山坡去看望周大庆。见学生来家里，周大庆十分高兴，让媳妇炒了六个菜，师徒二人一直喝到下午三四点钟。

从周大庆家回来的那天晚上梅山坡失眠了，只要一闭上眼睛，班主任老师的话就在耳边响起："缺乏智慧的幻想会产生怪物，不切实际的幻想无异于自杀。一个人不能为自己活着。脚踏实地应该是穷人家孩子的优良品质……"

年转眼就过去了。那天中午，梅西岭一家正围坐在桌子旁边吃饭，村里的电话接听员、村长刘大山的小闺女刘小满气喘吁吁地跑来找梅山坡，说外地有长途电话找他，要他赶紧去村委会接一下。

电话是杨百团打来的，他告诉梅山坡，上学期他有两门功课考试不及格，老师要他提前返校补考。

接到杨百团电话的第二天，梅山坡就坐上了返回学校的客车。怕父母知道后难过，梅山坡谎称学校有事，老师让部分同学提前返校。因为还不到开学时间，学生宿舍楼还处于封闭状态，任凭梅山坡如何缠磨，保卫处值班人员就是不肯打开宿舍楼的门，要他去学校招待所暂住几天。

招待所里客房倒有，可一晚上需要十块钱，这让梅山坡难以接受，心中不免埋怨起唐婉儿来，要不是因为她，他怎么可能一学期会有两门功课不及格？要是将来毕不了业，别说当公社书记了，就是村里也没脸再回去了！

天渐渐黑下来了，龟缩在宿舍楼前角落里默默流泪的梅山坡见四周无人，毫不犹豫地从一扇碎了玻璃的窗子里钻了进去，心紧张得都要跳出来了。

学生返校那天，宿舍楼的大门终于打开了，像老鼠一样啃着干面火烧、在没水没电的宿舍里蛰伏了四天的梅山坡激动得哭了，这种只有晚上才敢偷偷爬出窗外透透气、顺便找口水喝的日子他一天也坚持不下去了，他知道如果自己不尽快从不切实际的幻想中走出来，把精力都用到学习上去，等待他的就不是四天牢笼般的生活了，而是一辈子的懊悔。当水龙头传来流水声音的时候，梅山坡竟高兴得像个孩子，将棉衣一脱，光着身子冲进了洗漱间，痛痛快快地洗了冷水浴，然后把宿舍彻彻底底地清扫一遍，他可不想让室友们知道自己像老鼠一样在无水无电的宿舍里龟缩了四天。

三四十天没见面，同学们见了面都格外兴奋，你到我寝室里聊聊，我到你宿舍里坐坐，那热乎劲儿好像多少年没见面似的。

晚上九点钟左右，魏明和杨百团从辅导员那里回来了，并带回来一个惊人的消息：自本学期开始，刘中原正式转入北师大读书。关于刘中原转入北师大读书一事，室友们争论了一个晚上也没有形成统一的意见。有人说刘中原转入全国重点大学读书，是因为院长跟他父亲是大学同班同学；还有人说刘中原去北师大交流学习的名额是高茗的父亲帮忙给争取的，他在国家计委当副司长。但事实上刘中原的父亲跟院长压根儿就不认识，高茗的父亲也没有帮他争取去北师大学习交流的机会，因为那时他跟高茗还没有谈恋爱，至于刘中原如何去的北师大，如同魏明的年龄一样，成为政治系的一大未解之谜。

开学第一天，毕天齐就主动坐回了他原来的位置，因为他跟施香玉分手了。

五月底，政治系和历史系联合邀请年初刚从老山前线撤下来的战斗英雄吴昆仑来学院做了一场英模报告会。报告会开始前，杨百团、魏明领着班里的男生们把会议室彻彻底底地清扫了一遍，还安排班里的书法家、外号“周半仙”的周劲夫在黑板上写上了“战斗英雄吴昆仑英模事迹报告会”十四个大字。能容纳六七百人的会议室座无虚席，连门外走廊里都站满了人，广大师生们被老山战役的血腥惨烈和战士们的乐观主义精神、大无畏英雄气概深深地感染了，以至于负责上台献花的方红情不自禁地拥抱了吴昆仑。

方红跟吴昆仑鸿雁传书的消息很快就在同学们中间传开了，大家都为杨百团跟方红的分开感到惋惜，因为在全班同学的眼中，他俩是十分般配的一对，应该在一起，半路杀出个程咬金，大家既感到惋惜，又感觉正常。自古美人爱英雄，何况他俩谁都不承认曾经恋爱过。

毕天齐与施香玉彻底分手、老乡徐亚非与王杨反目成仇，尤其是电影《人生》公开上映后掀起的爱情大辩论，让梅山坡顿时明白了环境与地位在婚姻中的位置，理解了古人为何讲究门当户对的原因。为了让唐婉儿光彩照人的形象在心目中慢慢褪色，让自己从柏拉图式的爱情中慢慢挣脱出来，也为了新学期不再出现功课不及格的问题，梅山坡下决心不再单相思唐婉儿，每当想她，他就强迫自己将思绪转移到贫穷的家庭上，用力回忆自己在没水没电连大便都要憋到深夜才敢钻出楼外方便的四天。可与江宏图的一次不经意冲突，却又激起了他“一定娶到唐婉儿，让江宏图不再狗眼看人低”的决心。

那天，梅山坡跟孙汉、孙大猛、黄贯中正在宿舍里闲聊，隔壁的江宏图推门进来了。“宏图，听说唐婉儿被艺术系的何非抢走了，你这心里不硌硬得慌？”孙大猛一脸坏笑地问。

“我有什么好硌硬的？关我啥事？”江宏图一脸不悦地说。

“他爹是副市长，听说家里挺厉害的！”黄贯中说。

“副市长就了不起了？嘁！总有一天想哭都找不到坟头！”江宏图恨恨地说。

梅山坡对唐婉儿跟副市长的儿子谈恋爱本来就有些莫名其妙的懊丧与嫉妒，听江宏图这么一说，心里就更加郁闷了，他本来是想帮江宏图发泄发泄，谁承想江宏图却将梅山坡讽刺唐婉儿攀高枝的话理解成“副市长不比厂长大”，把他“想哭都找不到坟头去哭”理解成“人家想哭怎么就找不到坟头了”，情绪失控的江宏图，疯了似的朝着梅山坡火力全开。

“俺爹是比不上人家副市长，但总比你那土包子爹强吧？你也不撒泡尿照照自己，就你，还想追人家唐婉儿？做梦去吧！她要是能瞧上你梅山坡，我江宏图以后就不姓江了！”江宏图说完摔门而去。

望着江宏图的背影，孙大猛、黄贯中都蒙了，梅山坡更是崩溃大哭，以至于多少年后一想起江宏图那鄙视的眼神、咬牙切齿的表情，心就不寒而栗，牙就恨得直痒痒。

自从唐婉儿跟艺术系的何非谈上之后，501 室卧谈会的主题就转移到班内其他“四朵金花”身上，转移到毕业分配的去向问题上。尽管室友们不像以前那样频繁地谈论唐婉儿，但梅山坡依然夜夜想起她。他企盼她分手，但又不希望她真的分手；他期望她“总有一天哭都找不到坟头”，但又祈祷何非一辈子对她好。江宏图的羞辱在梅山坡的心里留下了深深的阴影，自那以后，他再也不敢当着同学们的面流露出对唐婉儿的欣赏、爱慕之情了，甚至连她的名字都不再提及，可越是这样，内心里越是烦躁。他拼命地写诗，他想用诗歌寻找心灵的慰藉，寄托无限的哀思，摆脱无尽的烦恼。他发誓等有一天娶到了唐婉儿，找回了做人的尊严，一定让江宏图为他的狂妄、刻薄买单。

九

一进入大四，系里就安排学生外出实习。那年的实习，学校第一次让学生自己联系实习单位，七十多个人，学校根本无法统一组织。501室的七个人中，梅山坡、黄贯中跟着马连波去了他父亲担任校长的学校，孙大猛和吴天奇跟着孙汉去了田野矿务局中学，只有魏明自己选择了实习地方。后来从杨百团口中得知，魏明是跟着严冬冬去了她老家一中实习的，实习前两人就已经好上了。

两个月的实习一晃就过去了。一回到学校，黄贯中就约室友们一起去城里，说好久没吃阜城熏豆腐了，心里怪想得慌。孙大猛说熏豆腐有什么好吃的，还不如进城看场电影，听说电影院正在放映《高山下的花环》，就是不知道票好买不好买。

“《高山下的花环》的小说我看过，是军旅作家李存葆写的，相当震撼，不知道电影拍得怎么样，会不会忠于原著！”孙汉说。

“片子是谢晋导的，他是目前国内最大牌导演，他要是都导不好，估计国内就没人能导得好了！”魏明说。

“猛子，你跟着孙汉在矿务局实习了两个月，给人家添了不少麻烦，你就不能请人家看场电影？你要是请，我们都可以舍命陪君子！”黄贯中眨巴着眼睛一本正经地说。

孙大猛瞅了瞅黄贯中，反问道：“你在马连波老爹的学校里实习，也给人家添了不少麻烦，你怎么不请大家看看电影？你要是请，我就把机会留给你！”

黄贯中轻蔑地瞅了孙大猛一眼，说在一个宿舍住了三年，从未见到他请过大家，怪不得大家都说他属貔貅的，只吃不拉。黄贯中说下午的电影他请，然后逐一征求大家的意见。魏明第一个表态说不去，估计他已经约好了严冬冬，即使他想去，大家也未必希望跟他一起去。本来马连波也不准备去的，因为再过几个月就研究生考试了，时间对他来讲实在是太宝贵了，可经不起大家一再劝说，只好跟着一起去了。

电影院售票处排着一条长龙，孙大猛十分自觉地排了上去，边排队边向室友们努着嘴，大家顺着孙大猛努嘴的方向看去，发现魏明和严冬冬在距他们不远的地方正卿卿我我着。电影即将开始的时候，梅山坡无意中瞥见杨百团牵着宋真真的手从侧门闪了进来，边找座位边四处张望着。

电影一散场，五位室友就去了曾去过多次的“圣城私房菜馆”，要了四个菜和一块钱一瓶的圣城小锅酒，咝咝啦啦地喝了起来。

“杨百团怎么那么不像话？一会儿跟方红好，一会儿又跟山菊花好，这怎么又勾搭上宋真真了？”黄贯中愤愤地问。

“家庭条件好，人又长得帅，还是班长，天时地利人和占全了，女生们能不投怀送抱？”孙大猛满脸猥亵地说。

“条件好就可以今天跟这个好明天跟那个谈？学校规定不准谈恋爱，

可班长和团支部书记都带头谈，辅导员怎么就不管管？这不是只许州官放火不许百姓点灯吗？”梅山坡义愤填膺地说。

“可即使大张旗鼓地鼓励也没人愿意跟咱们谈呀！还是发扬发扬风格吧！”孙汉哈哈笑着说。

“大猛，五组三个女生，现在就剩下一个杨晓了，再不奋起直追，可就一点希望都没有了！”黄贯中慢条斯理地说。

“守住杨晓这块阵地的任务就交给你了，你可不能像赵蒙生那样临阵脱逃呀！”孙大猛说着跟大家挨个碰着杯子。

一提起赵蒙生，大家自然又把话题扯到了电影上，把梁三喜、赵蒙生、靳开来、雷军长、梁大娘、“小北京”等电影中的人物一一评论了个遍。当说到梁大娘坚持用抚恤金和卖猪的钱偿还梁三喜欠下的债务和赵蒙生坚持把自己的一等军功章送给靳开来的妻子等感人情节时，大家的眼睛都湿润了。

大学时期的最后一个寒假很快又到了。梅山坡回到小店村没多久就收到黄贯中的来信，说马连波和吴天奇不仅分别考上中国人民大学和西南政法大学的研究生，而且考试成绩还十分突出，这让梅山坡羞愧难当，后悔自己虚度了三年多美好时光。此时的梅山坡心里只有一个愿望，就是圆满完成最后一学期的学习，分配一个理想的工作，只要不当教师，再艰苦再偏远的地方他都愿意去。

大家在焦躁不安中等来了毕业季。离校的前一周，教室里除了准备读研究生的几位同学外，基本上看不到其他同学了。

梅山坡心情沮丧地再次来到那条不知徘徊过多少次、守候过多少回的林荫大道，好几天没看到唐婉儿了，他心里总感觉空落落的。再过几天就回北里县了，以后再也没有机会看到那个身影了，虽心有不甘，但事实难变。梅山坡明白，当初要是自己不陷入想入非非的幻想中，此时的他也会像吴天奇、马连波一样，心若静水地审视着每一个焦躁不安的同学，畅想着自己美好的未来。

“晚了，一切都晚了！”梅山坡在仰天长叹的同时，不禁又扪心自问：如果时光倒流，自己就一定能控制住情绪、心无旁骛地学习吗？答案是否定的。他知道他根本无法控制对唐婉儿的痴情，那份痴情已经深入骨髓、流淌在血液中了，如同电视剧《血疑》中大岛幸子患上了血癌，即使医术再高超的父亲也无法挽救她的生命一样。梅山坡不知多少次地想过，假如有一天他需要为她而死，他肯定会义无反顾，可他认为这辈子他没有这个机会了，他现在唯一希望的就是让她知道，世界上有这么一个人，曾暗暗地恋着她四年，并甘愿为她生、为她死。

梅山坡在林荫大道上不停地徘徊着，当他走到大道尽头的时候，忽然瞥见唐婉儿正和一个男子朝他走来，他连忙躲到一棵大树后面，一直等他俩走出去老远，才回头仔细观察着那个男人：个头挺高，身材匀称，满头长发，气度不凡……他猜测那人一定就是何非。

梅山坡十分郁闷地离开了林荫大道，他知道自己是无法跟何非相提并论的，即使将来自己能干出一番事业，都没机会实现“让江宏图为自己的狂妄付出代价”的誓言了。再过两天，他就要回北里县教育局报到了，作为一个没背景、大学期间还曾挂过科的师范生，回北里县的最好结局就是留在北里一中当一名普通中学教师，跟分配到省内唯一一所全国重点大学——北方大学的唐婉儿之间的差距更大了，将来有没有机会见面都很难说。

梅山坡围着校园漫无边际地走着，当他步入萃花园的时候，忽然想起刚入校时跟同学坐在花园的凉亭里“指点江山，激扬文字，粪土当年万户侯”的情景。“四年转眼即逝，千万不要在即将离开校园的时候才意识到时光荏苒、岁月静好！”第一次跟老乡聚会时王杨说的话再次在他耳边响起。梅山坡心情抑郁地找了个偏僻地方坐了下来，想想四年前的美好憧憬，想想四年来的浑浑噩噩，想想四天后的前途未卜，他忍不住哭了。

不知过了多久，一对男女争吵着走了进来，尽管微弱的灯光下看不清他俩的脸，但梅山坡通过声音和形体断定那两人是杨百团跟宋真真。两人不停地争吵着，尽管声音不高，但梅山坡句句听得真切。毕业了，天各一方的杨百团跟宋真真能再次演绎一出现代版的“梁祝化蝶”？梅山坡深表怀疑。

离校的头天晚上，天热得出奇，一丝风都没有，黄贯中赌气地将扇子扇得“呼呼”作响，汗水还是如泉眼般地顺着脸颊肆意地淌着。他抬头望了望默不作声的室友，勉强挤出一丝笑容：“两点了，不睡会儿？”

“铺盖都打包了，咋睡？睡光板床上？”孙大猛说着拆开一盒烟倒在桌子上。室友们默默地拿起香烟，默默地点燃，默默地抽着。

“轻轻敲醒沉睡的心灵，慢慢张开你的眼睛，看看忙碌的世界，是否依然孤独地转个不停”，魏明一哼，大家都情不自禁地跟着哼了起来：“春风不解风情，吹动少年的心，让昨日脸上的泪痕，随记忆风干了……”

听到501室有人在唱《明天会更好》，其他宿舍的同学干脆打开宿舍门，唱着走了出来：“唱出你的热情，伸出你双手，让我拥抱着你的梦，让我拥有你真心的面孔，让我们的笑容，充满着青春的骄傲，为明天献出虔诚的祈祷……”凌晨两点多钟突然从男生宿舍楼上传来歌声，可把派出所的苟所长吓坏了，他带着几名值班人员匆匆赶来，好说歹说才把同学们劝回了房间。

五点多钟，天淅淅沥沥地下起了小雨，马连波望着窗外，小声问大家：“再过两个小时就该离开了，大家不再去校园里走一走？”见无人回应，马连波十分尴尬地又重新坐回了光板床上。

再过一个多小时就要去兖城了，马连波和吴天奇陪着梅山坡、黄贯中再次来到了西联五教室前，大家一句话不说，就那样默默地站了好大一会儿，然后又默默地来到了林荫大道。梅山坡深情地望着灯光闪烁着的女生宿舍楼，感觉心隐隐作痛。

车就要启动了，梅山坡慢慢抬起低沉的眼帘，凝望着将要远离的校园和一张张彷徨失意的脸，涌上的有惆怅、有不安，但更多的是不舍和依恋，这里，他们曾经寻梦四年，有太多太多的记忆和无限美好的情感！车终于启动了，梅山坡无力地靠在窗前，滴血的心在不停地呐喊：再见了，婉儿，我们是否还能相见？是明天，是一年，还是永远？

十

去北里一中报到的那天，天闷热得出奇，街道上几乎看不到行人，路旁绿荫下的摇椅上躺着的老头，如同得了瘟疫一般，有气无力地喘着粗气，就连旁边趴着的大黑狗，眼瞅着对面商铺里扔出来的猪骨头，也懒得叼过来美餐一顿。

从北里县教育局到北里一中，直线距离不过三里地，但梅山坡竟然走走停停地走了一个多小时，当他站在那块掉了漆面、有些褪色的“北里县第一中学”门牌前的时候，忍不住一声叹息。

梅山坡十分不情愿地走进大门，远远听见有人喊他，抬头远望，是高中班主任周大庆，连忙迎了上去：“老师，您怎么在这里？”

“我估摸着你们今天要来报到，所以吃过早饭就在这里等你们了！”周大庆望着一脸懵懂的弟子，呵呵一笑，说他已经调到一中工作了，比他早报到几天，以后他们就是同事了！

梅山坡一脸惊愕地问周大庆如何知道他分配回北里县，又如何知道这几天就来学校报到的。周大庆说北里县教育系统一共分配来五个师范院校本科生，除一人留在招生办工作外，其他四个人都分配进了一中了，名单三天前他就拿到了。两个人说着进了副校长办公室，梅山坡这才明白周大庆已由二中副校长调任一中副校长了。

晚上，梅山坡在周大庆家喝了不少酒，这是他有生以来第一次喝那么多酒。酒一多，话自然就多了起来：“老师，您干了一辈子教育，您说，为什么社会上的人都看不起当教师的？”

“师者，传道、授业、解惑也！是太阳底下最光辉的事业，怎么可能都看不上呢？你在阜城读的大学，你就没感觉出社会对圣人的敬仰？”周大庆看了看弟子，继续说道，“国家发展、民族复兴离不开教育。教之强，则国之强。社会上的确有人看不起教师，过去还把教师跟‘地富反坏右’划为一类，称之为‘臭老九’，确实伤了不少人的心！”

梅山坡替老师端起酒杯，满怀深情地说：“我一农村孩子，能够考上大学，走出大山，吃上国库粮，端起铁饭碗，多亏老师的教育和培养，我打心眼里敬重老师、感恩老师，但让我像老师一样教一辈子书，说心里话，我确实没做好思想准备！”

“你不是没做好思想准备，你是打心眼里不愿意从事这个行业！分配你来一中，你是十万个不甘心呀！”周大庆笑笑说，“尽管‘四人帮’已被粉碎十年了，但其遗毒仍然在少数人头脑中根深蒂固，但我相信，这种现象将来一定会改变的！恢复高考、召开全国教育工作会议，不正是说明教育的春天已经来临了吗？”周大庆笑嘻嘻地问梅山坡，说你当初选择报考师范院校，不就是为了将来当一名人类灵魂的工程师吗？看你那苦大仇深的样子，好像受了多大委屈似的。

梅山坡端起酒杯抿了一口，苦笑着说：“不瞒老师说，当初我选择报考政治专业，就是希望毕业后能进政府部门工作，村里人听说我当了教师，看我的眼神都变了，尤其是那个陈老七，酒后当着很多人的面说多亏当初没让他儿子上大学，要是上完大学去当个老师，哪还有机会去乡政府工作？他儿子现在在乡政府当通讯报道员。”

“中国是一个有着几千年封建历史的国家，官本位思想根深蒂固，非一朝一夕所能改变。既来之则安之吧。要是把这种悲观消极情绪带到工作岗位上，带到教学工作中，那就不仅仅是责任问题了，而是职业道德问题了！”周大庆犹豫再三，还是将知道梅山坡大学期间考试挂科的事告诉了他，并嘱咐他千万别在档案中再增添新的不光彩一页了。

回到宿舍的时候已是晚上九点多钟了，张安正在灯下看书，见梅山坡踉踉跄跄地进来，连忙起身帮他倒水。

“于老师和李老师呢？还没回来？”梅山坡咕嘟咕嘟地喝着水，舌头有些僵硬地问。

“于老师报完到就回家了，李老师好像去了他姑家，他姑在县造纸厂上班。”张安说的于老师和李老师分别叫于小舟和李丰，是跟张安、梅山坡一起新分配来一中的大学生。于小舟是烟山师范学院中文系毕业的，李丰毕业于水城师范学院数学系，张安则在省城师范大学学的是英语专业。因为宿舍紧张，学校就将图书楼上的一间仓库腾了出来，让新分配来的四个大学生住了进去。

“房子倒挺大，可惜是楼顶，还是阴面，连个水龙头都没有！”梅山坡抹了把脸上的汗水，从水桶里舀出几舀子水倒进洗脸盆里，“哗啦哗啦”地洗了起来。

“没水龙头倒没什么，楼下就有，可就是厕所太远了，来回得好几百米，万一闹个肚子拉个稀可就麻烦了，要是房间里有个 toilet 就 ok 了！”张安说。

“上了大学才知道楼房里的厕所原来是那个样子，也不知道这辈子咱们能不能住上那样的房子！”梅山坡一边擦着脸一边说。

“拼命考大学不就是为了将来能住那样的房子吗？肯定没问题！”张安一脸认真地说。

梅山坡说一中校长都没住上屋里带厕所的房子，解手都得去公厕，谁也不敢保证将来咱们就一定能住上！两个人正犟着，李丰推门进来了，两个人就问起他姑家的住房问题。李丰说他姑就造纸厂一普通职工，没有资格住楼房，但他们厂的厂长书记住的都是楼房，县里各部委办局的局长主任们住的也是楼房。

“按理讲，一中的校长比造纸厂的厂长书记职务高，职位高的没住上，职务低的反倒住上了，这很不应该呀！”张安愤愤不平地说。

“别着急，将来一中也会盖宿舍楼的！”李丰信心满满地说。

“别做梦了！全县城的人都住上了，也未必轮得上咱们这些臭老九！”梅山坡灰心丧气道。

“太悲观了吧？你们学哲学的都这么悲观？”李丰说，“五十年代知识分子就被划为工人阶级了，工人阶级能住楼房，知识分子为什么就不能住？”梅山坡说：“既然知识分子是工人阶级的一部分，‘文化大革命’时为什么单单把知识分子划入地富反坏右一类？还不是因为歧视知识分子？尽管国家已经给教师正了名，但社会上不还是有人称呼教师为臭老九？就连我们村大字不识的书记、村长都瞧不上当老师的，搞得我都不愿意在村子里待了，唯恐路上遇到他们。”

“那种人哪个村子都有，屁事不懂，还敢看不上这个瞧不起那个，我们村的村长就那德行！别看我爹就一小学老师，可在我们村长面前气场可足了，两句话就把他撑得屁都放不出来！跟那种人一般见识，掉价！”李丰把水舀子往水桶里一扔，气呼呼地说。

“还好，我们村的村长上过初中，在村里算是文化人，知道文化的重要性。去年春节他还在村委会组织了一场茶话会，把在外面上学的全请了过去，每人发了一支英雄牌钢笔。”张安说。

可能是房间里太闷了，也可能是初次相见格外兴奋，三位新室友一直聊到了天放亮，其间还去了两趟厕所，每去一趟就调侃一次。

高二高三返校的第二天就是新生报到的日子。一大早梅山坡就起了床，实际上整个晚上他都没怎么睡，尽管当班主任这事他早就知道，可临近上任了他还是紧张得不行。

梅山坡起床后先去了办公室，把学生档案重新梳理了一遍，然后又把新生到校后准备讲的话在脑子里捋了一遍，越捋越感觉混沌不清，气得他直想抽自己。他想不明白，那些当领导的为什么那么能讲又那么会讲，一上台就滔滔不绝，一讲就是大半天！

梅山坡拿着钥匙去了教室，把昨天粘在桌子上的座次表重新检查了一遍，尽管老班主任们都说不用提前排座次，等学生到校后拉到教室前面站站队，按高矮个坐就行了，但梅山坡感觉还是先提前排好得好，这样既可以照顾学生的身高，还能兼顾学生的视力。

梅山坡拿着钥匙从教室里一出来，迎面遇上周大庆和校长厉高远。厉高远是学校的一把手，年龄虽没有周大庆大，但资历却比周大庆老，在全县教育系统属于“德高望重”。厉校长笑嘻嘻地把梅山坡叫到面前询问了几句，鼓励他好好干，争取踢好头三脚，打响第一炮。

尽管提前备了课，但第一次班会还是开砸了，这让梅山坡懊丧不已。全班五十四名学生的档案，梅山坡看过三遍，但对那个叫唐小娟的却一点印象都没有，可能是他太关注班里的十六名全县统招的“百名生”和三名“照顾生”了，对其他学生没怎么在意。当梅山坡心情忐忑地走上讲台并一眼看到坐在第一排的唐小娟的时候，心里“咯噔”了一下，准备好的讲话内容竟然忘得一干二净，因为台下坐着的唐小娟分明就是唐婉儿，那长相、那神态，尤其是金丝眼镜后面那双游离、忧郁、高傲的眼睛……

梅山坡心情复杂地离开教室去了办公室，他既为自己的表现感到沮丧，也为时隔两个多月再次遇见“唐婉儿”感到惊喜。毕业时当他得知自己被分配回原籍时，他曾一度绝望过，感觉这辈子再没机会见到唐婉儿了，所以离校那天他忍不住潸然泪下。他本来想随着时间的推移他对唐婉儿的情愫会被时光打磨得一干二净，那样他就可以从幻想中挣脱出来，以一个全新的面貌面对新的生活，但唐小娟的出现再次荡起了他心中的波澜，重新唤起了他心中的向往。他感觉这辈子他跟唐婉儿有缘，否则高考填报志愿时他就不会私自改掉周老师极力主张报考的北方大学，毫不犹豫地报考了阜城师范学院，尽管当时是急于跳出农门，对自己缺乏信心。上大学之后他又跟唐婉儿划分到了一个学习小组，自然就比其他同学多了一些接触的机会。毕业分配回原籍，他本想这辈子再也没有机会见到唐婉儿了，谁承想自己担任班主任的六班竟然来了一个完全可以跟唐婉儿以假乱真的唐小娟，这难道不是天生有缘、上天眷顾？梅山坡将唐小娟的档案看了一遍又一遍，越看越感觉她俩即使不是姐妹也一定存在着血缘关系。

梅山坡从纸箱里翻出那些曾经写了整整四年的日记本，考入阜城师范学院后他写了差不多六本日记，大部分内容都与唐婉儿有关。毕业在家等待分配工作的那段时间里，梅山坡将四年写的日记认真整理了一遍，发现六百八十二篇日记中竟然有五百三十三篇与唐婉儿有关，他曾带着五百三十三篇日记去了村东头的山上，站在高高的山上，对着空旷的田野和山下的忘情河，他大声朗诵着那些凝聚着他无限情感与痛苦的情诗，忍不住号啕大哭。

梅山坡疯了似的跑下山谷，跑到山下汩汩流淌着的忘情河旁边。他知道，沿着这条河顺河而下就能到达唐婉儿工作的省城，尽管中间要进行两次汇流，但他坚信，他跟她是同饮一河之水的，他对她的思念完全能够通过这条小河传递到她的身边。“君住长江头、我住长江尾，日日思君不见君，共饮长江水。”梅山坡坐在河边的大石头上怔怔地望着潺潺的流水，忽然想起《红楼梦》中黛玉葬花片段，心中竟然有了强烈的流水传情的冲动。他想让河水将五百三十三篇日记带到她将来工作生活的那座城市，尽管他知道她收不到也看不到那些日记，但他不想让那份美好的情感永远藏在箱底、埋在心里，他想用这种方式跟过去做个告别，因为他感觉她只能成为他心中可遇不可求的向往，不可能成为他现实生活中的一部分。他得重新开始，为父母也为自己。

梅山坡打开活页本抽出一页日记，平平整整地放进小河，日记顺流而下，很快就冲出去五六米远。一张、两张……当放到第六张的时候他后悔了，发疯似的跳进河里把漂流而下的日记一张一张地捡了回来，平平整整地晾晒在石头上，他感觉那场景如同《西游记》中师徒四人晒经一般。

去一中报到的时候梅山坡只带了那本还没有写满的日记本，已经写满的五本日记他都留在了家里。那本没有写满的日记本他本来也不准备带的，但临出门的时候他又从盛满书的纸箱里将那本日记本抽出来带在了身上。新生入校的那天中午他没回宿舍，而是将锁在办公室抽屉里的日记本拿出来，写下了第五百三十四篇日记。

十一

新生入校的第一周，“照顾生”毕海的父亲毕思潮来学校拜访梅山坡，并给梅山坡带来两条石林烟和一箱北里特曲。第一次收到如此贵重的礼物，梅山坡有些不知所措，又有些受宠若惊。

毕思潮来学校的当天下午，梅山坡就把毕海叫到办公室谈了很久，说了很多鼓励的话。自打上了初中，还没有一个老师跟他这样面对面、心贴心地谈过，这对于一向缺少存在感的毕海来讲是莫大的鼓舞。跟毕海谈完，梅山坡又将唐小娟叫到办公室聊了半天，嘱咐她一定要好好学习，不枉费三年时光。跟唐小娟谈话的那天晚上，梅山坡再次失眠了，只要一闭上眼睛，满脑子里都是唐小娟的模样，尽管他知道他想的不是唐小娟，而是跟唐小娟长得十分像的唐婉儿，但在唐婉儿只可能成为想象中的恋人的时候，他不能保证自己不会爱上唐小娟。爱屋及乌，古代人早就总结过了。

三位室友比着赛地打鼾，尤其是于小舟，鼾声打得震天响，跟“呼噜王”黄贯中比起来有过之而无不及。梅山坡十分烦躁地瞅着对面床上的于小舟，暗骂道：“真倒霉，到哪都能遇上个霹雳公！”

梅山坡悄悄地去了办公室，打开抽屉拿出毕思潮送他的石林烟，抽出一支放在鼻子上闻了许久，忽然有了想抽的冲动。“闲来一支烟，赛过活神仙。”他不知道香烟是不是真如父亲说的那样神奇，况且还是只有县长局长们才能抽得起的石林烟。梅山坡点燃一支抽了起来，没多大会儿就有了醉酒的感觉，恍惚中他感觉有个身影在眼前晃动，是唐婉儿，也可能是唐小娟。

“在你最美的时刻，我遇见了你，你便从此刻在了我的心上！尽管遇见你是个错误，但我依然认为，你是我生命中最重要的遇见！无论惊涛骇浪，还是山花烂漫，我对你的情感坚如磐石，矢志不变！”梅山坡眼含泪花在日记中写道。

新生入学后的第三个月，学校组织了期中考试，成绩统计出来的当天晚上，梅山坡先找成绩回落的四名“百名生”谈了话，然后又将毕海叫进办公室表扬鼓励了一番，提出了更高的目标，因为他在期中考试中全班进步最大，名次由入学时的班内倒数第二,一下子提升到了全班第三十五名，尽管梅山坡对他考试成绩的真实性持怀疑态度。

毕海走后没多大会儿唐小娟就来了，梅山坡望着灯光下的唐小娟，竟然慌乱得不知说什么好。灯光下的唐小娟确实很美，如同年画上的四大美女从墙上走下来一般，那种不施粉黛、天然琢成的自然美，让人禁不住产生出一种发自内心的爱怜，楚楚动人的样子，让人不忍心再说什么。梅山坡轻描淡写地说了说期中考试的情况，要她回去后一定要好好分析一下数学、英语考试成绩不理想的原因，争取期末考试时把名次赶上来。

为了帮唐小娟把英语和数学成绩提上来，梅山坡跟张安和李丰说唐小娟是他最要好同学的表妹，要他俩平时多关注一下，为此梅山坡还专门请室友们吃了一顿。

期中考试后的第二周，梅山坡重新调整了部分班干部，将跟同学打架的体育委员换成了毕海，安排唐小娟担任英语课代表。

听说儿子期中考试进步很大，又在班里担任了班干部，毕思潮十分高兴，立即安排司机开着一辆双排座，把梅山坡请到家里喝了半宿的酒。

毕思潮告诉梅山坡，毕海母亲去世后，他因工作繁忙疏于管教，致使处于青春叛逆期的毕海放纵了自我，不仅初中三年没正儿八经地学过习，还学会了抽烟打架，在北里县二中，一提起毕海，老师们没有一个不皱眉头的。毕思潮说他小时候家里兄弟姊妹多，日子过得穷，又赶上三年自然灾害，只上了三年学就给生产队拾起了大粪。因为自己没文化，所以他十分希望自己的孩子将来有文化。送毕海去北里一中，他没指望将来能考上大学，只希望他多读几年书，多学点文化知识，谁知一上高中，他脑子像开了挂似的，不仅性格变好了，学习成绩还“噌噌”地往上提。梅山坡承诺一定会严格要求毕海，绝对不能让他把劲松下来，争取让他期末考试的时候名次进入年级前二百、班级前三十名。话虽这样讲，但梅山坡心里一点底都没有。

期末考试说来就来。考试结束的第三天下午，各科成绩就统计出来了，梅山坡最为关注的毕海和唐小娟的成绩都超出了预期。毕海考试成绩班内排名第二十九，唐小娟的考试成绩比期中考试时提高了八个名次，其中数学和英语两科进步最大。

学校放假的前一天，梅山坡把毕海叫到办公室里谈了半下午，除了对他一学期的表现进行了全面分析外，还要求他利用寒假时间把相对薄弱的物理和数学认真补一补。毕海说寒假补习计划期末考试一结束他就制定好了，并跟同学约定假期里去同学家学习，因为他两岁的同父异母妹妹太闹腾了。梅山坡说假期里他们宿舍空着没人住，如果他愿意，他可以将宿舍钥匙留给他。

学校放假那天，梅山坡把唐小娟叫到办公室谈了一个多小时，当谈起她父母和家庭时，梅山坡明显觉察出了她的变化。尽管唐小娟嘴上没有拒绝梅山坡的家访要求，但脸上明显表现出了不欢迎。

学生们放假回家的那天中午，梅山坡提着毕思潮送他的两瓶剑南春酒去了周大庆家，陪老师小酌了两盅，汇报了一学期的工作，然后回办公室给刘中原、黄贯中、杨百团等人分别写了一封信。信寄出去后，他忽然产生出给唐婉儿也写一封的冲动。半年了，关于唐婉儿的消息少之又少，因为毕业后她除了与个别同学偶有联系外，与大多数同学基本没什么联系。信很快就写好了，只有短短一页纸，内容跟写给其他同学的差不多，只是在遣词造句上更讲究更文艺了一些，在最后一段还十分隐晦地表达了对她的思念和爱恋。信写完后，梅山坡这才想起没有唐婉儿的具体通信地址，偌大的北方大学，谁知道她分配到了哪个院系！

梅山坡十分沮丧地将信夹进那个已经一个多月没有更新的日记本里，顺手将夹在日记本里的毕业照抽出来看了许久，然后在日记本上写下了关于唐婉儿的第五百六十篇日记。

五点多钟梅山坡就起了床，实际上整个晚上他就没怎么在床上躺着，而是一遍又一遍地走到窗前朝外眺望，窗外漆黑一片。室友们都放假回家了，整个宿舍就他一个人，他本想没了呼噜声会美美地睡上一觉，一直睡到自然醒，可骚动的心搅得他根本无法入睡，他后悔当初不该将日记从河水中抢回来，而应该让忘情河将它们全部带走，那样他就用不着因为时常看到那些日记而痛苦不堪了。

太阳刚一露头，一辆喷着“北里县建筑总公司”字样的双排座货车停在了学校图书馆楼前，毕思潮从副驾驶座上一下来，梅山坡连忙迎了上去：“你那么忙，怎么还亲自来了？”

“工地上早就停工了，反正没什么事，今天陪你一起回家看看！”去小店村看望父母的提议毕思潮以前提过，但梅山坡当时就谢绝了，因为他打心眼里不想让他去，他家实在是太寒酸了！

见拗不过毕思潮，梅山坡只好将自行车和学校从县肉联厂统一订购的过节物品——一个生猪头和一挂猪肠子搬上了车。

“我家很破，毕总去了可别笑话啊！”在后排座上一坐下，梅山坡就迫不及待地解释说，那声音那语气，傻瓜都能听出他的羞愧与无奈。

“看你说的！能培养出大学生的家庭都是了不起的家庭！”毕思潮回头望了望梅山坡，一本正经道，“都是庄户孩子，我小时候不还捡过大粪吗？建筑公司的经理，说到底就是个泥瓦匠头！”听毕思潮这样讲，梅山坡的心里一下子坦然了许多。

胡同窄，车开不到家门口，只好停在了村头上。对梅山坡来讲，即使能开到家门口，他也愿意让司机把车停在村口上，那里人多，距陈老七家只隔着一条胡同，陈老七没事总喜欢在村头上转悠。

“毕总，能来我家，就已经很感动了，咋还带这么多东西？”见司机从车上搬下一大堆东西，梅山坡有些不好意思。

“都是些吃的！这一箱是熟食，咱们中午的酒肴！”毕思潮指着地上的一个纸箱笑着说。

“别全搬下来了！”梅山坡说着搬起地上的一个纸箱又放回了车上。

三个人正推让着，陈老七抽着纸烟从胡同里走出来，主动上前打着招呼。梅山坡见状，连忙将毕思潮介绍给他，并掏出石林烟抽出一支递给了他。看陈老七接烟时一脸谦卑的样子，梅山坡心里爽快极了！

开车回家过年，这对于没见过世面的小店村人来讲本身就是一件轰动的事情，况且还有县建筑公司的总经理陪着，还带回来那么多东西，所以当听到一位上了年纪的问另一位上了年纪的“是谁的车”，另一位上了年纪的回答说是“梅西岭家二小子的车”时，梅山坡发自内心地感激毕思潮。

酒一直喝到日薄西山。已有醉意的毕思潮上车后还嘱咐梅山坡别忘了帮他把公司的管理制度和奖惩办法梳理一下，因为酒桌上梅山坡吹嘘说他在上大学的时候看了许多关于日本、德国工业企业管理方面的书籍，对现代企业管理有比较深入的了解。酒桌上随口一说，谁知毕思潮当了真，非要梅山坡帮他梳理一下企业管理的规章制度不可。大话已经说出去了，不拿出点真东西面子上肯定过不去，所以一送走毕思潮，梅山坡就去村委会给刘中原打了电话，要他务必帮忙找些企业管理制度、管理经验方面的资料，尽管刘中原去北师大读书后大家没再见面，但书信没断了来往。

春节前夕，梅山坡陆续收到黄贯中、孙汉等人的回信和刘中原寄来的资料。黄贯中在信中告诉梅山坡，唐婉儿元旦那天结婚了，消息是他一个艺术系的老乡告诉他的，他跟何非是同班同学，元旦那天去喝了何非跟唐婉儿的喜酒。黄贯中信中还告诉梅山坡，唐婉儿结婚时一个同学都没邀请，连给她当了四年绿叶的傅芳心都没邀请。自打知道唐婉儿结婚的消息，梅山坡像丢了魂似的，大年三十跟着父亲、哥哥去上坟，把盛祭品的挎盒都烧出了一个洞，为此还挨了父亲一顿埋怨。

除夕晚上，母亲炒了满满一桌子菜，父亲把梅山坡第一年上大学时捎回来的阜城老窖酒从麦子瓮里扒拉出来，握在手里端详了半天。看到阜城老窖，梅山坡想起跟室友们一起进城买酒时的情景，想起室友们为了某位女同学争得面红耳赤的情景，更想起得知唐婉儿恋爱时偷偷蒙在被子里掉眼泪的情景……

“三，这些天，我看你一直闷闷不乐，是不是心里有事？”梅山坡是家里的老三，所以他娘一直习惯叫他三，大名和小名基本都不叫。

“没什么事！哪有什么事？”梅山坡偷偷擦拭着眼睛，哭笑着。

“有什么事别憋着，跟娘和你大说说怕什么？”娘显然不相信。

“真没什么事，就是想同学了！”梅山坡笑笑。

“想他们过了年去找他们耍耍就是了！同学就跟亲戚一个样，得常走动！”父亲瓮声瓮气道。

“一上班，公家就给你发那么些钱，还交了毕经理那样一个爽快人。他孩在你班里学习不孬吧？”娘问。

“那天毕经理开着车一到咱庄上，庄上就传开了，说梅家二小子拉着一车东西回家过年，县上还来了一位大干部陪着！山坡，你得好好干，将来也要混得跟毕经理那样！”父亲嘿嘿笑着，招呼两个儿子把盅里的酒全干了。

“三，那天毕经理在咱家喝酒时说要给你哥安排个活干，是真事还是随口说说？你看你哥都三十了，要不是那腿，他早该……唉！”娘叹着气，拽起棉袄袖口擦拭着眼泪。

“大过年的，跟孩子说这些干什么？”见梅山江自顾自地喝闷酒，梅西岭训着老伴道。

“你大哥那腿就是治晚了，要是当时家里不那么穷，还能拖到现在都没找着个对象？”娘没理会父亲继续讲道。

“别说了，娘，我兄弟就是个当老师的，你难为他干什么？不就是打光棍吗？有什么大不了的？”梅山江梗着头说。

梅山坡看了看娘，又瞅了瞅哥哥，深深叹了一口气：是啊，要是一毕业就分配到政府机关，有能力给哥哥找个临时工干，娘也不至于夜夜愁得睡不着觉，头发一天白起一天。除夕晚上，梅山坡跪在“太公在此”牌位前祈祷了半天，替他自己，也替全家人！

正月初五从姐姐家一回来，梅山坡就将自己关进屋里潜心研究刘中原给他寄来的书籍和资料，当他回到北里县城把想法和建议说给毕思潮听的时候，毕思潮更坚定了一定让儿子接受高等教育的决心，他感觉在国家越来越重视教育、尊重科学的大背景下，没有文化知识，总有一天会被淘汰的！

十二

四月下旬，梅山坡收到了孙大猛的来信，说魏明五一节结婚，他想趁魏明结婚约室友们一起聚聚。孙大猛信中说，除吴天奇和马连波外，宿舍的其他人他都写信告知了，大家都说到时候一定过去。

五一节的前一天，梅山坡坐了六个多小时的车，终于在晚上七点多钟到达了滨城。一下车，梅山坡就坐上孙大猛的自行车去了滨城政府招待所。

同学们依次坐好后，杨百团举起酒杯站了起来："毕业马上就一年了，多亏魏明结婚，大家才有机会滨城相聚。这杯酒有两层意思。一是祝贺魏明脱单，二是祝愿同学们友谊天长地久！""嘭"，八九个杯子碰到了一起。

"班头，什么时候喝你跟宋真真的喜酒？"黄贯中一边啃着鸡爪子一边问。

"嘿嘿，喝不上了！"杨百团尴尬地笑笑。

"为什么喝不上了？你俩已经结婚了？"梅山坡不解地问。

"你是真不知道还是故意气我？"杨百团故作生气地夹起一筷子菜放到梅山坡的盘子里。

“咱们班全军覆没了！”刘中原瞅了眼懵懵懂懂的梅山坡，解释道，“上学时谈恋爱的几对，毕业后全都劳燕分飞了！”

“什么？魏明不是跟严冬冬结婚呀？”梅山坡到得晚，所以不知道魏明第二天迎娶的是滨城市政府秘书长的闺女。

“咱们班四十八罗汉，魏明是第一个脱单的，也是咱们班第三个结婚的，他前面有两名女生已经嫁为人妇了！”杨百团说。

“谁呀？哪两个女生结婚了？”梅山坡问。

“你怎么什么都不知道？典型的两耳不闻窗外事，一心只教圣贤书！不关心同学！罚酒！”尽管江宏图极力装出一副友好的样子，但一脸的不自然一眼就能看得出来。

“北里不比大城市，信息闭塞，我两耳想闻窗外事也没办法闻呀！”梅山坡一脸无辜地说。

“咱们组大美女结婚你不知道？”黄贯中一脸诡异地看着梅山坡。怕大家看出他的不自然，梅山坡连忙转移话题问另一位结婚的女同学是谁。

“军嫂方红嘛！一毕业就跟吴昆仑结婚了，小英雄可能都快出来了！”刘中原哈哈笑着说。

喝完酒，大家移步到杨百团跟江宏图的房间，把上学期间的陈芝麻烂谷子的事翻出来数落了个遍，说得最多的还是大学期间谁跟谁好，谁单相思谁，谁和谁谈过恋爱，大家非常惋惜全班没有一对成功的，最有希望成的最终也没修成正果。杨百团说他不是不相信爱情，世界上轰轰烈烈的爱情确实有，但很少，找对象还是应该现实些。杨百团说上大学时魏明先是迷恋上大学语文老师，后又跟严冬冬好了一两年，毕业后不还是娶了秘书长的闺女？杨百团打着哈哈问刘中原，说你在北京上学时没少给高茗献殷勤，为什么到现在还没抱着美人归？

江宏图一脸猥亵地附和说，刘中原色胆包天，别说天时地利占全了，就是一样不占，他也敢先上车后补票，怎么可能抱不着美人归呢？

刘中原朝江宏图的肩头狠狠地捶了一拳，说你把唐婉儿都领回家了，不也没把人家弄到炕头上去吗？

“什么，什么？都领回家了？什么时候的事？”黄贯中惊呼道。

江宏图一脸蒙圈地看看刘中原，又望望杨百团、孙大猛等人，当看到梅山坡满眼羡慕嫉妒恨的时候，把想说的“我什么时候领她去过我家”的话又咽了回去，故意挑逗说：“你不是也把她领回家过吗？”

“那是我们组一起去爬遗山，他们几个都在！”刘中原指着孙汉、孙大猛、黄贯中和梅山坡道。

“遗山长在你们家？爬山怎么会爬到你家里去了？”江宏图一脸严肃地问。

“到了清风，我要是不请大家去家里吃顿饭，他们不得笑话我一辈子？”刘中原端起酒杯跟每个人碰着，就是故意不跟江宏图碰。

“毕业后我才发现唐婉儿长得确实美，怪不得咱们班那么多人单相思她呐！听说你们两个还是情敌！”杨百团笑着问刘中原跟江宏图。

“我们俩可不是情敌，我跟八一级那小子是情敌！”刘中原说着瞅了梅山坡一眼，瞅得梅山坡浑身不自在，愤怒与自卑一起涌上心头。

噼里啪啦……由一辆奥迪 100 和三辆红色桑塔纳组成的车队，在鞭炮声中浩浩荡荡地开进了滨城市财政局家属院。奥迪车门一打开，杨百团、江宏图、黄贯中等人就迫不及待地拥上前去，他们都想看看新娘到底长什么样子。

喜宴安排在当地最好的维多利亚饭店，魏明本来想安排同学们在雅间就座的，可杨百团等人坚持在大堂，除了酒店单间不多、重要客人都安排不过来以外，更主要的是他们想看看新郎新娘婚宴上的表现。

“奶奶的，场面还挺大的，这是要把全城人都请来呀？”一走进能容纳三四百人的宴会大厅，杨百团就忍不住地骂道。

“秘书长嫁闺女，各部委办局的头头们敢不来捧场？”刘中原说。

“你爹是县委书记，比他老丈人官大，到时候拍马溜须的肯定更多！”江宏图拍着刘中原的肩膀笑道。

“高茗她爹是京官，你们俩结婚我们都得去北京喝喜酒，来回得两天，不容易，到时候你可不能一顿酒就把我们打发走了，怎么也得安排大家住上几天，把上次去北京时没逛的地方全逛个遍！”黄贯中一本正经地说。

“想得美！就拿二十块钱份子钱，安排吃安排住就已经亏大了，再给你安排个北京五日游，你想让我破产呀？不过这事你就不用惦记了，已经没可能了！”刘中原说着跟杨百团一起挑了个大堂最好的位置坐了下来。

“怎么？你想隐婚？”孙汉问。

“魏明跟严冬冬轰轰烈烈地谈了接近两年，毕业后不还是劳燕分飞？高茗好不容易回了北京，她还能再回阜城那个小县城？况且人家现在已经有了！”刘中原神情黯然地说。

“当初你就不应该再回阜城，应该想办法留在北京！”孙汉说。

“我是学校送出去委培的，不回阜城能行吗？”刘中原话没说完，婚礼就开始了，当魏明牵着新娘走上台的时候，大家才发现新娘跟严冬冬比起来矮了不是一星半点，即使穿着五六厘米的高跟鞋，头顶也没过魏明的肩膀。

“跟严冬冬结婚多好啊，非得娶秘书长闺女，就那身高，晚上怎么办事？”黄贯中一脸坏笑地小声嘀咕道。

“暑假后他就调市委宣传部上班了，跟严冬冬结婚，他能调宣传部？”听江宏图这么一说，一直闷不作声的梅山坡更加羡慕嫉妒起来。自从走进维多利亚饭店大堂，梅山坡就在心里不停地盘算着：一场婚宴，不含烟酒，仅每人二十块钱的餐标，一整场下来的费用他就得攒上十年，当听说魏明很快从师专调到市委宣传部工作时，心里就更加焦躁不安起来。

婚宴没结束梅山坡就匆匆离开了，他要赶下午两点半返回北里的汽车，尽管大家极力挽留他第二天再走，但他还是义无反顾地走了，因为在刘中原、江宏图和新晋秘书长乘龙快婿的魏明面前，他总有一种心神不宁、坐立不安的感觉。他后悔来参加这场婚礼。

一学期很快又结束了。期末考试成绩公布的当天，校长厉高远把梅山坡叫到办公室聊了许久，对他一年来的工作表现给予了肯定，对六班在本次考试中取得的优异成绩给予了高度评价，他要梅山坡认真归纳总结提高差生学习成绩的经验，并在全校做一次经验分享，因为入学时班里的三名“照顾生”学习成绩都进步很大，尤其是入学时位列年级倒数后十位的毕海，期末考试竟然差点排进了年级前一百名。

放假的前一天，唐小娟主动来办公室找梅山坡，告诉他下学期她要转入海城一中读书了，要老师帮她把学生档案找一下。梅山坡怔怔地望着唐小娟，竟然半天没说出一句话来。

“我爸妈非让我转，他们已在那边联系好学校了！”唐小娟低着头说。

“这些年，海城一中高考成绩就从没超过北里一中，我不知道你爸你妈是怎么想的！”梅山坡瞪了唐小娟一眼，气呼呼地说，“你现在正处于起势阶段，这个时候转学，你觉得合适吗？”见唐小娟低头不语，梅山坡稍稍缓和了下语气，要她回家后跟她爸妈说说，晚上他要去他们家亲自找她父母谈一谈。

太阳还有一竿子多高，梅山坡就迫不及待地骑着自行车去了烟草公司，早已等候在公司门口的唐小娟领着他进了职工家属楼，她家住家属楼的二单元 201 室。

梅山坡十分拘束地进了唐小娟家，一眼望见端着桃子从厨房里走出来的唐小娟妈妈，立即惊得下巴都要掉了，因为小娟妈妈长得太像唐婉儿了，简直就是一个模子刻出来的。感觉有些失态，梅山坡立即平复了一下心情，自找台阶道：“阿姨，你跟我大学时的一个同学长得实在是太像了，像得我都不敢相信自己的眼睛了！”

“是吗？难不成我还有个失散多年的妹妹？”小娟妈妈笑着陪梅山坡在沙发上坐了下来。

“你还有个失散的妹妹？”当梅山坡哆嗦着双唇问出这句话的时候，忽然想起唐小娟学生档案中明明写着她妈妈叫牛兰花，不姓唐。

“跟你开玩笑！我就两个弟弟！”小娟妈妈收住笑容，有些感伤地说，“我小弟弟年纪跟你差不多，要是活着的话今年应该二十四岁了！他比我小十岁！唉！”

“阿姨，你那个弟弟怎么了？”梅山坡局促不安地问。

“十九岁那年，在老山前线牺牲了！”小娟妈妈从果盘里拿起一个桃子递给梅山坡，笑着说，“梅老师，别叫我阿姨，叫我姐姐吧，叫阿姨都快把我叫老了！”梅山坡尴尬地笑笑，说叫阿姨确实有点牵强，因为他俩只差十二岁，况且她看上去也就二十七八岁。

“我知道高二很关键，不应该把小娟转到市里去上学，可我这是没有办法的办法！”唐小娟去她房间里学习后，牛兰花把为什么让唐小娟转学的原因告诉了梅山坡。“她姥姥瘫痪在床需要人照顾，我身体不好近期需要手术，但凡能照顾过来，我也不会让她转到她爸爸那里上学的！”牛兰花说小娟上初二那年，她跟丈夫离了婚，她那病可能就是那个时候得上的。上高中后多亏遇上梅山坡这样一位好班主任，否则面对青春叛逆期的女儿，她真的一点办法都没有。

梅山坡疯了似的冲出烟草公司大院，尽管还不到十点，但街上已稀稀拉拉没几个人了，当身后传来一对正在拥吻的情侣骂他神经病的时候，他真想停下车好好地打一架，但他最终还是忍住了，因为他知道他根本打不过那个高他一头的小伙子，况且是自己惊了人家。

回到宿舍的时候已是夜里十二点多了，宿舍里早已鼾声一片，但梅山坡却一点睡意都没有，他知道过了明天，高一六班就再也没有一个叫唐小娟的学生了，他接受不了这一现实。在担任班主任的这一年里，梅山坡不止一次地庆幸自己被分配到了北里一中，还当上了唐小娟的班主任，只要他愿意，他每天都可以见到“唐婉儿”，大胆地看她，面对面地与她交流，不需要再像上大学的时候那样，为了多看她一眼，或制造一次不期而遇的邂逅，躲在大树下、黑夜里，一等就是大半天。也正是因为班里有个长得像唐婉儿的唐小娟，所以但凡有时间，他就愿意待在班里，班级纪律和学习风气因此成为全年级最好的。梅山坡相信这辈子他跟唐婉儿有缘，否则不可能在他决心忘掉她的时候“她”忽然又出现在了他的面前。当唐小娟告诉他下学期她就要离开北里一中的时候，他竟然有一种被抛弃被戏弄的感觉，整个人都崩溃了。他痛恨教育局把他分配到北里一中，埋怨学校让他担任唐小娟的班主任，要是学校不让他担任六班的班主任，他就没那么多机会跟唐小娟接触；要是教育局不把他分配到北里一中，他就没机会见到唐小娟，时间一长就慢慢忘记了唐婉儿，可老天偏偏又一次捉弄了他。

“牛兰花为什么要离婚？难道真如她所言是感情不和？像她那样漂亮的女人，多少男人为之倾倒为之疯狂，如果他是她的男人，当牛做马他都不会跟她离婚的。”梅山坡翻了下身子继续想，“牛兰花到底得的是什么病？为什么还得需要去省城做手术？看她那气色，不像是患大病的样子，用得着把女儿转到海城上学吗？”

临近天亮的时候梅山坡迷迷糊糊地睡着了，梦中他遇见了一个人，说不准是唐婉儿、唐小娟还是牛兰花，只记得那人看了他一眼，就径直朝村子东面的高山上走去，他哭着喊着追了上去，可那人自始至终都没回一下头。

学校放假那天，梅山坡把唐小娟又叫到了办公室，将一个写有留言的硬皮笔记本送给了她，并嘱咐她一定要好好学习，照顾好自己。唐小娟将笔记本紧紧地拥在胸前，朝老师深深地鞠了一躬，声音哽咽道：“谢谢您，梅老师，您是我见过的最好的老师！”

十三

新学期伊始，海城市教研室就在海城一中组织了一次全市优质课教学观摩活动，教研组长姚成全临时有事无法参加，就安排梅山坡替他参加，这让梅山坡万分高兴。一到海城一中，梅山坡就迫不及待地让人领着去见了唐小娟和她的班主任王老师，并告诉王老师说唐小娟是他的学生，也是他表姐家的孩子，请王老师一定帮忙关照一下。在返回北里县的车上，梅山坡一直在琢磨要不要把唐小娟在海城一中的情况告诉牛兰花，尽管他知道他已经不是她的老师了，她也未必感兴趣去听他说的那些事，因为新学期开始只有不到一周的时间，唐小娟的老师对新转来的这个学生根本不了解，但梅山坡无论如何都按捺不住想见牛兰花的冲动，自从上次见到她以后，他心里时常涌现出一种莫名其妙的惦记，这惦记是最初见到唐小娟时不曾有过的。

听到敲门声，只穿了一件白色背心的牛兰花打开里面的木门朝外瞧了瞧，说了声“梅老师，稍等一下”，然后呼啦一声又将门关死了。尽管木门只开了三分之一，外面还隔着一层窗棂式铁制防盗门，牛兰花也只是探出了半个身子，但梅山坡还是透过楼道昏暗的灯光瞧见了牛兰花那雪白丰满的胸部，这让他既亢奋又紧张，汗水顺着脸颊流了下来，骚动的心好久没有平静下来。

梅山坡从牛兰花家里回来没多大会儿，李丰也回来了，看他那无精打采的样子，梅山坡猜测他相亲不很顺利。分配来一中后，李丰曾相过两次亲，一个是他姑的徒弟，接父亲的班才去造纸厂当了工人，脾气挺好，但个人条件不是一般地差，又黑又胖不说，个头往高了说也就一米五左右。别人给李丰介绍的第二个对象是县织布厂的挡车工，人长得不错，只可惜不是吃商品粮的，见了两次面人家姑娘就主动提出来不再见了，室友们分析可能是嫌弃李丰是当老师的。

“不顺利？”张安怯怯地问。

“操！人家压根儿就没去！”一生气，李丰粗话都出来了。

“这不是要弄人吗？介绍人怎么说的？”张安又问。

“说单位里临时有事。这都是借口，说白了就是不想见咱！”李丰无可奈何地笑了笑。

“官小姐牛也就牛了，她一个造锤头的有什么可牛的？”于小舟愤愤地问。

“官小姐？唉！我有个男同学，商校毕业后分配进了县商业局，听说姑娘排着队等着他挑。”躺在床上一直没吭声的梅山坡插话道。

“谁让咱们是当老师的？要是在政府机关，姑娘不也得排着队让咱们挑？”李丰边说边“哗啦哗啦”地在脸盆里洗着脸。

“好不容易把户口考出来了，再找个农村户口的媳妇，孩子不还是农村户口？”张安暗下定决心，年底一定考上研究生。

室友们争辩累了都睡去了，可梅山坡却又一次失眠了，他知道，人高马大的李丰找对象都如此困难，像他这样一个自身条件十分一般的人，不指望找一个能看得上眼的国家正式职工，只要能找到一个像牛兰花那样的人，他感觉这辈子就知足了。

“尽管她很漂亮，看上去也很年轻，但她终究离过婚，年龄又大自己那么多，只要自己肯下决心，她肯定不会因为自己是个当老师的而感觉配不上她。”梅山坡翻了下身子继续想，“这辈子不可能娶到唐婉儿了，但从心里完全抹掉她确实也很难，如果能娶到像极了唐婉儿的牛兰花，也算兑现了当初的誓言，了却了对她这些年的痴情。可她大自己那样多，又离过婚，还有一个十六岁的女儿，家里会同意吗？村里人会怎么想？大嘴陈老七又会怎么说……”想着想着，梅山坡迷迷糊糊地睡着了，当他醒来的时候发现身子底下黏糊糊地湿了一片。

新学期开始没多久，毕思潮打电话给梅山坡，要他抽空去公司一趟，说有重要事情要跟他商量。上完下午的两节课，梅山坡骑上自行车就去了建筑公司，毕思潮正好开完会端着杯子往办公室里走。

“你帮公司写的那些制度、办法，下午刚开会通过了，近期就行文下发。”毕思潮说着指了指旁边的沙发，示意梅山坡坐下。

“办法都写出大半年了，你们这才开会研究？就这效率，还好意思喊学深圳赶特区？”心里虽这样想，但梅山坡嘴上却说毕总干事就是雷厉风行。

“辛苦费就不给你了，但事我得替你办一件！”毕思潮瞅了瞅有些懵懂的梅山坡，说上次去你家的时候曾承诺给你哥哥安排个工作，这一拖就是大半年，不是自己办事拖沓，而是一时没有适合他干的工作。毕思潮说仓库保管员徐老黑，公司让他提前回家养老，腾出来的岗位他准备让梅山江来顶替。没等毕思潮说完，梅山坡就迫不及待地站起来朝毕思潮深深地鞠了一躬，哽咽着说了好几声“谢谢”。

梅山坡本来是想周末回家再跟家里人说这事的，可他实在等不到那一天，所以第二天一早他就跟周大庆请了个假，跟张安和李丰调了下课，骑着自行车一路没停地回了村子。

梅山坡把瘸子哥哥安排在县城上班的消息很快传遍了小店村，全村人羡慕不已，都夸梅西岭有福气，梅山坡有本事。

梅山坡夹着备课本从教室里一出来，站在办公楼前跟老师们聊天的教导主任吴非凡把他叫进了办公室。吴非凡是那种不苟言笑、办事刻板、工作认真之人，自从来到一中，梅山坡还从未单独跟他交流过，突然把他叫进他办公室，梅山坡的心里多少还有些忐忑不安。简单寒暄后，吴非凡直奔正题。吴非凡说他有个远房表妹在县鞋厂上班，人长得还可以，就是年龄稍微大些，如果梅山坡愿意，他可以从中撮合一下。对不是吃商品粮这一点梅山坡还能接受，总归全校男教职员工家属中一半以上是农业户口，可八岁的年龄差距实在让他难以接受。梅山坡干笑了两声，谎称大学时谈了一个女同学，尽管毕业时没分到一起，但两人至今没断了联系。吴非凡盯着梅山坡看了好大一会儿，眼睛里满是质疑。

从吴非凡办公室出来，梅山坡长舒了一口气，尽管他知道人家也是出于一片好意，可他心里总有一种说不出的感觉。梅山坡也不明白，年龄大他十二岁的牛兰花他能接受，可年龄大他八岁的吴非凡表妹他为什么无论如何都不能接受。近一段时间以来，他时常产生出想见牛兰花的冲动，那种冲动与当初想见唐婉儿时的冲动不同却又十分相似，他知道他已经喜欢上牛兰花了。

哥哥来县城一个多月了，梅山坡还没请他吃过一次饭，所以周六那天他约哥哥一起去了钻石王老五餐馆，想让他也体验一下城里人的生活。

“今天不上课？周六你们不都上课吗？”在餐馆门口一见面，梅山江就问梅山坡。

“刚期中考试完，明天又是国庆节，学生们都放假回家了！”梅山坡说着跟哥哥在靠近门口的一张餐桌上坐了下来。

“我早晨吃得挺饱，一点都不饿，点两个菜就够了！”梅山江对反复翻看菜单的弟弟说。

“来县城这么长时间了，咱俩也没正儿八经地一起吃顿饭，下午没事，中午好好喝一顿吧！”梅山坡说着将服务员招呼了过来。

“钻石王老五？怎么叫这么个奇怪的名字？”梅山江不解地问。

梅山坡看了看一脸懵懂的梅山江，轻轻叹了口气。

菜很快就上来了，兄弟二人每人倒满一杯酒刚喝了两口，门外走进来几个人，其中一人正是牛兰花，这让梅山坡激动不已。

牛兰花跟梅山坡寒暄了几句就进了里面的房间。望着牛兰花的背影，梅山坡心里犯开了嘀咕：跟她一起进来的那个男人是谁？他俩是什么关系？她脸色看起来怎么有些难看？看弟弟心神不宁、焦躁不安的样子，梅山江忍不住地问他怎么了，梅山坡搪塞说刚才酒喝得有些急，胸口烧得慌。

一杯酒刚喝了一半多点，牛兰花就端着一杯汽水过来敬酒，梅山坡一激动，把杯子里的酒一口干了。

牛兰花敬完酒回到房间没多大会儿，服务员端上来一条清蒸鲤鱼，说是房间里的客人给加的，这让梅山坡受宠若惊又有些不知所措，他庆幸自己多点了几个菜，要是听哥哥的只点两个菜，那可在牛兰花面前丢大面子了。那样漂亮的一个女人又来敬酒又给加菜，这让梅山江对弟弟更加刮目相看了。

一人喝了一杯多酒、吃了一碗米饭，梅山坡就跟哥哥离开了饭馆，临走时他写了一张字条让服务员替他送进了牛兰花的房间。整个下午，梅山坡都对自己写的那张“牛姐，谢谢您送的鲤鱼，抽空去家里看您”的字条感到得意，他感觉自己终于又找到一个去看牛兰花的借口了。

在忐忑不安中度过了一周。周六那天晚上，梅山坡穿上下午刚买的西装，带上从农贸市场上买回来的一筐国光苹果去了烟草公司。

牛兰花家的窗户里没有一丝光亮，说明主人不在家，这让梅山坡有些失望。梅山坡抬起手腕看了看手表，才六点半多一点，他猜测牛兰花一定去她母亲那里了，一个瘫痪老人，一刻都离不开人。

时间如静止一般，一个小时如同过了半个世纪，这不免让梅山坡着急埋怨起来：他埋怨牛兰花的弟弟让身体不好的姐姐去照顾瘫痪在床的母亲，埋怨牛兰花让唐小娟去市里上学，更埋怨牛兰花为什么偏偏长得像唐婉儿……

一阵凉风吹来，梅山坡禁不住打了个寒战，尽管还没到深秋，但晚风已经有些凉了，身上的洋装耐看不御寒，根本无法跟老祖宗留下来的唐装、中山装相提并论。他后悔晚上穿了西装。

在焦虑中挨过了三个小时，梅山坡猜测牛兰花晚上不会再回来了，即便回来，他也不好再去打扰人家了。梅山坡十分不情愿地推起自行车出了烟草公司，在大门口他还不死心地张望徘徊了好大一阵子。

第二天中午，梅山坡又将苹果从宿舍里搬下来，捆到自行车后座上，飞快地又去了烟草公司。

梅山坡不停地敲着牛兰花家的门，半天没人应，正当犹豫不决时，对面人家的门开了，露出半个女人脑袋：“你找老牛？她去省城做手术去了。”

“去了省城？什么时候走的？”梅山坡问。

“周四就走了，手术现在应该做完了！”女人说着打开房门走了出来说，“她那病检查出来有些日子了，本来想保守治疗，可效果不好！你跟她是亲戚？”女人扫了一眼地上的苹果筐，问梅山坡。

“上周还一起吃过饭，怎么没感觉出她有病？什么病还得去省城做手术？”梅山坡红着脸，答非所问。

“她有个表妹在省城，帮她联系了一家大医院。她那病说大也大，说不大也不大。”女人朝自己的小腹比画了一下，似笑非笑道，“可能得全摘！以后生不了了！”

梅山坡将苹果筐从二楼上搬下来，重新捆到自行车后座上，然后径直去了周大庆家。中午在周大庆家吃饭的时候，梅山坡将牛兰花对门女人说的话复述给了在医院当了二十多年护士长的师母，师母十分肯定地说牛兰花得的是子宫癌，摘掉以后肯定不能再生育了。那天，梅山坡喝醉了，尽管只喝了一杯酒。

晚上九点多钟，梅山坡醒过来了，可能是吐得太干净饿了的原因，也可能是睡得太多不困的缘故，反正醒过来的梅山坡眼睛一直睁到了天亮，脑子里不停地想着牛兰花。他祈祷牛兰花邻居女人的话是错的，更期盼牛兰花去省城住院是一场乌龙。

一进入农历十月，气温就降到了零下，来县城时只带来薄薄一套被褥的梅山江请假回了一趟小店村，回来时带回来一个口信，说陈大山年前娶儿媳妇，让梅山坡帮忙买四条丰收烟，说那烟既便宜又好抽，村里人称之为“干部烟”，只见有抽的，不见有卖的。陈大山是陈老七的二叔，说话嗓门大，所以村里人就给他起了个“大山”的外号。陈大山跟梅山坡家是邻居，曾借侄子的关系帮梅家办过事，梅西岭对此一直心存感激，只是苦于没机会还人家的人情，好不容易有了这么一个机会，他要儿子无论如何都要想办法帮人家把事办成。

接到父亲指令的当天下午，梅山坡就去了县烟草公司，自从上次在钻石王老五饭店见过牛兰花之后，他就再也没有见过她，每每想起她，心里总有一种空荡荡的感觉。

跟牛兰花一个办公室的大姐听说梅山坡是牛兰花的亲戚，热情地接待了他。那位大姐告诉梅山坡，牛兰花确实做手术了，但不是子宫而是乳腺。那位大姐还告诉梅山坡，丰收烟公司里确实有，但需要领导批条子才能买。

回到学校，梅山坡思前想后了半天，最后决定周六去市里找唐小娟，他父亲在市烟草公司当副经理，买几条烟还是不困难的。

从海城回到北里县的时候天已上黑影了，梅山坡从汽车上一下来就直接进了汽车站附近的饺子馆，一天没吃饭，他早已饿得前胸贴后背了。梅山坡本来是想在海城吃中午饭的，可他去海边溜了一圈重新回到汽车站的时候，远远看见唐小娟从一个男孩的自行车后座上跳下来，向约定好的地点跑过来。看唐小娟跟男孩亲亲密密的样子，梅山坡断定她恋爱了。

唐小娟将六条香烟交给梅山坡后转身就走了，当梅山坡偷偷跟在她身后看到她重新上了男孩自行车的时候，一股无名之火涌上心头，他真想追上去狠狠地训斥他俩一顿，可是他不能也不敢。气急败坏的梅山坡用力拍打着路边的树干，大声骂着唐小娟的父亲，招来许多路人异样的眼光。梅山坡看了看手中的香烟，感觉不应该来这趟海城。

十四

元旦放假一回来，梅山坡就接连收到孙大猛和黄贯中的来信，说杨百团腊月二十二结婚，请大家去喝喜酒。

梅山坡看完就将信直接扔进了抽屉里，自从上次参加魏明的婚礼后，他就发誓不再参加任何同学的婚礼。

大约又过了一周，马连波从北京打电话给梅山坡，说他想借杨百团跟宋真真结婚的机会，约五组的同学一起见个面，毕业一年多了，他非常想念同学们。

“他俩毕业就拜拜了，这事全国人民都知道，难道你不知道？”梅山坡笑着问。

“班长那套路，哪是咱山里人明白的？他想套弄咱们，那还不比套只兔子容易？”马连波哈哈笑着说。

“真的假的？你这信息是从哪里来的？”梅山坡问。

“不要质疑首都人民！你就说哪天到吧！”见梅山坡半天不表态，马连波有些火了，“其他人都去，缺你一个人好吗？”

梅山坡吞吞吐吐了半天，终于没将那句“唐婉儿去不去”的话问出口。

接到母校录取通知书的当天，张安就请假去了省城，于小舟跟李丰也在腊月十九学生放假的当天回了老家，百无聊赖的梅山坡将日记本找出来一页一页地翻着。自从七月三号第一次去唐小娟家见到牛兰花后，他就再也没有因为唐婉儿写过日记，但他知道，那些写给牛兰花的日记，实际上就是写给唐婉儿的，因为他已经将牛兰花当成唐婉儿了！

对是否参加杨百团的婚礼，梅山坡心里充满了矛盾。内心里讲，他十分渴望见到唐婉儿，那种渴望已深入骨髓，否则他也不会对比自己大那样多的牛兰花动了真情。梅山坡又十分害怕见到唐婉儿，因为一见到她，哪怕是远远地看她一眼，他就感觉浑身像爬满了虱子，非常不自在，那种深入骨髓的自卑是无法掩饰也掩饰不了的，尽管有时他想鼓足勇气向她表白，哪怕被拒绝被戏弄一顿也好，但他无论如何都不敢也不可能那样做，因为他感觉他与她之间的鸿沟深不见底、难以逾越。

“在我准备忘记并已开始忘记她的时候，你却突然出现在了我的面前，如同梦幻中的她飘然而至！我不知道这是前世有缘还是上天弄人，但我依然相信，你的到来就是命运最好的安排……”看着第一次见到牛兰花时写下的日记，梅山坡难受极了，他知道他不该去做那本来无必要去做的家访，如果不去做那次无谓的家访，他就遇不上牛兰花，唐婉儿就会在他的头脑中慢慢变模糊，时间一长也就淡忘了，可上天偏偏让他又遇上了她——一个大他十二岁，且又离过婚的女人。他本不该对她有非分之想，可他却偏偏喜欢上了她，除了她像极了唐婉儿，更重要的是他感觉与她之间没有横亘着一条无法逾越的鸿沟。

“我不知道你是现实中的你，还是梦幻中的她，也不知道你的出现是否预示着我们前生有情、今世有缘，既然已经相遇，不妨再做一次选择，我相信你的出现就是对心灵交融最好的诠释！”看着国庆节那天写的诗歌，梅山坡禁不住仰天长叹：“既然上天亲手点燃了希望之火，为何又无情地将它浇灭？是有意为之？还是冥冥中告诉我什么？”极度悲伤的梅山坡，忍不住号啕大哭，他想让哭声把自己的倾诉、情感带给牛兰花、带给唐婉儿，尽管他知道即使哭声传得再久、再远，也无人理解他的心声、他的痛苦。

纠结犹豫了两天，梅山坡还是在腊月二十一那天坐上了开往港城的汽车。港城与北里县虽不属于一个地区，但两地相距并不远，只有一百五十多公里，汽车三个小时就到了。

来港城参加杨百团和宋真真婚礼的同学不少，有二十六七位，仅班委就来了五人。一进入杨百团所在单位外贸局餐厅，梅山坡的眼神就迫不及待地在人群中扫来扫去，来回扫了三遍都没有看到唐婉儿，心里十分失落。

“组长，你不是说咱宿舍和咱小组的人都来吗？怎么还缺好几位，魏明怎么没来？”尽管极力控制着自己的情绪，但梅山坡的语气中还是明显带着责备。

“魏明不来，是不是因为……”话说了一半，孙汉忽然打住了，偷偷瞄了严冬冬一眼。

“魏明他老婆这两天就要下蛋，这个时候他敢离开？”没等马连波回答，黄贯中就抢先一步解释说。

“一年多没见，黄探长的能耐是越来越大了，连人家老婆下蛋的事你都知道？”吴天奇笑着问。

“他不光知道人家老婆下蛋，还可能知道下几颗蛋，下什么蛋！对不对，黄探长？”孙大猛一脸坏笑地问。

“这事你得去问魏明，他播下的种子我们怎么能知道？”黄贯中将头用力往桌子中央靠了靠，挤眼弄鼻道，“杨百团比魏明那小子有良心，知道上车后要补票！”马连波问黄贯中什么意思，黄贯中一脸嫌弃地说：“这还不明白？还研究生哪！”见马连波还是一脸懵懂，黄贯中进一步解释说：“上学的时候他俩就把事办了，办了事如果不娶人家，那就是耍流氓，就是坐车不买票！”

江宏图、伊枝玫等人见马连波、黄贯中这桌乐翻了天，纷纷凑过来问为什么，马连波搪塞说全班七十二人就成了他们一对，大家都在猜测明晚入洞房的时候他俩会说什么，是不是也会讨论哲学问题。

“真是老夫子！进了洞房哪还顾得上讨论方法论？肯定是直奔人口论去了！”江宏图哈哈笑着说。

“班长结婚，班委缺席两位！方红为什么不来？”孙大猛问。

“听说吴英雄旧伤复发，已经在医院里住了十多天了！宋真真结婚，你们组的两位女性怎么也没来？”一听伊枝玫问起唐婉儿和杨晓，梅山坡立即来了精神，眼睛直盯着马连波，要他给大家一个解释。

“哗啦哗啦”，随着椅子挪动的声音，刘中原陪着杨百团和宋真真走了进来，紧随其后的杨晓快速闪了进来，热情地跟大家打着招呼。

“乖乖，一年多没见，宋真真怎么变得这么漂亮了？”望着白皙丰润的宋真真，孙汉啧啧称赞。

“确实比上学那会儿水灵多了！这难道就是人们常说的雨露滋润？”黄贯中滑稽幽默的表情，惹得大家哈哈大笑。刘中原用力拍了拍手，示意大家安静，然后讲了一通祝福祝愿的话。

近三十名同学来参加自己的婚礼，杨百团自然高兴，陪着同学放量喝了起来，酒一多，口就没遮没拦了，把他如何“智取”宋真真、宋真真如何怀的孕添油加醋地瞎侃了一通，气得宋真真直扭他胳膊。

眼看晚宴结束了也没有见唐婉儿来，梅山坡有些沉不住气了，小声问吴天奇，吴天奇又大大咧咧地去问刘中原，刘中原瞅了一眼梅山坡，诡异地笑笑，说：“你没看见江宏图饭都没吃就着急忙慌地走了？估计接她去了！”刘中原看了看腕上的手表，说这会儿应该接上了，也可能已去招待所住下了。看梅山坡尴尬无比的样子，孙大猛更来劲了，他故意问刘中原和马连波为什么不让梅山坡去接唐婉儿，是梅山坡不能接还是怕跟江宏图半路上打起来？马连波一脸无辜地解释说他根本不知道唐婉儿会不会来，要是知道她一定来，他拼了命也要把护花使者的重任交给梅山坡，肯定是江宏图那小子提前跟唐婉儿联系好了。怕孙大猛等人说起梅山坡来没完没了，刘中原赶紧把话题引到了杨百团和宋真真身上。

宴会结束唐婉儿也没有露面，江宏图也没有再回来，这让梅山坡十分失落与愤懑，回到宾馆他就借口酒喝多了倒在床上一言不发，满脑子里尽是江宏图跟唐婉儿吃饭、逛街甚至拥吻的画面，尽管他知道这不是真的，但他无法控制自己不这样想。

唐婉儿第二天一早就返回了省城，压根儿就没到婚礼现场。据傅芳心介绍，唐婉儿到港城后直接去了宋真真的婚房，跟杨晓、伊枝玫、宋真真等人喝了半宿的茶，第二天一早就又坐车回了省城，因为来港城的路上，她突然接到校办通知，要她务必参加第二天学校组织的接待北方科技大学参访团的午餐会，因为参访团团长是她亲戚。尽管没见到唐婉儿有点遗憾，但梅山坡心里却十分得意，甚至还有些幸灾乐祸，因为江宏图与唐婉儿的关系根本没有他吹嘘的那样铁，去火车站接人家完全是自作多情。

腊月二十二下午，梅山坡跟吴天奇一起去了黄贯中家，三个人躺在炕上聊了一宿。黄贯中说何非是个花花公子，仗着有个当副市长的爹才把唐婉儿骗到了手，跟那样的人在一起，心高气傲的唐婉儿不会幸福。

“方红就更惨了！毕业后毅然决然地嫁给了吴昆仑，可他毕竟是个残疾人，战争不仅对他的生理造成了伤害，对他的心理也造成了伤害！我听严冬冬讲，婚后的吴昆仑经常发病，一发病就控制不了情绪。已经结婚的三个同学，听说婚后过得都不怎么样！”黄贯中说。

“她要是英雄情结没那么重，昨天跟杨百团结婚的可能就不是宋真真，而是她了！上学的时候咱们班那么多同学追求她，可她还是毅然决然地选择了吴昆仑！这都是命呀！”梅山坡不无惋惜地说。

“老梅，你是不是对唐婉儿真动了感情？昨晚我感觉你情绪非常不对，真担心你跟孙大猛打起来！”吴天奇说。

“那家伙就是个搅屎棍子，只顾着自己痛快，不顾及别人的感受，有时候确实挺烦人的！”黄贯中愤愤地说。

梅山坡犹豫了半天，最终还是承认了对唐婉儿的感情。梅山坡告诉黄贯中和吴天奇，因为唐婉儿的缘故，他喜欢上了唐小娟，爱上了牛兰花；也正是因为唐婉儿，毕业后别人给他介绍的女孩子他一个都没见，因为他明白，自己如果不从单相思的漩涡中解脱出来，即使见的姑娘再多，最终也不会有什么结果。

“你痴情于唐婉儿，咱宿舍的人都知道，只是大家不说而已，但背后没少议论。窈窕淑女，君子好逑，这本没什么错，可门不当户不对，在世俗眼里，就是错！”黄贯中说他本来对宋真真挺有好感，宋真真应该对他印象也不错，只是他没胆量迈出那一步，让杨百团捷足先登了。“既然你喜欢牛兰花，感觉跟她在一起很愉悦很舒服，那就应该趁早跟她表白算了！大老婆疼汉子！”黄贯中笑着说。

“大学四年，没想到你俩的感情世界这么丰富！不像我，傻乎乎地过了四年！”吴天奇说。

“我倒希望跟你一样傻乎乎地过四年，可我偏偏想了不该想的事，喜欢了不该喜欢的人！要是跟你一样把精力全用到学习上，全力以赴地考个研究生，也用不着一毕业就被遣回原籍，当了一个没人瞧得起的中学教师！唉！说什么都晚了！”梅山坡满脸懊丧地说。

“世上没有后悔药！过去的就让它过去吧，没什么可后悔的！况且中学教师也没你说得那么不堪，只要努力，一样能出人头地！”吴天奇劝道。

见梅山坡沉默不语，黄贯中就问他跟牛兰花那事是如何打算的，总不能犹豫不决地过一辈子吧？

梅山坡深深地叹了一口气，然后将牛兰花的病情以及他们家的情况说给了他俩。梅山坡说她离过婚，他父母能够接受她大自己十二岁，他也可以帮着隐瞒，但她不能生育，这对于极为传统的父母来讲无论如何都不能接受，因为父母将家里传宗接代的重任全部寄托在他身上了，对于残疾哥哥，他们已经不抱太大希望了。

腊月二十四那天，梅山坡跟哥哥梅山江前后脚进了家，还带回来一大堆年货。晚上一家人坐在炕上正喝着酒，陈大山来了，梅西岭连忙将陈大山让到炕头上坐下，将梅山坡刚刚捎回来的丰收烟打开，抽出一支递给陈大山。陈大山将烟放在鼻子下嗅了好久，才慢慢点燃，边抽边啧啧夸奖梅山坡有能耐。

“这是老大今天刚捎回来的西凤酒，毕经理送的，你尝尝！”梅西岭将满满一杯酒端到陈大山面前。

“这酒去年我在老七家喝过，是狗窝捎回来的，劲头大着哩！”陈大山将酒端回梅西岭面前，说晚上在家已经喝过了，不能再喝了，再喝就多了。

梅山坡将酒又端到陈大山跟前，话还没说，陈大山就笑嘻嘻自找台阶道：“山坡亲自给我端过来，这酒我得喝！”不知是酒喝多了，还是因为吃人家的嘴短，反正那天晚上陈大山把梅西岭一家夸了个遍，直夸得梅西岭频频举杯，一支接一支地敬着香烟，陈大山从他家里离开时，他还硬是将半盒丰收烟塞到他上衣口袋里。

在黄贯中家唠了一晚上嗑，回到家又喝了半宿的酒，本来困得不行的梅山坡却久久不能入睡，想想同学们聚会时的情景，想想陈大山说的那些话，他越来越感受到自己在这个家的分量，越来越坚定了一定要脱离教育的想法。

天不亮梅山坡就让父亲把家里的鸡全杀了，又让母亲去村里的粉房屋买回来两捆子地瓜粉条，骑上自行车去了毕思潮家。梅山坡明白，尽管毕思潮就是一个县建筑公司的总经理，但在北里县却是一个响当当的人物，上至县长、局长，下至科长、股长，几乎没有他不认识的，只要他肯帮忙，自己就一定能脱离教育系统。

正月初十，梅山坡就回到了学校，因为年前他就跟毕海说好了，年后让张安、李丰、于小舟给他错时辅导，尽管毕海上学期进步很大，但在年级中的位次不如前两个学期提高得多，在梅山坡的意识中，只有在年级保持前三十的位次，将来才有可能考入全国重点大学。

张安辅导完两天英语课就回了家，李丰过了一天才从老家里回来，闲来无事的梅山坡骑着自行车满大街上转悠，没用多长时间就把县城转悠了个遍。看看腕上的手表，望望天空中的太阳，梅山坡干脆将自行车停在路边，蹲在马路旁看工人们安装灯笼。后天就是元宵节了，县城的主要街道上都挂满了灯笼。

“丁零零”，一阵急促的自行车铃声响过之后，五六个半大小伙子、小姑娘飞驰而过，其中一人从后面看像唐小娟，梅山坡连忙骑车追了上去，当追上去发现不是唐小娟时，心里失落极了。

梅山坡单脚着地坐在自行车上犹豫了半天，最终决定去唐小娟家里看一看，他感觉这个时候牛兰花和唐小娟应该都在家。

梅山坡突然来访，牛兰花多少有些诧异，连忙把梅山坡让到沙发上坐下，并将唐小娟上学期的考试情况告诉了梅山坡，说后悔把她送到市里上学。当梅山坡问起牛兰花身体状况的时候，她下意识地低头瞅了眼自己的胸前，梅山坡突然意识到她两边胸部的不同，怅然与失望一起涌上心头。

梅山坡坐了一会儿就走了，从此就再也没去过牛兰花家，也没再请她们帮忙买过香烟，至于为什么，他自己也说不清楚。

十五

张安读研究生走了，李丰找到女朋友后基本上也不回宿舍里住了，往日里吵吵闹闹的宿舍一下子沉寂了许多。梅山坡在征得于小舟同意的情况下，让毕海搬进了他们宿舍，就睡在张安原来睡的那张床上，这样就省去了每天往返回家了。看到张安考上了研究生，于小舟也萌发了考研的念头，每天晚上都在办公室里学习到很晚才回宿舍。

周六晚上，梅山坡跟哥哥又去了上次去的那家餐馆，因为周四哥哥就托人捎信给他，说有重要事情要跟他商量。

梅山坡到达钻石王老五餐馆的时候哥哥已经到了，一见面就将别人给他介绍对象的事说给了梅山坡。

“那女的叫王先梅，在公司食堂上班，长得挺好看，就是……”见哥哥吞吞吐吐，梅山坡急了，催促哥哥快说。

“她先前有个男人，也在建筑公司上班，去年从楼上掉下去死了，毕总照顾她，就让她来公司食堂上班了！她还有个五岁大的女孩。”梅山江边说边观察弟弟的表情。

“别说一个孩子了，就是再多一个，也赶紧答应！这事毕总知道吗？”梅山坡高兴得站了起来。

“是毕总让手下人帮我们撮合的！他是个好人，咱们什么时候都不能忘了人家！”梅山江说着招手把服务员叫了过来。

“早知道你找到嫂子了，今晚就不来这家饭馆吃了！”看哥哥懵懵懂懂的样子，梅山坡就将钻石王老五是什么意思解释给了他。

哥哥结婚的日子确定下来之后，梅山坡就找人帮哥哥租了两间房子，房子挺旧，面积也不大，但靠近北里三小，距他俩上班的地方也只有二里多路。嫂子带来的孩子五岁多了，明年就该上小学了，自己作为老师，无论如何都不能让哥哥的继女无学可上，而三小校长的儿子正好在他班里。

不知是因为哥哥结婚后自己传宗接代的压力小了，还是别人给介绍的女孩都不是吃商品粮的，或者感觉再也不会遇到第二个唐婉儿或者第二个牛兰花了，此后的整整两年，梅山坡都没相过一次亲。

转眼到了来年的六月，全县高三年级连续组织了三次摸底考试，梅山坡担任班主任的六班最后一次摸底考试与前两次相比，成绩出现了明显的下滑，这让他难以理解，更让他忧心忡忡，他想起了高考前自己得夜盲症时的情景，也想起了自己跟着周老师坐在老汤锅前一碗又一碗地喝着虽称之为老汤但实际上并没有多少油花的猪肉汤的情景。纠结了两天，梅山坡走进了周大庆的办公室。周大庆仔细听完梅山坡的汇报后，毫不犹豫地给出了两个字：压力。周大庆要梅山坡在高考前的这段时间里，一定想方设法让学生把压力降下来，严禁学生“开夜车”，努力营造轻松愉快的学习环境。跟老师谈完话的当天晚上，梅山坡亲自将教室后面黑板上已经更新了八十四天的“距高考还有 X 天”的警示语擦掉，换作“两天一歌”。高考前的两周，全班同学都学会了《明天会更好》《让世界充满爱》等当时最流行的歌曲。

经过二十多天的等待，高考录取分数线及高考成绩单终于公布了，让梅山坡万万没有想到的是，他所担任班主任的班级本科上线人数全校第一、专科及以上过线人数与另外一个班并列第一。更让他没有想到的是，靠“照顾”才来北里一中的毕海，高考成绩竟然高出本科线三十多分，成为全校三十九个本科过线的学生之一，这让毕思潮喜极而泣，对梅山坡更是感恩不尽。

毕海被北方大学建筑系录取，高兴的不只是毕海、毕思潮，还有梅山坡。学生考入重点大学，当老师的理应高兴，但最让他高兴的是毕海要去的学校正是唐婉儿工作的学校。

毕海去北方大学报到的那天，梅山坡陪着毕思潮一起去了，除了送毕思潮一个人情，最主要的是想借此见唐婉儿一面。

在去省城的路上，梅山坡就设想好了几套与唐婉儿相见的场景，也想好了见到唐婉儿后的台词，可当他忐忑不安地敲开唐婉儿办公室门的时候，却被告知唐婉儿去外地学习去了，十天半个月才能回来，这让梅山坡十分沮丧。

梅山坡自我介绍说他是唐婉儿的同学，这次来学校送学生报到，顺便从老家里给她带了些土特产，问那位老师能否替唐婉儿收下。那位老师让梅山坡将东西放在唐婉儿办公桌下，并让他留了一张字条。

在返回北里县的路上，毕思潮笑嘻嘻地问梅山坡是不是跟那个姓唐的老师在大学时谈过，梅山坡十分惊奇地问毕思潮是怎么知道的，毕思潮爽朗地笑笑，说男人对女人动没动过感情，那是一眼就能看得出来的。梅山坡尴尬地笑笑，没好意思说自己单相思人家。

回到北里后，梅山坡就天天盼着唐婉儿的来信或接到她打来的电话，可二十多天过去了，一点动静都没有，这让他感到十分失望，感觉自己就是热脸硬去贴人家的冷屁股。

听到梅山坡跟其他几位教师有说有笑地从楼上下来，校办小王从房间里跑出来，将一封信交给梅山坡，梅山坡只瞅了一眼信封，就激动得不知说什么好了，因为唐婉儿的字他实在是太熟悉了。

梅山坡匆匆把课讲完，迫不及待地打开了唐婉儿的信，一字一句地读着。信中，唐婉儿提到了一起爬遗山、逛北京城的情景，也对梅山坡去北方大学时两人没能见面表达了遗憾，更对他为她带去的土特产表示了感谢。唐婉儿信中告诉梅山坡，她去找过毕海了，也跟毕海的辅导员交代过了，要他以后有什么事尽管找她。

下班回到宿舍，梅山坡又将唐婉儿的信拿出来连续看了两遍，然后小心翼翼地叠好，压在枕头底下。晚上，梅山坡梦见了唐婉儿，月光下两个人肩并肩地走在阜城师范大学的林荫大道上，当走出林荫大道，走向空旷草地的时候，她突然停下脚步，深情地凝望着天空中那一轮皓月，说了声“我走了”，然后舒展着洁白的长裙飞走了，任凭他如何捶胸顿足地哭喊，她头都没回一回。

信终于写好也誊好了，这不是他写给她的第一封信，但却是她能够收到的第一封信，他不知道她能不能从信中看出点什么，也不知道她看了信后对他的印象会是怎样，但是他相信，这是他写过的最难写的一封信：既想表达情感，又不敢流露真情；既想展现自信，又难掩内心的自卑；既想突出文采，又怕弄巧成拙。他几次想放弃回信，却又难以抵抗住强烈的表达欲望。信寄出去后两个月都没有收到唐婉儿的回信，只是在元旦的前几天才收到了她寄来的一张明信片，上书四句诗："千里黄云白日曛，北风吹雁雪纷纷。莫愁前路无知己，天下谁人不识君？"梅山坡觉得唐婉儿将高适的这首《别董大》馈赠自己，除了表达同学之间纯真的友谊之外，更多的是在暗示自己不要沉溺于幻想，而要面对现实。尽管有些尴尬，但梅山坡却感到十分欣慰，因为他感觉唐婉儿明白他的意思了。收到明信片的当天，梅山坡给唐婉儿回寄了一张明信片，上写两句话："清风万里遥相祝，明月千里寄相思。"

寒假很快又来了。毕海放假回家的第二天晚上，毕思潮将梅山坡请到家里，将珍藏了五六年的两瓶茅台酒拿了出来说："这两瓶酒是县政协王主席送我的！那年我给他们家干了个活，老领导很满意，就赏我了两瓶酒，我藏在橱柜里一放就是五六年，今晚上咱三个人喝一瓶，另一瓶你捎回去过年喝！"尽管梅山坡嘴上说不用不用，庄户人哪能喝那么高级的酒，但心里却是十分期待。这样高档的酒，以前别说喝了，连见都没见过。

毕海尝了一小杯就借口喝不惯酱香味的白酒改喝啤酒了。三个人一会儿聊大学的事，一会儿又聊公司经营的事，最后将话题集中到了梅山坡个人问题上。

"再不抓紧，你学生就跑到你前面了！你看你哥，去年结的婚，今年就有儿子了！"毕思潮开玩笑道。

"一个穷教师，哪有看得上我的？"梅山坡自嘲道。

"不是人家看不上，是你心里放不下你那个女同学吧？"毕思潮问毕海，"你老师的那个同学长啥样？难道比刘晓庆、李秀明还漂亮？"

毕海憨憨地笑笑："是挺漂亮的！我感觉比刘晓庆和李秀明都漂亮！"

毕思潮端起酒杯哈哈笑着："怪不得你老师那么一往情深哪！"

"咱哪配得上人家？我只是想好不容易把户口考出来了，总不能让孩子将来还是农村户口吧？可吃国库粮的，哪有愿意跟着当老师的？"梅山坡幽幽地说。

"确实存在着这个问题！我跟县钢球厂的王厂长是哥们儿，他那里有个姑娘挺好，我本来想给你俩撮合撮合，可人家一听是当老师的，二话没说就拒绝了。可能还是缘分不到吧！"毕思潮无奈地摇着头。

"爸，你想办法把梅老师从学校里调出来吧，当老师的没白天没黑夜地忙活，哪有时间谈恋爱！"毕海说。

梅山坡十分感激地望了望毕海，又用期盼的眼神看着毕思潮。

"你工作调动的事，咱俩送毕海上大学一回来我就找李文武县长了，他是分管县长，跟我们家还是远房亲戚。李县长说教师调动一般都是系统内部调动，你毕业时间太短，调教育局或教研室资历都有些欠缺，他让我们再等两年。"毕思潮说。

梅山坡说去教研室跟在学校当老师没什么区别，如果党政机关不好进，厂矿企业也可以。见梅山坡态度坚决，毕思潮就表态说找机会他找王厂长再好好聊聊，看钢球厂有没有适合他的职位。

暑假马上就来了，可工作调动的事一点眉目都没有，这让梅山坡焦急万分，因为教师调动一般都是在暑期，暑期动不了，一年内就不可能再动了。

憋了多日梅山坡实在憋不住了，就找了个理由去了毕思潮的办公室。毕思潮知道梅山坡为工作调动的事着急，就劝他一定沉住气，没有合适的岗位，就不要轻易离开学校。毕思潮承诺他工作调动的事他一定用心办，党政机关去不了，县属企业肯定没问题，但关键得职位合适，总不能让他一个大学生去车间里当铁匠。

学生放假的第二周，梅山坡正帮父亲在地里干活，村里大喇叭喊他速去村委会接电话，说外地同学有急事找他。

电话是魏明打过来的，他说孙大猛死了，想约501室的同学去送送他，同在一个宿舍里住了四年，怎么也得去见最后一面。

一到柳县，梅山坡就跟几乎同时到达的孙汉叫了一辆三轮车直奔县人民医院，因为魏明电话中说孙大猛是在医院里去世的，到了柳县后大家先去医院集合。梅山坡跟孙汉一下车，早已等候在医院门口的黄贯中跑了过来，招呼他俩又上了那辆三轮车。

孙大猛的灵堂设在柳县一中西南边的小树林里，因为他是在医院里去世的，按照当地风俗，灵堂不能设在家里。

几个同学轮番上前给孙大猛烧过纸钱之后，魏明和刘中原就把大家召集到一起简单商量了一下，然后让现场帮着料理后事的陈老师带他们去了孙大猛家。

从孙大猛家出来，几个同学忍不住哭了，要不是亲眼所见，他们绝对想不到孙大猛的家境竟然如此地差：妻子没有工作，孩子刚刚出生，父亲痨病复发，家里债台高筑，孙大猛走后，他们家可能连每月十五块钱的房租都付不起了。几个同学商量，除留足回去的车票钱，剩下的钱全部给孙大猛的妻子留下，可大家来时太匆忙，身上都没带多少钱，凑来凑去，也只凑了二百六十块钱，大家只好又让陈老师帮忙借了三百块钱。五百六十块钱，每人均分八十块钱，梅山坡为此心疼了好长时间。

从柳县回来的第二天，毕海召集家住县城的三个同学请梅山坡吃了一顿饭，席间谈到了唐小娟。班长任东华的父亲跟唐小娟的父亲是小学同学，两家常有走动，对唐小娟家的情况比较了解。任东华告诉梅山坡，说唐小娟转入海城一中后没多久就跟班里一名男生谈上了恋爱，严重影响了学习，所以高考时只考了三百五十多分，距中专录取分数线还差好几十分。任东华说烟草系统有个职工学校，只招收系统内部职工子弟，所以唐小娟高中一毕业就去了烟草职工学校。任东华还告诉梅山坡，牛兰花前些日子跟她一个高中同学结婚了，那人上学时就暗恋她，据说为了等她，这么多年一直没有结婚。牛兰花跟丈夫离婚后，她那个同学主动承担起了照顾她的责任。刚开始牛兰花并不想接受她那个同学，除了害怕坐实她跟那个同学有染的传闻外，更重要的是她那个同学是家里的独子，承担着传宗接代的任务，她害怕背地里被人指指点点。但最终她还是被同学锲而不舍的精神感动了。

喝完酒回到宿舍，梅山坡想了整整一宿。他想到了孙大猛，想到了唐小娟，想到了牛兰花和她那个同学，也想到了唐婉儿。冥冥中他感觉这辈子他应该能和唐婉儿在一起的，否则就不可能在自己准备忘记她的时候遇见了唐小娟，喜欢上了牛兰花；在毕业后感觉这辈子不可能再与唐婉儿有什么交集的时候，毕海却偏偏考入了北方大学，虽然毕业后至今两人还未见过一次面，但书信来往足以让他有机会将爱意转化成文字，用书信来告白真情。心中有佛自成佛，只要自己像牛兰花的同学那样锲而不舍地等下去、追下去，就一定能感动上苍，赢得芳心。梅山坡明白，唐婉儿从小生活在一个十分优越的家庭环境中，过不了清贫的日子，赢得她的芳心，仅靠真心是不够的，必须有经济实力，而改变目前经济现状的唯一途径就是选择一个收入高的职业，否则只能像孙大猛家那样，穷得连房租都交不起。

暑假最后一天也没等来工作调动的消息，这让梅山坡十分失望，不免对毕思潮产生了埋怨。在梅山坡看来，凭毕思潮的人脉，调动一个普通教师应该是一件不困难的事情，况且毕海考大学之前他就信誓旦旦地承诺过，送走毕海那届毕业班，他就帮他办理工作调动的事情，毕业班已经送走一年多了，可他工作调动的事却一点眉目都没有，这让他不得不怀疑毕思潮当时是有求于他，所以才给他开了一张空头支票。梅山坡明白，即使毕思潮不给自己办理工作调动的事，他也得笑脸相迎，因为毕海已经考大学走了，毕思潮再也没有什么事有求于他了，而哥哥还在他公司里上班，如果当初他不帮哥哥安排工作，哥哥到现在肯定还是光棍一条，从这个角度来讲，毕思潮不欠自己的，倒是自己欠人家一个莫大的人情，因为教书育人本来就是教师的职责。

十月下旬，北里县委县政府下发文件，任命毕思潮为北里县建委副主任兼建筑公司党委书记，总经理由原来的副总经理王汉接任。消息是李丰从县建委规划设计科的同学那里听说的，因为毕思潮在建委的分工就是规划设计工作。李丰的同学知道李丰曾教过毕思潮的儿子，就委托李丰合适的时候帮他在毕思潮面前说几句好话。得到消息的当天晚上，梅山坡买上一网兜水果去了毕思潮家。在毕思潮家里等到九点多钟也没有等到他，梅山坡只好悻悻地回了学校。第二天一上班，毕思潮就将电话打到了一中办公室，要梅山坡下午下班后去他办公室一趟，说有事找他。

上完下午的课，梅山坡就骑上自行车匆匆去了县建委，毕思潮正在开会，梅山坡只好等在接待室里心不在焉地翻着《城乡建设》杂志。

会议结束时天已大黑，毕思潮手握一个砖头大的东西边“喂喂”着边往办公室里走。梅山坡听到毕思潮打电话的声音，连忙从接待室里冲出来，紧跟在他后面去了他办公室。

“这玩意儿方便是方便，就是说话太费劲，说完一个事，不知要断多少次信号！”毕思潮说着将“砖头”往办公桌上一扔。

梅山坡拿起“砖头”小心翼翼地掂量了掂量，感觉足足有一斤重。“这就是传说中的大哥大？这玩意儿得值多少钱？”梅山坡问。

“一万五六哪！”毕思潮说着将大哥大往包里一扔，喊着梅山坡出了门，说楼下有家羊肉馆，羊肉汤做得特别好，冬天正是喝羊汤补身子的时候。

在去羊肉馆的路上，梅山坡不停地在想，一部“大哥大”就一万五六，他不吃不喝十年工资才够买一部“大哥大”的，怪不得姑娘都不愿意嫁给当老师的呢。

在羊肉馆一坐下，毕思潮就直截了当地告诉梅山坡，说县建筑公司办公室赵主任半年前查出了癌症，上星期刚走了，他想调他来公司当办公室主任，问他愿意不愿意。

“我，我，我当然愿意了！可，可那么高的职位，我干得了吗？”梅山坡一激动，说话都结巴了！

“赵主任是高中毕业，你大学本科毕业，怎么会干不了呢？”毕思潮笑笑，继续说道，“县化工厂是一家军工企业，每年的生产指标都是化工部直接下达的，厂里负责宣传的同志五一节前被县委宣传部调走了，厂里缺少笔杆子，我本来是把你推荐给化工厂刘厂长的，可得知赵主任查出癌症后，我就留了个心眼儿。”毕思潮说县建筑公司虽然不如化工厂名头大、牌子硬，但办公室主任的岗位重要，如果梅山坡愿意，他就去找李县长做工作，要他签字放人。毕思潮还说，如果梅山坡能去公司，他就是公司的第一个大学本科生，虽说王工程师也上过大学，但他是工农兵大学生，跟恢复高考后凭本事考上的大学生有天壤之别。

李县长签字同意梅山坡工作调动的事是春节前四天定下来的，那天是腊月二十七，梅山坡挑着泡好的黄豆跟娘去村里的磨坊磨豆腐，半路上接到要他去村委会接电话的通知。

梅山坡调到县建筑公司当办公室主任的事村里人当天就知道了，因为毕思潮打电话给梅山坡的时候，陈老七、刘大山等人就在场，他们听得真真的，但他们将信将疑，因为在他们看来，县建筑公司办公室主任是个不小的干部，他们不相信梅山坡一调到县建筑公司就能有那么高的职务。梅山坡极力控制着亢奋之情走出了村委会，当听到身后的陈老七对在场的村干部说“梅西岭这个老生子儿不简单，年纪轻轻就当上办公室主任，那可不是一般人能当得上”的话时，心里受用极了！

任命梅山坡为县建筑公司办公室副主任主持办公室全面工作的红头文件是正月二十二那天下发的，这与他去公司报到只相隔三天。红头文件下发的当天，毕思潮代表县建筑公司党委跟梅山坡谈了话。毕思潮说县建委领导之所以不同意公司一步到位直接任命他为办公室主任，除了他从未从事过建筑行业、隔行如隔山之外，最主要的是建委系统的中层干部，没有一个不是在原岗位上历练三四年才提拔为中层干部的，跨系统调入直接任命中层副职的，他在建委系统也是第一个。毕思潮说尽管是副主任，但副主任后面的括号实际上已经承认他是公司中层了，只要一年后不出现重大失误，去掉括号那是顺理成章的事。梅山坡将在脑子里重复了不知多少次的话跟毕思潮又重复了一遍，表示一定努力学习，大胆工作，不辜负公司党委和毕思潮对他的信任。

任命文件下发的第二天，梅山坡把在春节期间写给室友和最要好的几个同学的信邮寄了出去，名义上告诉他们通信地址变了，实际上是告诉大家他已调到北里县建筑公司当办公室主任了。给杨百团、魏明等同学的信寄出去的当天，梅山坡忽然感觉应该给江宏图也写一封信，让他知道自己工作单位调整了，且新单位领导对他十分器重。尽管多少年后梅山坡对当初的这一幼稚举动感到后悔，但在当时他感觉十分有必要。

信发出去没多久，梅山坡陆续收到同学的回信，内容无非是肉麻地吹嘘一通或不着边际地瞎侃一气，尤其是杨百团跟宋真真的回信，简直就是一篇中国房地产未来建设的规划图。当梅山坡后来真的从事房地产开发行业的时候，他打心眼里佩服杨百团和宋真真这一歪打正着的指点。尽管梅山坡给江宏图的信带有明显的挑衅示威意味，但江宏图的回信却是最实在最中肯的一封。唐婉儿自始至终都没有回信，不知是无话可说，还是压根儿就没有收到梅山坡的信。

十六

春节一晃又到了眼前，调到县建筑公司近一年的梅山坡在毕思潮的悉心指导下，很快由建筑行业和办公室管理工作的小白，变成了熟悉业务、熟悉办公室管理工作的行家，个人也成熟了许多。在梅山坡的努力下，公司的各项规章制度都建立了起来，信息报送及宣传工作也由系统的“老幺”变成了系统先进，在当年建委系统总结表彰大会上，梅山坡还荣获“信息宣传先进个人”称号。

一九九二年一月份的最后一天，县建筑公司下发了关于任命梅山坡为办公室主任的文件。文件下发的当天晚上，梅山坡提着跑了整个县城才买到的两瓶茅台酒和给孩子买的衣服、学习用品去了毕思潮家，因为下午毕思潮就跟他说好了，晚上他们家包饺子，要他去吃饺子。

毕思潮瞅着梅山坡手中的大包小包，眉头皱了皱，问他年终发的那点钱够买那些东西的？梅山坡十分虔诚地笑笑，说工作了那么多年，第一次发奖金，他都不知道该怎么花了。

毕思潮的媳妇孙红从梅山坡手里接过东西，要他洗洗手赶紧上桌。

“去年腊月二十七接到我工作调动电话，今年腊月二十七又收到公司下发的文件，腊月二十七是我的吉祥日，今晚我得陪大哥和嫂子好好喝两杯！”梅山坡说着在毕思潮旁边坐了下来。

“由副转正，满打满算也就十一个月，这在建委系统还是第一次，这说明大家对你的工作还是非常认可的！”毕思潮说刚任命梅山坡为办公室副主任的时候他还曾担心，怕他短时间内难以适应新环境新岗位，现在看来当初他的担心是多余的。毕思潮说你来公司不到一年，公司的各项管理制度尤其是考核体系就建立完善起来了，信息宣传方面不仅摘掉了多年“老幺”的帽子，还被评为先进单位，这在公司成立以来也是第一次。明年他准备将部分物品的采办权从其他科室调整到办公室，这事他跟王汉和几位副总都交流过，他们都十分赞成。

晚饭快结束的时候毕海回来了，说什么也要再开一瓶酒给老师祝贺一下，并说为了提前赶回来，他被同学硬生生地多灌了好几杯酒。

“听说有女朋友了？”梅山坡笑着问。

“别听我爸瞎说！就一普通同学！”毕海一边往梅山坡酒杯里倒着酒，一边打着哈哈，“老师都还没找女朋友，我当学生的怎么敢抢在老师前面？”毕海这么一说，大家就又把话题转到梅山坡的个人问题上，尤其是孙红，一个劲儿地问梅山坡为什么不找女朋友，是真没碰到合适的还是眼眶子太高？梅山坡支支吾吾了半天也没有说出个理由来。

“过了年抓紧找个女孩把婚结了吧，结了婚心里就踏实了，也就没那么多不切实际的想法了！”毕思潮说。

“听你大哥说，你一直惦记着你那个女同学，可人家都已经结婚了，估计现在孩子都有了，她就是枝花，咱们也不能再惦记了！”孙红说着端起酒壶给梅山坡的酒杯里又添了些酒。

“嫂子，实际上我也不是在等人家，再说人家也看不上我这样的，我就是冥冥中总感觉有个念想似的！”梅山坡尴尬地笑笑，红着脸说，“本来我寻思时间一长也就淡忘了，谁知道又遇上了不该遇上的人！唉！”

毕海盯着梅山坡看了好大一会儿，好像明白了什么似的，神秘地笑了笑，忽然冒出来一句：“你还别说，她俩还真有点像！”

“她俩？谁她俩？”孙红懵懵懂懂地问。

“没有，没有！我忽然想起了两句诗，‘人生若只如初见，何事秋风悲画扇’！”毕海搪塞道。

“等闲变却故人心，却道故人心易变！”梅山坡接着背道。

“老师，你们俩大学里谈过？要是没谈过的话，怎么会有等闲变却故人心，却道故人心易变之说？”毕海笑着问。

“老师哪有那本事？我，我只是心里跟人家谈过！”梅山坡苦笑了两声，满眼里尽是不甘。

“你俩这么文绉绉的，是不准备让我们两个文盲听懂呀？喝酒，喝酒！”毕思潮端起酒杯，招呼梅山坡喝酒。

寒假一返校，毕海就去看了唐婉儿，还给她带了些土特产，说是梅山坡让带过去的。毕海捎东西过去的第二天下午，唐婉儿将电话打到了梅山坡的办公室，这让梅山坡激动万分。毕业快六年了，两个人虽通过几封信，但从未见过面，也没有电话联系过，当那个熟悉而又陌生的慵懒中带着点沙哑的声音传过来的时候，梅山坡竟然激动得不知说什么好了。梅山坡站着接完了唐婉儿的电话，除了最后那句“抽时间来北方大学吧，再不来，你学生就该毕业了”的话他记住了以外，其他的话他都记不得了，但毕海替他看望她并以他的名义给她带去土特产的事他是听明白了。

挂断唐婉儿的电话，梅山坡不停地问自己："梅山坡，你这个夙包，你紧张什么？你不是有好多话要跟她说吗？你不是为她写过好几本日记吗？怎么听到她的声音就夙了？你这样不自信，这样唯唯诺诺，别说人家心里没有你了，就是有你，也不敢将终身托付于你呀……"犹豫再三，梅山坡决定再将电话打回去，可拨上区号、拨完六位数字，还是没有勇气摁下最后一位电话号码。

同事们都下班走了，梅山坡坐在办公室里想了很久，最后决定再给唐婉儿写封信，让她知道自己眷恋她、思念她。梅山坡充满激情地写完了信，骑上自行车一路狂奔去了邮局，当他毅然决然地将信投进邮筒后，心情轻松愉快极了，他感觉那是他人生二十七年来做过的最决断、最干脆、最惊天动地的一件事，那种快感远远超过了他在村委会接到工作调动电话时听到陈老七和刘大山说的那些话时的心情。

那天晚上，梅山坡又梦见了唐婉儿，梦见他牵着她的手走出了西联五教室，经过林荫大道来到了萃花园。"月到中秋偏皎洁，今晚不是中秋夜，月亮为何也如此皎洁？"唐婉儿问。"醉看风落帽，舞爱月留人。它是让咱俩多看它一会儿！"梅山坡答。"月亮真是个神奇的东西，有时弯弯，有时圆圆，真希望它天天如今晚这般！"唐婉儿说着依偎进了梅山坡的怀里。正在这时，何非带着一群人冲进了萃花园，硬生生地将唐婉儿抢走了，梅山坡哭着喊着追了上去，却被何非一把推进了池塘里。

梅山坡惊叫着坐了起来，他抹着脸上的汗水，努力回想着梦里的情景，尽管他不断安慰自己"别怕、别怕，梦都是反着的"，但他却无论如何都平静不下来，他知道，此生遇见唐婉儿是个意外，爱上她更是一个美丽的错误，在她嫁与他人之后自己应该默默地为她祈祷为她祝福，而不应该念念不忘她的美丽、她的冷艳、她的优雅，盲目地表达情感不仅有些幼稚、有些草率，还可能会给她带去无限的纷扰与麻烦，万一何非看到他的信或她对自己的初衷产生了误解，不仅连同学都做不成了，而且还可能背负上一个破坏他人家庭的骂名。梅山坡后悔一时冲动写了那封信，他跑到院子里死死地盯着天上的月亮，祈盼月亮快快离开、太阳快快升起，他好第一时间将那封信追回来。

邮局的门终于开了，工作人员也答应将信退给梅山坡，可当工作人员找到那封完全对得上号的信件时，梅山坡却又改变了主意，决定将那封信寄出去，因为他感觉信中字里行间虽然充满着爱慕之意，但并无露骨挑逗的语言，他不甘心自己的情感就那样尘封在心里一辈子，他想明明白白地告诉她，他欣赏她、眷恋她，让她知道她是他一辈子的心疼、一辈子的期待，即使她嗤笑他、发自内心地埋汰他，但他肯定她绝不会因此恼羞成怒以至于歇斯底里，古人尚知“士为知己者死，女为悦己者容”，何况绝顶聪明、优雅万分的唐婉儿了。梅山坡分析自己写给唐婉儿的信何非肯定不会看到，倘若真能看到，那也只有两种可能：一是唐婉儿故意让他看到；二是唐婉儿对自己十分在意，如不在意，她一定将信看完即撕掉，那样别人也就没机会再看到信了。

信寄出去两三个月都没有收到唐婉儿的任何音信，每当想起这事，梅山坡多多少少还有些忐忑。那天中午，梅山坡刚参加完公司有史以来第一次建筑石子招标会回到办公室，电话铃就响了，他以为是参与招标的厂家打来的，所以任凭电话如何响他都没有接，直到办公室小张告诉他电话是毕海打来的，他才在电话再次响起的时候接了起来。毕海在电话中告诉他，他的入党申请系里已经通过了，近期就可能派人到北里县外调。毕海还告诉梅山坡，昨天他在校园里碰到唐婉儿了，她问起了他，还要他抽时间去省城转转。听毕海这样讲，梅山坡悬着的心一下子放了下来，整个下午情绪非常高涨。

建筑石子实行招投标管理的当年，公司就节省了成本四十多万元，这让毕思潮下定决心将招投标范围扩展到所有建筑材料，并在公司内部成立了招标办公室，这在北里县是第一家。建筑材料实行招投标管理是梅山坡最先提出来的，并全程参与了管理制度的制定和管理流程的设计，因此招标办一成立，毕思潮就提议梅山坡兼任办公室主任，一时间，梅山坡成为公司炙手可热的人物，邀约吃饭的、上门拜访的、介绍对象的自然少不了。

元旦前，梅山坡跟一个叫赵晓娟的姑娘处上了对象，她是县建委第二副主任常山介绍的，在县工艺品厂上班，父亲跟常山是初中同学。

梅山坡跟赵晓娟不温不火地处了接近半年，其间赵晓娟也曾提出过双方父母见面的要求，但梅山坡每次都是以工作忙、时机不成熟为由搪塞了过去，赵晓娟对此大为不快。赵晓娟的父亲本就是一个很势利的人，当初他同意女儿跟梅山坡交往，除了因为梅山坡是大学生，又是同学给介绍的以外，最主要的是他感觉梅山坡兼任的两个部门都是建筑公司的权力部门，将来对于自己一定能够派得上用场，因为他所工作的农具厂效益不好，稍微有点门路或能耐的，或调走或辞职单干了，他想让梅山坡帮他调到一个效益比较好的单位，或是围绕建筑行业帮他做点文章，可梅山坡不仅没有让他介绍的熟人在一次招投标会上中标，还迟迟不安排双方父母见面，这让他十分愤怒，于是就动了让女儿跟梅山坡分手的念头。

赵晓娟是吃商品粮的正式职工，年龄还比梅山坡小五岁，人长得也不难看，按道理讲梅山坡有些高攀人家，理应十分珍惜，可谈了大半年，他却从未亲吻过她，甚至连拉拉她手的冲动都没有，可每当想起唐婉儿，他就浑身充满了激情充满了冲动。他不想跟一个连原始的冲动都激不起的人结婚，更不想为了满足父母的愿望或消除别人的闲言碎语而耽误人家一辈子，因为他坚信恩格斯的那句“没有爱情的婚姻是不道德的”的名言无比正确。梅山坡知道他中唐婉儿的毒太深了，正如导演岑范形容香港著名演员夏梦那样，她是行走的毒药，男人们为她中毒。在他还被唐婉儿深深毒着的时候，跟任何一个女人结婚，他感觉都是对爱情的亵渎和对别人的不负责任。梅山坡明白，即使跟赵晓娟相处的时候再长，他也不会爱上她，他之所以坚持跟她处着，除了她是顶头上司常山介绍的以外，还因为她叫晓娟，跟唐小娟字虽不同但音同，他幻想通过长时间的接触喜欢上她而忘掉唐婉儿，可大半年的相处终于让他明白这根本不可能，他相信既然牛兰花的同学能等牛兰花二十年最终如愿以偿，他也可以等待唐婉儿二十年。据同在省城工作的毕天齐介绍，毕业分配至省话剧院的何非，每次外出演出都是十天半个月不回家，经常把唐婉儿一个人扔在家里。话剧院是一个十分开放的地方，年轻漂亮的女演员比比皆是，像何非那样的官宦子弟，不可能经得起花花世界的诱惑。据此他推断婚后的唐婉儿生活得并不如意。为了验证毕天齐的话是不是真的，梅山坡曾拐弯抹角地问过杨百团，因为傅芳心跟宋真真毕业后一直没断了联系，而傅芳心又是跟唐婉儿走得最近的一个，对唐婉儿的情况应该比较了解。尽管杨百团没有给予肯定的答复，但他确信毕天齐的推断应该是对的。

尽管跟赵晓娟分手是预料中的事，可当赵晓娟真的提出分手并赌着气快速消失在月光下的时候，梅山坡的心里还是感觉空落落的。梅山坡抬头望着天上的月亮，忽然想起南唐李煜《相见欢》中的那句“无言独上西楼，月如钩，寂寞梧桐深院锁清秋”的诗句，忍不住悲怆感伤起来。他想号啕大哭一场，把心中的苦闷、忧伤全都哭出来，直哭得夜消失月隐藏、天动容地感伤，可他没有也不能，因为他知道，即使哭上三天三夜，也不会腊月响雷、六月飞雪。

梅山坡漫无边际地走着，鬼使神差地走进了县烟草公司大院，并在牛兰花家的楼下徘徊了许久，他幻想着她们家的灯忽然亮了，牛兰花的身影出现在窗口上，热情地跟他打着招呼，朝他灿烂地笑着。可是他失望了。当他悻悻地走出烟草公司大门的时候还不停地在问自己：你为什么要来这里？是想看牛兰花还是想见唐小娟？假如那个熟悉的身影真的出现在窗口，你该说什么又能说什么？跟赵晓娟散了，以后就一定能遇上如唐婉儿般的李晓娟、王晓娟？

梅山坡回到宿舍的时候已是凌晨一点多了，可他一点睡意都没有，心情无比烦躁。有人说暗恋是美好的，它能让所有的幻想在脑海中变为可能。可暗恋又是一剂毒药，看似美好实则自残。无法自拔的结果只有两个：要么成功，要么疯狂。金庸对夏梦痴迷深沉，一生的作品都围绕着夏梦而写，他用另一种方式寄托着对夏梦的感情。梅山坡羡慕金庸的才华，欣赏金庸的洒脱，但他并不认同金庸那“爱而不得也许才是最珍贵的”心态。

夏天说来就来，刚进入阳历七月，天就热得让人受不了。梅山坡跟另一位公司副总去工地上处理一起安全事故后回到办公室，水还没顾得上喝一口，就被毕思潮叫了过去：“你学生毕业分配的事基本确定了，如果不出意外，应该会去省建委。”

“是吗？那太好了！晚上我安排个地方叫上嫂子一起祝贺一下？”梅

山坡擦着脸上的汗珠满心欢喜地说。

“等收到报到证后再说吧！”毕思潮倒了一杯茶水递给梅山坡说，“毕海毕业后能分配进省直机关，沾了是班干部又是党员的光！大学四年多亏你那个同学帮忙照应着，否则那小子哪会有这么优秀？这事你替我先谢谢人家，等毕海去单位报到的时候咱俩再专程去一趟，别让人家笑话咱山里棒子不会办事！”

一回到办公室，梅山坡就迫不及待地给唐婉儿写了信，告诉她毕海毕业分配的去向以及他父亲近期准备去省城拜访她，问她暑假在不在省城。梅山坡在信中还告诉唐婉儿，说单位最近给他配了一部“大哥大”，如果办公室找不到他，可以直接打他的“大哥大”，他的“大哥大”二十四小时为她开着。信寄出去没几天，唐婉儿果真给“大哥大”打来了电话，客套了几句，说了一些毕海毕业分配的事。唐婉儿告诉梅山坡，暑假她准备去外地一趟，时间还没最终确定，如果梅山坡要去的话，可以提前给她家里打个电话。

自从跟唐婉儿通了电话，梅山坡就天天盼着毕海分配的事尽快确定下来，生怕去晚了唐婉儿就外出了。

一天下午，毕思潮把梅山坡叫到办公室，要他第二天去趟省城，答谢一下唐婉儿，顺带将毕海的铺盖、书籍拉回来，因为他刚接到政府办公室通知，要他第二天陪同李县长外出参观学习。

从毕思潮办公室一出来，梅山坡就往唐婉儿家里打电话，一连打了七八次都没有人接，正当梅山坡纳闷之际，唐婉儿的电话回过来了。她说明天去上海看她的姨妈，下午出去买了些东西，回来看到有他的未接来电，就给他回过来了。梅山坡问唐婉儿明天几点的航班，有没有可能约毕天齐和方红一起吃中午饭，他听说方红随丈夫一起回省城居住了。唐婉儿说她是下午两点半的航班，十二点半就得从家里出发，吃饭肯定来不及了，如果到得早，她可以请他喝杯咖啡。

挂断唐婉儿的电话，梅山坡立即安排驾驶员小秦去商场买些东西，并约定第二天一早就往省城里赶。

约好早上五点钟出发，梅山坡三点钟就起了床，精心梳洗打扮了一番，还第一次用摩丝把头发定了型。

小秦驾驶着上海轿车以最快的速度往省城里赶，八点多钟就赶到了距省城还有六十公里的摩登镇，见路边有卖早餐的，就停下车要了份早餐狼吞虎咽地吃了起来，谁知吃完饭准备出发的时候，车却怎么也发动不起来了，气得梅山坡朝着车轱辘狠狠地踢了几脚，骂骂咧咧道："什么摩登镇，就是个魔怔镇！"

车修好的时候已经十一点多了，赶到唐婉儿家已经不可能了，梅山坡就跟唐婉儿约定在机场里见一面。

梅山坡到达机场不到一个小时，唐婉儿乘着一辆红色桑塔纳轿车也来了，看到她优雅地从车上下来，梅山坡连忙迎了上去。梅山坡十分拘束地握了握唐婉儿的手，将这次来省城的意思表达给了她。唐婉儿上下打量着梅山坡，抿着嘴笑笑，说毕业后见的同学中数他变化最大，听说他在建筑公司干得风生水起。梅山坡不好意思地笑笑，将一路上想好的台词忘得一干二净。

听说梅山坡来省城了，毕天齐就把方红约出来一起吃晚饭，席间大家谈起了唐婉儿，也谈到了施香玉。毕天齐说施香玉毕业分配回老家县委党校的第二年，就跟本校的一位同事结了婚，婚后不久就有了一对龙凤胎。

方红说她很羡慕施香玉，思想简简单单，生活快快乐乐，人生本来就应该那个样子。

方红坐了一个多小时就走了，是毕天齐赶她回去的，因为那些日子吴昆仑伤病复发，性情不稳定，毕天齐害怕方红在外面待久了，回去后吴昆仑又大发脾气。毕天齐说方红随吴昆仑来省城后，他跟她就见过一次面，还是去年刘中原来省城时见的，从那以后两人就再也没有见过，他感觉方红过得很不如意。毕天齐说方红是一个有着强烈英雄情结的人，一毕业就嫁给了吴昆仑，英雄情结是了了，可自己的生活却毁了，她就是让梦想把自己给吞噬了。

梅山坡嘿嘿笑着，说听黄贯中讲，方红之所以一毕业就嫁给了吴昆仑，除了英雄情结，最主要的还是因为杨百团。听说杨百团跟方红谈着的同时，又跟宋真真眉来眼去，方红一气之下才嫁给了吴昆仑。如果方红婚姻不幸福，那罪魁祸首就是杨百团。因此，婚姻必须建立在深厚的感情基础上，没有感情基础的婚姻不可能长久。

“唐婉儿跟何非大学三年级就谈上了，他俩倒有基础，但我也没觉得唐婉儿幸福到哪里去，倒是感觉他俩若即若离，关系怪怪的，跟同学在一起时，她从来没有主动提起过何非！”毕天齐说。

“上午我见到唐婉儿了，感觉她跟上学时没什么两样，岁月的沧桑好像在她脸上没留下什么印记，倒添了几分优雅几分丰润。如果不幸福，她能那样滋润？你就别瞎琢磨了！”嘴上虽这样讲，但梅山坡心里却希望毕天齐说的话是真的。

毕天齐神秘地笑笑说：“我有个同学叫叶杨，在省话剧院从事后勤工作。他说何非跟剧团一个叫赛西施的女演员关系挺暧昧的，他俩十有八九做了对不起婉儿的事！常在河边走，哪有不湿鞋的？”

听了毕天齐的话，梅山坡的心情复杂极了，他既希望那事是真的，又害怕那事是真的，因为那对唐婉儿的伤害实在是太大了，他怕一向沉默寡言的唐婉儿承受不住那样的打击。回到宾馆，梅山坡将毕天齐的话琢磨来琢磨去，越琢磨越感觉他的话可信，心中禁不住产生出无限的愤慨与感伤。他感觉他才是这个世界上唯一对唐婉儿矢志不渝的人，即使何非与她再有感情基础，也没有抵挡住外面世界的诱惑；江宏图对她再爱怜痴迷，也没有逃脱世俗的压力，唯有自己默默地为她坚守着那份忠贞、那份真情。

去省建委一报到完，毕海就跟同学一起去参观了号称世界第八大奇迹的兵马俑。梅山坡跟司机开着车子一出城，忽然产生了去泰城傅芳心那里吃午饭的想法，因为绕道泰城最多也就多跑一个小时的路程。

见梅山坡来看她，傅芳心十分高兴，跟领导打了声招呼，领着梅山坡直接去了附近的一家餐馆。

在去餐馆的路上，傅芳心就迫不及待地询问起省城同学的事情来，当得知唐婉儿昨天下午飞上海后，她淡淡地笑了笑：“那家伙，放了假也不先来我这儿报个到，就直接奔上海了！也难怪，何非整天不着家，现在又没有孩子牵扯着，放了假窝在家里干什么？”

“他俩一毕业就结婚了，为什么到现在还不要孩子，是不是婉儿不喜欢？”梅山坡问。

“她哪是不喜欢？他们的第一个孩子没有保住！”傅芳心看了看梅山坡，继续讲道，“婉儿好静，有时候安静得如一尊雕塑，让人不免产生出不食人间烟火的感觉，但实际上她并不是那种高深冷漠、感情不丰富的人，只是不愿意表达罢了！”

菜上来后，傅芳心跟梅山坡一边喝着酒一边东一句西一句地聊着，但主题基本上没离开唐婉儿。借着酒力，梅山坡将毕天齐讲的何非跟他们单位一个女演员相好的事说了，问傅芳心知不知道。傅芳心淡淡地笑笑，说上次去省城的时候何非曾跟她提起过毕天齐的那个同学，说他那个同学对赛西施有想法，还经常去纠缠人家。“那个叫赛西施的我见过，是去年跟唐婉儿去省剧院看戏的时候见的，虽称之为赛西施，但长相和气质都没法跟婉儿比！”

在回北里县的路上，梅山坡不停地琢磨傅芳心跟毕天齐的话，琢磨来琢磨去，感觉还是傅芳心的话更靠谱。假如何非真的跟赛西施相好，唐婉儿不可能感觉不出来，她不可能任由自己的男人与别的女人眉来眼去，更不可能知道自己的男人移情别恋后还能与他同床共枕，她那样优雅，那样睿智，那样漂亮，还有一份受人尊敬的工作，即使离了婚，身后也不乏爱慕追求者，自己不就是其中的一位吗？尽管梅山坡认为傅芳心的话更真实一些，因为她俩是闺蜜，婉儿的事她知道得最多，但他感觉毕天齐的话也不是空穴来风，假如唐婉儿跟何非感情上没出现问题，为什么两人至今没要孩子？难道流过一次产就不能再怀孕吗？唐婉儿去上海何非为什么不一起陪着？难道真是工作忙脱不开身吗？梅山坡越想越感觉唐婉儿跟何非的关系既没有毕天齐说的那样糟，也不可能如傅芳心说的那样一点问题都没有。

十七

北里县企业改革工作会议刚进行到一半，梅山坡的手机就响了，是老家打来的，这是他担任县建筑公司副总经理那年，一个供应商帮他家安装的。十多天前，父亲梅西岭突然昏倒，拉到县医院一检查——癌症晚期，全身扩散，无法手术。不知是意识到自己的病没法治了，还是如他所言闻不了医院里的那种味道，在医院住了五天之后，梅西岭死活都要回小店村，连儿子家都不去。见拗不过父亲，梅山坡只好让人又把他送回了小店村。昨晚母亲打来电话，说父亲的病突然加重了，时清醒时迷糊，让他抓紧回去一趟，可上午的企业改革工作会议十分重要，必须参加，梅山坡只好派车把哥哥先送回了家。

这次电话是梅山江打来的，说父亲五分钟前走了，要梅山坡赶紧赶回去。听到噩耗，梅山坡蒙了，他没想到一辈子连头疼脑热都很少发生的父亲，从检查出有病到去世只有短短半个月的时间，这让他无论如何都难以接受。梅山坡躬腰进了会议室，跟正在听会的毕思潮打了声招呼，带上司机一路狂奔往小店村赶，因为听老人们讲，人死后一个时辰内灵魂不散，人世间的事都还知道。

出殡那天，建委主任毕思潮带着县建委、县建筑公司和施工单位一大帮子人来了，五六辆车停放在村口上，七八个花圈摆放在院子里，对于只在电影里见过花圈这些洋玩意儿的小店村人来讲，梅西岭的丧事在小店村可谓是前无古人，让村里人更为震惊的是，送梅西岭尸体去火化场的灵车，竟然跟在电影里看到的一模一样：前面有个大大的黑色“奠”字，车顶上的喇叭高分贝地重复播放着《哀乐》《葬礼进行曲》。在小店村人看来，梅西岭这个老实了一辈子也被人欺负了半辈子的人，生得虽不伟大，但死得却很光荣。尤其是那个已经不当村干部的陈老七，出殡那天竟然偷偷地把梅山河拉到一边，问灵车是从哪里讨弄来的，用一次多少钱？梅山河鄙视地斜睨了陈老七一眼，爱答不理地道：“有钱你也租不到！你以为有钱就有资格用这样的车？”一句话搾得陈老七半天没说出话来。

圆坟那天，梅山坡独自坐在坟前待了很久，他感觉对不起父亲。母亲说父亲临走的前天晚上，跟她聊了大半夜，他说他这辈子该吃的都吃了，该得的也都得了，死了也没有多少遗憾了，唯一的遗憾就是没看到小儿子成家立业，村里像他这个岁数的，哪个不都孩子上学了？他上完大学连个媳妇都没找到，他感觉在村里老少爷们面前抬不起头来。梅山坡点燃一支烟放在父亲坟前，自己也点燃一支。他默默告诉父亲，上三年坟的时候他一定带媳妇回来，让他在九泉之下再无憾事。

圆完坟的当天，梅山坡就赶回县里参加公司改制大会，因为按照县政府改革方案要求，县建筑公司和连续多年处于亏损状态的织布厂、钢球厂等五家企业为全县第一批股份制改革试点单位，改革试点单位具体方案落地前，人事、账务全部冻结。由于县建筑公司是建委系统唯一一家改革试点单位，毕思潮是县建委主任，又在建筑公司任职多年，所以县改革办就将传达改革会议精神的任务交给了毕思潮。

会议一结束，王汉就找毕思潮把自己的顾虑和想法说给了他。他说在他担任公司总经理的这几年，受市场竞争加剧、死账呆账增多的影响，公司经营遇到了困难，经济效益不尽如人意，致使公司成为第一批改革试点单位，为此他感到愧疚，感觉对不起毕思潮和公司近三百名员工。他说上个月他就过了五十七周岁生日了，再有两年多就该到退休年龄了，加之身体不好，继续冲在经营一线确实感觉有些力不从心，他请求毕思潮帮他在建委系统安排个职位，最好调到建委机关，至于有没有职务他感觉不重要了。毕思潮答应帮他考虑一下，但要求他在工作组进驻公司审计期间，一定要实事求是地将公司经营状况、存在问题、面临的困难报告给工作组，千万不能藏着掖着，否则就上对不起组织，下对不起员工。跟王汉谈完话，毕思潮又找梅山坡聊了很久，要求他一定要将公司的经营状况彻底扒拉清楚，确保设备折旧到位，应付未付账目一笔不落，账龄较长的外欠一律列入死账呆账。

县建筑公司的财务审计工作仅用半个多月就结束了，是五个试点单位中进展最顺利的一个。审计工作结束的当天晚上，毕思潮以建委主任的名义宴请了工作组成员。宴会开始前，毕思潮跟王汉和梅山坡等人作了交代，要他们在宴会上绝口不提财务审计的事，但酒一多，王汉就把这事给忘了，追问起来没完没了，惹得毕思潮很不高兴。

审计组完成审计工作的第二个月，县政府就对五个试点单位制订出了不同的改革方案，对亏损严重、资不抵债的县建筑公司和另外两家县属企业实行全面出售政策。其中，将县建筑公司现有的建筑设备、运输车辆、办公场所及仓储用地等资产折价八百万元打包出售，内部人员优先考虑，现有职工尤其是正式职工要妥善安置。改革方案公布后的十多天里，公司内部无一人主动跟县改革办联系，社会上更没人敢贸然接手这个烫手山芋，因为他们不了解公司实情，不知道行业内部的水到底有多深。怕改革流产，也怕改革引发不稳定，县长李文武指示县改革办立即召集县建委和县建筑公司班子开会，就县建筑公司改革方案的推进落实工作进行调度。

会议在县政府小会议室召开，县建委和建筑公司的班子成员悉数到会。梅山坡本来是想提出去政府部门工作的，但当王汉和另一位副总向李文武提出酌情考虑工作安排的请求时，他感觉自己再提出调离申请就显得不妥了，除了自己是班子中年龄最小、资历最浅的，即使提出申请组织上也未必考虑外，更重要的是在改革试点的关键时刻，班子中总得有人留下配合工作，否则改革就难以推进。让梅山坡纠结的另一个因素是经济因素。尽管公司连续几年亏损，但作为分管物资保障及综合管理的副总经理，实际收入是一般部委办局的负责人无法比拟的。

县建筑公司改革试点调度工作会议结束以后，李文武将毕思潮和改革办主任留下来又谈了一个多小时，明确要求县建筑公司改革试点工作务必率先落地，如果情况相对简单、职工不到三百人的建筑公司试点工作都推进不下去的话，拥有上千人的钢球厂就更难推进了。

“老毕，你培养的那个叫梅山坡的小伙子不错，关键时刻不掉链子，觉悟比那两个班子的成员都高！”李文武点燃一支烟猛吸了一口，继续说道，“王汉和那个副总既然心不在公司了，那就通知组织部门尽快将他们调离！”李文武说王汉等二人调离后，班子成员中就剩下梅山坡一个人了，他问毕思潮下一步该怎么办。

毕思潮笑笑，说："王汉等人之所以对改革没有信心，除感觉八百万元的资产估值过高外，还有一个重要因素就是近三百名职工的安置问题，如果估值再降一降，或许有人敢接这个烂摊子！"李文武说如果资产确实估高了，县里可以考虑在其他政策方面给予倾斜，但八百万元的估值不宜再动，道理大家都明白，关键是谁来挑这个头。

"既然李县长把话说到这个份上了，我责无旁贷地应该挑起这副担子。晚上我回去跟家里人商量商量，明天给您答复。"毕思潮说。

李文武愣了一下，说："你挑这个头我当然放心，可这意味着风险与挑战！你年纪也不轻了，可要想好呀！"

"政企分开的政策我了解，可目前这状况，我不挑这个头，可能没人敢挑这个头了！如果改革工作不尽快推进下去，人心可能就散了！"见毕思潮态度真诚，李文武二话没说，带上改革办主任直接去了县委书记办公室。

王汉等二人工作关系转移并回家休养的第三天，主动辞去县建委党政一把手工作的毕思潮召集公司中层及以上干部召开会议，修改完善公司股份制改造方案，新修订的方案当天就在公司内部进行了公示。让毕思潮没有想到的是，方案确定的三百万元职工集资五天就完成了，刚开始还犹豫不决的职工或将钱从银行里取出来，或四处投亲访友去借，唯恐集资期限到后入不上股，因为他们对为人厚道、能力超强的毕思潮有信心。集资工作结束的第二天，毕思潮召开了全体职工大会，公布了集资及持股情况，选出了九名董事会成员。在董事会召开的第一次全体会议上，新当选为公司董事长兼总经理的毕思潮十分高兴地告诉大家，为支持县建筑公司率先改制完成，县委县政府决定将县奥林匹克体育中心项目和自来水扩容工程项目全部交给公司建设，两个工程项目同期开工。因入股资金偿还部分债务，剩余资金无法保证公司正常运转，所以他决定以公司现有土地及地上的附着物作为抵押，从银行贷出部分资金。会上，新当选为公司监事长的梅山坡解释了改制后公司更名为百里建设集团公司的原因。他说尽管北里县是一个山区落后县，但建筑行业在全省一点都不落后，作为省内第一批股份制改造建筑企业，目标就是在新任董事会的领导下，以百里跃进的速度，成为百里挑一的公司。

建设工期两百天的奥林匹克体育中心项目不到半年就完成了。那天毕思潮陪着李文武及县直有关部门领导正在视察刚刚竣工的奥林匹克体育中心，毕海打来了电话。“什么？一亿多？别说中不了标了，就是中了标，咱们也没有那个实力呀！不是技术问题！好了！我现在正陪着李书记视察哪！”毕思潮说完把电话挂了。

“什么一亿多？又有大项目了？”刚转任县委书记的李文武问。

“刚才毕海打电话说省体育运动中心改扩工程要公开招标，问我们参不参加。咱们一个小建筑公司，哪有那魄力？”毕思潮呵呵笑着说。

“你们的目标不是争创百里挑一公司吗？连招投标都不敢参加，怎么争创？这可不是你毕大胆的风格！”李文武表态说如果资金有问题，只要能中标，县里可以优先支付即将完工的自来水扩容工程未支付的资金，还可以协调银行给予贷款支持，因为一亿多的项目，不仅能为当地带来五六百万元的税收，提升北里县工矿企业在全省的位置，更重要的是能为其他县属企业改革工作的顺利推进起到典型示范作用。

送走李文武等人，毕思潮跟陪同视察的梅山坡和理事长路亮一同回了公司，三个人关上门讨论了半天，确定了三件事：一是省体中心改扩建项目的有关资料的收集、招投标方案的制定以及公关协调工作由梅山坡负责；二是在建工程的收尾、前期贷款的偿还及后期贷款资料的准备、验收等工作由路亮牵头负责；三是毕思潮协调有关部门加快推进县奥林匹克体育中心优质工程项目的验收工作，以期在省体中心项目招投标工作开始前完成验收，以增强公司的竞标优势。

确定参加省体中心项目招投标工作的第二周，梅山坡去了省城。待在省城的一个多月里，梅山坡通过唐婉儿见到了何非的父亲，他答应帮忙给过问一下招投标的事，尽管离休在家一年多了，但他在省直部门中还是有一定影响力的。在毕海的引荐下，梅山坡还跟省建设厅的两名处长建立了联系，他俩在招投标方案制定方面给予了一些指导性意见，对后来的顺利中标起到十分重要的作用。

政府招标办发布省体中心项目招投标公告的第三天，梅山坡忽然接到刘中原的电话，说他跟高茗回母校路过省城，顺便在省城住一晚上。自打四年前从母校调到北京工作以后，他跟同学们见面的机会越来越少了，这次路过省城，如果有机会，他想见见在省城工作的几个同学。连日来，梅山坡正在为如何把唐婉儿约出来一起吃饭发愁，突然接到刘中原的电话，着实让他喜出望外。来省城一个多月了，除刚来时毕天齐召集方红和唐婉儿一起吃过一次饭外，就再也没有见到过唐婉儿，尽管两人通过多次电话。省体中心项目招投标公告发布的那天，梅山坡曾打电话约过唐婉儿，可她短短几句话就把他拒绝了。梅山坡曾跑到北方大学找过她，也曾在小区门口蹲守过她，不知是确实巧合，还是故意躲避，反正两人每次都是擦肩而过。既然刘中原和高茗来了省城，他想她无论如何都不可能再拒绝了。果不其然，电话一打过去，唐婉儿就爽快地答应了，这不免让梅山坡感觉心里酸溜溜的。

晚宴安排在省城最高档的饭店——人间天堂，梅山坡咬了咬牙要了酒店人均最高的一百八十八的标准，这在当时基本上是一个工人半个多月的工资，当看到刘中原跟高茗一脸诧异的样子，梅山坡心里甭提多惬意了。“你小子是不是发了？一顿饭差不多吃掉我一个月的工资，腐不腐败呀？”一进房间刘中原就嚷嚷道。

“毕业后第一次见政治系第一美女，我们敢不拿出点诚意来？”梅山坡说着偷偷瞄了唐婉儿一眼。

“你俩不够意思，结婚也不请我们喝个喜酒，是真怕我们赖在北京不走了？”毕天齐说。

“都成老太婆了，还美女哪！婉儿才是咱们政治系第一美女哪！”高茗说着把唐婉儿的手拉了过来。

梅山坡仔细端详了下高茗，感觉跟上学时相比确实老了不少，模样也不如以前耐看了，这让他忽然担心起唐婉儿来。见了同学，刘中原有些激动，把他如何苦追高茗的事全说了，气得高茗直瞪白眼。

“你小子都成富翁了怎么还不娶媳妇？留着钱下崽呀！”刘中原哈哈笑着问。

“确实是‘负翁’，不过是负数的负！”梅山坡把他公司持股百分之一点五的事说给了大家，还把公司资产半年翻一番故意说成翻两番。

宴会结束后，梅山坡本来是想让司机先送刘中原跟高茗回酒店，然后再单独送唐婉儿回家的，可刘中原跟高茗非要四个人挤一挤，顺路把唐婉儿送回家，并半开玩笑半认真地说怕梅山坡半路上把唐婉儿给劫了，到时候何非找他俩要不到人。这让梅山坡十分懊丧，心中暗想：“今晚这一千多块钱算是白花了！怎么这么不懂事？还是北京来的呢！”

进了小区，唐婉儿本想跟刘中原和高茗客气一下，谁知他俩竟真的跟着她上了楼。

唐婉儿家面积不大，也就八九十平方米，一组布艺沙发就占据了大半个客厅，一下子拥进来三四个人，客厅显得还有些挤！见何非在家，刘中原有些尴尬，故意朝去卧室里换衣服的唐婉儿埋怨道：“老何在家，为什么不喊着一起去？我们还以为去外地演出了哪！”唐婉儿没吭声，何非抢先回答了：“现在家家都有电视，谁还看话剧？有些日子没去外地了！”

自从跟刘中原、高茗一起去了唐婉儿家以后，梅山坡莫名其妙地兴奋了很长时间，自惭形秽的感觉好像也少了许多。在梅山坡看来，何非除了有个当厅长的爹以外，其他条件并不比现在的他优越多少，倒是自己在经济上略胜一筹。梅山坡甚至认为，两人结婚多年之所以不要孩子，经济状况极有可能是主要原因，因为两个人身体同时有毛病或同时不喜欢孩子的概率几乎不存在，一方不能生育或不喜欢孩子，另一方估计很难接受。

省体中心项目投标结果公布的当天晚上，跟省建委两名处长喝了不少酒的梅山坡借着酒胆去了唐婉儿家，将一个装有三万块钱的信封放到茶几上，笑嘻嘻道：“三个标段我们中了一个大段，你跟何厅长给帮了不少忙，这是一点酬劳！”

唐婉儿瞅了瞅地上的茅台酒，说：“酒我替你带过去，钱你还是拿回去吧，都是同学，帮点忙还不应该？你们干项目也不容易！”

“钱我已经从劳务费里报出来了，不好再入账了！五六千万的项目，再不济也得有个百分之十的利润吧？这点钱确实不算什么！咱俩是同学，不存在行贿受贿问题！”梅山坡说。

“晚上喝庆功酒了？我给你倒杯蜂蜜水吧！”望着一身丝绸睡衣凹凸有致的唐婉儿，梅山坡忽然感觉到她那非同寻常的韵味：青春、成熟、美丽、优雅、知性、持重……无论哪个词，都无法完全表达唐婉儿身上所散发出的那种独特魅力。

梅山坡一口气喝完蜂蜜水就逃离般地下了楼，因为何非去外地演出不在家，而他对自己的把控能力确实没有信心。

梅山坡下楼后并没有马上离开，而是在小区里徘徊了半宿，他忽然想起多年前那个寒冷的夜晚他在牛兰花家楼下徘徊的情景，禁不住感伤起来。他感觉这么多年过去了，尽管自己的身份变了、经济条件变了，但在感情方面一点长进都没有。他忽然意识到，如果不像刘中原那样好招歪招都用上，不跟招投标那样抬高自己压制别人，自己这辈子就不可能得到唐婉儿！他不相信在那样复杂激烈的竞争环境下近六千万的项目他都能公关下来，却对一个对自己并不反感甚至还有好感、生活得并不如意的唐婉儿攻不下来。梅山坡充满激情地冲进楼内，当他沿着步梯冲到四楼，距唐婉儿家还有两层楼的时候，他又犹豫了。

梅山坡蹑手蹑脚地来到唐婉儿家门口，生怕楼道的声控灯应声而亮，他多么想再听一听唐婉儿的声音，哪怕是咳嗽声也好，可当他走近唐婉儿家门口的时候，房间里的灯突然熄了，不知是巧合还是故意。

梅山坡疯了似的冲下六楼，一口气跑出去了老远。

十八

省体中心项目开工建设的前两天，梅山坡带着工程队再次来到了省城，作为现场总指挥，他感觉应该跟工人们吃住在一起，因为这一项目的成功与否，直接关系到公司的未来与定位。

到达省城的第五天晚上，毕天齐在省体中心附近的一家餐馆为梅山坡和项目经理路亮接风，陪同就餐的还有毕天齐的高中同学叶杨。尽管第一次见面，但梅山坡对叶杨并不陌生，知道他离开省剧院后去了一家保险公司。叶杨告诉梅山坡，近年来省剧院效益不好，许多业务骨干都跳槽去了其他行业，他作为后勤人员，就更没有必要待在那里了。一杯酒没喝完，叶杨就忍不住推销起保险来，还把梅山坡拉到一边叽叽喳喳地说了许多关于何非的事，并从手机里翻出两张何非跟一个女人相拥的照片给梅山坡看，照片中的那个女人是不是他嘴里说的赛西施，梅山坡无从知晓。

梅山坡跟路亮回到住处没多大会儿，叶杨的电话又打过来了，他说后天晚上省剧院有一场汇报演出，他托人搞了两张票，问梅山坡愿不愿意去。梅山坡本来约好后天晚上请省建委一名处长吃饭的，一听这事，当即决定将吃饭改期。

不到五点钟，叶杨就开车来了，拉上梅山坡就去了省剧院旁边的一家湘菜馆，因为演出晚上八点钟才开始。

两人边喝边聊，话题自然聊到了何非那里。叶杨告诉梅山坡，何非跟唐婉儿之所以没有孩子，是因为何非曾染过一种病，尽管病治好了，但生育能力却丧失了。尽管叶杨没说何非染的是什么病，但梅山坡从叶杨神神秘秘的表情中猜测他一定指的是花柳病。叶杨还告诉梅山坡，赛西施的男人原是省委宣传部的一名副处长，因为犯事被抓进了监狱，至今没有放出来。男人被抓，赛西施就更加肆无忌惮了。梅山坡问叶杨，赛西施的男人知道老婆跟其他男人不三不四，为什么不把老婆调离省剧院或是找剧院的领导处分何非？难道剧院不归宣传部管？叶杨说世上哪个男人愿意承认自己被戴了绿帽子。再说何非的父亲去年才退下来，他一个副处长怎么可能扳得动一个厅长？

“红颜薄命呀！唐婉儿这朵鲜花怎么就插在了何非这堆狗屎上了呢？”梅山坡愤愤地说。

演出结束后，梅山坡借口有事没坐叶杨的车走，而是在剧院出口处找了个地方躲了起来，他知道何非一定会从那里出来。果不其然，没多久何非就跟一个女人有说有笑地走了出来，上了他那辆白色桑塔纳，尽管不知道那个女人是不是赛西施，但梅山坡确信何非在外面有人是真的了。

回到住处，梅山坡想了一夜，他感觉既然何非不珍惜唐婉儿了，而他又痴情着唐婉儿，那就不应该让自己深爱着的女人继续在没有爱情的婚姻里苦苦挣扎，而应该让她享受着她本该享受的爱情雨露，现在的他有能力也有责任让她生活得像花一样，虽说“宁拆十座庙，不破一桩婚”，但破那种名存实亡的婚姻不是失德而是积德，况且爱情本就是自私的、排他的，刘中原不就是让已经走进婚姻殿堂的高茗离了婚又嫁给他了吗？杨百团不也是让已恋爱的宋真真割了爱又重新回到他的怀抱了吗？

梅山坡穿好衣服围着工地不停地转悠着，他想让自己冷静下来，可无论如何都冷静不下来。梅山坡打开手机看了看晚上偷拍的照片，脸上现出了神秘的微笑。

“或许明日太阳西下倦鸟已归时，你将已经踏上旧时的归途，人生难得再次寻觅相知的伴侣，生命终究难舍蓝蓝的白云天……”梅山坡哼着罗大佑的那首著名的《恋曲 1990》走出邮局，抬头望了望天上的一轮骄阳，心情无比舒畅。

“丁零零，丁零零……”叶杨的电话又来了，尽管心里很烦，但梅山坡还是感觉有必要给工地上的工人上份保险。昨天晚上他睡不着觉，围着工地转悠了半宿，发现很多工人施工时连头盔都不戴，万一砖头从上面掉下来砸在头上，即使砸不死也得砸昏。

回到工地，梅山坡将自己的想法和顾虑说给了路亮，路亮既没说同意也没说反对，而是让他去请示毕思潮。电话打到毕思潮那里，毕思潮回应说“等银行贷款下来后再说吧”！又过了五六天，毕天齐亲自打电话给梅山坡，说叶杨因为保险的事整日找他，把他烦得不行不行的，要梅山坡一定想办法搪塞他一下。尽管不是面对面说的，但梅山坡从毕天齐说话的语气中感觉出了他的为难，他知道不到万不得已毕天齐是不会打那通电话的，况且买保险这事他曾答应过叶杨。

跟毕天齐通完电话的当天，梅山坡就让叶杨帮忙购买了保额五百万元的团体意外伤害保险，交了部分保费，承诺剩余的保费一个月内交齐，他估计用不了一个月银行的贷款就能批下来，即使批不下来，或者毕思潮不同意买保险，他手里还有三万块钱，这钱本来也是奖励给唐婉儿公公的，只是他没有全部给他而已。

一连三个晚上梅山坡都跑到唐婉儿家楼下转悠大半宿，他猜测收到照片和信的唐婉儿一定会跟何非大吵大闹的，可一连去了三天都没有看到他期盼的场景，这让他多少有些失望，他怀疑信件没有寄到，如果寄到了，即使唐婉儿再宽容再有涵养，也不可能任由自己的男人跟别的女人卿卿我我而视而不见，除非这事她早就知道，或者她有什么把柄被他握在手里。

为便于取证，梅山坡去旧货市场上买了一部二手相机，配备了长焦镜头，没事就去省剧院或赛西施家附近转悠一圈，可去了十多次也没有搜集到一条有价值的信息，这让他有些灰心丧气。

一天晚上，毕海请梅山坡、路亮去红樱桃大酒店吃饭，自从他俩带着施工队来到省城，他还没单独请他俩吃过饭，心里总有些过意不去。三个人在大厅一隅边吃边聊着，梅山坡忽然看见何非陪着四男一女有说有笑地走了进来，转身上了二楼。

酒足饭饱之后，梅山坡借口说同学过来找他，没有随毕海和路亮一起回去，而是坐回原处重新点了一杯茶。大约过了半个多小时，服务员告诉梅山坡说302房间的客人已经安排上饭了，估计很快就结束了。梅山坡喝完杯子里的茶，转身出了酒店大门。

又过了十多分钟，何非陪着客人从酒店里出来了，看样子都喝了不少。

“陆总，我晚上就不去了，让小何和小郭陪你们去嗷嚎几嗓子吧！再说我去了，你们也放不开呀！”女人咯咯笑着。

“小郭，我陪陆总、于总他们先过去，你把柳团长送回家后马上过去！

别忘了，红磨坊 888 房间！”何非说着跟其他三个人上了一辆黑色奥迪车，那个被称作小郭的人替女人关好后排车门后，自己上了副驾驶座。

估计 888 房间的客人喝得差不多了，梅山坡就将进去送酒的服务生叫到一边，谎称朋友喊他来唱歌，可他又不接他的电话，他要服务生进房间后把门开大一点，好让他看清楚房间里是不是他朋友。看服务生不太情愿，梅山坡掏出五十块钱塞给了他。没多大会儿，服务生出来问梅山坡看清楚了没有，如果没看清楚，一会儿换上他的衣服替他把果盘送进房间，这样就确定那些人是不是他朋友了。

梅山坡一蹦两跳地上了出租车，迫不及待地翻看着刚刚偷拍的照片，忍不住地笑出了声。照片中的何非紧紧搂着一个袒胸露乳的小姐，醉眼蒙胧地望着她，那色眯眯的眼神、四处乱摸的双手……任凭谁是他老婆看了，都会气得吐血。

照片存放在手机里很长时间没敢发出去，梅山坡害怕唐婉儿受不了那种刺激。听人说，越是性格孤傲、不善言辞的人，越容易做出极端出格的事情。

梅山坡百无聊赖地一遍又一遍地转换着电视频道，路亮端着一个茶杯慢悠悠地走了进来。“感觉你最近心事重重的，有什么事吗？”路亮说着从梅山坡手里接过遥控器。

“不知咋了，最近睡眠不行，老做梦！”梅山坡说。

“不是我说你，工地上二百多号人，有比你大的，也有比你小的，哪个不都有家有室了？论学历，公司里没人比你高；论经济条件，比你好的好像也没几个，我就不明白了，你到底在等什么？”路亮说着将电视定格在连续剧《唐明皇》上，然后将遥控器往桌子上一扔，问道，“财务部的那个刘娜，人长得挺好，对你印象也不错，我看你俩就挺般配！”

“别胡啰啰了！快看电视吧！你看林芳兵扮演的这个杨玉环真是美绝了！”梅山坡转移话题道。

“过去的皇帝怎么那么不要面子？儿媳妇都抢，他要是当初不把杨玉环从儿子手里抢了去，可能就没有后来的安史之乱了，唐朝的历史可能就改写了！”路亮说。

梅山坡虽然眼睛没离开电视，但脑子却在琢磨路亮刚才说的那些话。“皇上后宫佳丽三千，为了杨玉环，唐玄宗连儿子、名声都不顾忌，自己还有什么好顾虑的？已经痴恋她二十年了，难道还要再等二十年？”梅山坡算了笔账，省体中心项目顺利完工后，百里公司无论是竞争能力还是经济实力都会跃上一个新台阶，作为公司的二把手和股份排名前五的股东，自己完全有资格娶唐婉儿，有能力让她过上阔绰安逸的生活。梅山坡常常在想，如果这辈子没遇上唐婉儿，或者毕业后不遇上唐小娟和牛兰花，或许他早就结婚生子了。因为忘不了唐婉儿，愿意为她等为她候，以至于毕业十五六年都没有成家，所以公司改制时能一下子拿出十几万块钱，让自己成为公司第五大股东，从一定意义上来讲，自己的财运是唐婉儿给带来的，她应该跟自己一起分享成功的喜悦。

梅山坡没敢去照相馆冲洗照片，他怕照相馆有人认识何非，所以就去大街上新办了一张手机卡，将照片通过新手机号发给了唐婉儿。

照片发出去的第三天，梅山坡接到毕天齐的电话，说唐婉儿出事了，正在省立医院抢救。梅山坡顾不上多问，跳上一辆出租车直奔医院。在去医院的路上，梅山坡不停地做着各种假设，当想到唐婉儿可能会有三长两短时，他竟然坐在车里偷偷地哭了。

梅山坡一口气跑上了十楼，他实在等不及一楼一停的电梯。望着脸色煞白上气不接下气的梅山坡，方红诡异地笑了。

“你这是练习爬楼梯呀？”方红问。

“童男子的身体就是好，换了我，别说十楼了，五楼也爬不上来！感情的力量确实伟大呀！”毕天齐拍着梅山坡的肩膀调侃道。

梅山坡嫌弃地拨拉开毕天齐的手，狠狠地瞪了他一眼，心想：“婉儿还在里面抢救，你俩竟还有心思说风凉话，还有点同学感情没有？”没等梅山坡开口问，毕天齐就主动给他介绍了唐婉儿的伤情。

没多大会儿，毕天齐高中同学、感染科汤主任走了过来。“病人情绪不稳定，按规定不应该探视，你们进去看一眼就走！”说着把三个人领进了病房。

唐婉儿在省立医院住了一个多月，梅山坡单独去看过她六次，但一次都没有见到何非。出院的前一天，梅山坡捧着一束鲜花来了，同病房的人告诉他唐婉儿被一个男人推着去了一楼花园，梅山坡将鲜花摆放在床头上，转身出了病房。

远远看见唐婉儿一个人孤零零地坐在榕树下面，梅山坡怯怯地走了过去。

见梅山坡突然出现在眼前，唐婉儿显然有些慌乱，她偷偷擦拭着眼角，挤出一丝笑容说：“今天风真大，眼睛里老是刮进沙子！”

梅山坡十分难过地望着唐婉儿，声音哽咽着：“多亏是秋天，要是夏天，腿被那样厚的石膏绷着，哪能受得了？对不起！”梅山坡稍有迟疑，还是抬手将飘落在唐婉儿头上的一片榕树叶摘了下来。

“你有什么对不起的？每次来又是送花又是送水果的，上次还塞到枕头底下那么多钱！”唐婉儿十分感激地望了望梅山坡说，“你抛家舍业来省城做项目不容易，能来看看我，我就很知足了，钱，我是断然不能再收了！”

“就三千块钱，别老挂在嘴边上了！同学四年，还能就值三千块钱？”梅山坡顿了顿，接着问，“我去病房，病房的大姐说有人推你来公园了，是何非吗？”见唐婉儿没有吭声，梅山坡于是推起轮椅，边走边说：“秋风凉，我推你回去吧！”唐婉儿回头望了望眼圈发红的梅山坡，用力点了点头。

唐婉儿回到病房就躺下了，看来是累了。梅山坡跟护工交代了几句，起身走了，走到门口忍不住又回头望了望有些憔悴的唐婉儿，眼泪扑簌簌地流着。

唐婉儿出院的第二周是国庆长假，傅芳心来唐婉儿家住了三天，临走的前一天晚上，梅山坡把方红、毕天齐叫到一起吃了一顿饭，席间傅芳心把唐婉儿因何出车祸、因何准备跟何非离婚的事说给了大家。傅芳心说昨天她跟何非聊了三个多小时，他说单位里有人在针对他，以前以为是叶杨，现在看来是冤枉了他，因为叶杨离开剧团已经一年多了，他怀疑发照片给唐婉儿的是单位里一个姓郭的，两人为此还吵了一架。

“婉儿那么心高气傲，上学时多少同学爱慕她，可她偏偏选择了何非！唉！”傅芳心说昨天何非痛哭流涕地跟她说了大半天，说那天晚上确实喝醉了，一进歌厅就睡着了，后来发生了什么他压根儿就不知道，更不可能做出对不起婉儿的事情，因为他心里只有婉儿，没有别人，可婉儿铁了心要跟他分开。

“千万别信他的鬼话！喝醉了酒？谁信呀？”方红说既然何非已经移

情别恋了，婉儿就不要再心存幻想了，该离就离，她就是因为吃了瞻前顾后、优柔寡断的亏，当初要是没那么多顾忌，当断则断，自己也不至于沦落到现在这个样子。大家都知道方红离婚后心情一直很差，都劝她少喝点，可她最终还是喝多了。

国庆长假结束的前一天下午，省体中心建筑工地上发生了支架坍塌事故，施工二队一死一伤。事故发生的当天，毕思潮连夜赶赴省城召开会议，研究处理意见。

“明天一早两名死伤工人家属就到省城了，在他们到达之前，我们必须拿出一个可行的方案，否则很难安抚住他们的情绪！”毕思潮说着从烟盒里掏出几支烟，扔给开会的每个人。

“毕海，你在建委工作，这种事情你们见得多，你说这事该怎么处理？”路亮掏出打火机边点烟边问道。

“死亡的倒好说，按国家规定赔偿就是了，赔偿金、抚恤金、丧葬费等杂七杂八加下来，估计得三四十万！”没等毕海说完，二队队长惊呼道：“这么多？”

“省城去年的平均工资是九千七,二十倍就是二十万！死者的孩子还不到四岁，按规定公司得抚养到十八岁；他们家还有两个老人，每月都得支付赡养费。”毕海说死亡事故处理起来不难，难就难在重伤事故。毕海自责没早一点提醒公司购买意外伤害保险。

“梅总，你以前不是找保险公司的人购买过保险吗？你赶紧找他们问问，这事该怎么处理！”路亮一提醒，梅山坡这才想起保险的事，连忙给叶杨打电话，可他关机了，梅山坡只好打电话给毕天齐，要他尽快帮忙联系到叶杨。

“我当时手里就八千块钱，没足额交费，不知道保险公司给不给赔？”看梅山坡忧心忡忡的样子，毕思潮后悔当时没听梅山坡的，要是当时把保险买上，遇上这事就好处理了。

第二天一早梅山坡就去了保险公司，跟叶杨见了面。叶杨说案件他已经报告给公司了，上午就派人去现场处理，要梅山坡安排人做好配合工作。叶杨将保单和保费发票递给梅山坡，说公司有规定，出单后三十天内必须交齐保费，他感觉百里公司是大公司，不可能因为区区两万块钱连信誉都不要了，所以剩余保费他就先给垫付了。投保的人员名单中有伤亡两人的名字，只是保额太低，每人只有十万块钱，要是保单中没有他们两人的名字，即使全额交了保费，保险公司也不赔偿。

尽管只有二十万元的赔偿，但毕思潮还是感慨良多，在不同的场合多次对梅山坡的担当精神和风险意识提出了表扬。

十九

元旦前，唐婉儿跟何非办理了离婚手续。两人是协议离婚，何非主动净身出户，房子及房屋内所有财产都留给了唐婉儿。

听说唐婉儿离了婚，梅山坡十分高兴，当即约省城的几个同学一起吃饭，说是为唐婉儿抚慰一下受伤的心灵。

本来唐婉儿是不打算去吃饭的，可架不住三个人不停地给她打电话，况且吃饭的地点就安排在她家小区门口，想拒绝都找不出理由了。本来说好晚上六点吃饭，可不到五点钟梅山坡就到了，犹豫再三还是忍不住给唐婉儿发了一条短信，他猜测看到短信的唐婉儿一定会提前从楼上下来或是邀请他去她家里坐坐，可是她没有，甚至连短信都没有回，这让他多少有些失望。

五点半不到，方红也来了，一身黑色呢子套装，头上别了一个彩色发夹，脖子上还系着一条彩色丝巾，梅山坡朝她淡淡一笑，她的脸立马就红了。两个人点上一壶绿茶，东一句西一句地聊着。方红问梅山坡毕业这么多年为什么一直不结婚，是因为事业还是在等什么人？梅山坡吞吞吐吐了半天，顾左右而言他。

唐婉儿是卡着点到达餐馆的，尽管依然恬静依然高冷，但梅山坡还是感觉出了她的痛苦她的惆怅，当听说这辈子她可能离不开拐了的时候，他心里痛苦极了。他认为眼前的这一切都是他造成的，要不是他发了那些照片，她可能也不会精神恍惚地被车撞了，也不会毅然决然地把婚离了。尽管中国改革开放已经二十多年了，可人们对离婚的偏见一点都没有改变，他们总是戴着有色眼镜去猜测、谈论、评价离过婚的人，尤其是漂亮的女性，他不知道自己心心念念了二十年的唐婉儿能否扛得住精神与肉体的双重打击。

梅山坡一杯又一杯地喝着酒，没多大会儿就醉了，嘴不停地喃喃着："对不起！对不起！"

梅山坡是被毕天齐打车送回工地上的，当他准备离开时，他却一把拉住了他。

"看她现在的样子，我心里很难过，我想帮帮她，可又不知道怎么帮法！"梅山坡眼含泪花说。

"娶她就是了！反正她现在一个人，对你又那么上心，我看你俩在一起算了！"见梅山坡没吱声，毕天齐继续讲道，"为了见你，她今晚刻意化了妆，尽管结过婚，但我感觉她应该还是个处女！"

梅山坡醉眼蒙眬地望着毕天齐，像不认识他似的，喃喃道："不可能！怎么可能呢？"

"怎么不可能？上次咱们一起吃饭时她不小心说的，你没听见？"毕天齐哈哈笑着说，"听说吴昆仑打仗时伤着了那玩意儿，不中用了！"

"你说的是方红呀！"梅山坡尴尬地笑笑。

“她太善良太可怜了！为了照顾吴昆仑，硬是委屈了自己这么多年，到现在连个住处都没有，一个人还在外面租房子住。”毕天齐说尽管唐婉儿也离了婚，腿还受了伤，但她有房有车，人又长得漂亮，还有一份受人尊敬的职业，将来再找一个，一点困难都没有。可方红就不同了，无房无车，还是个编外教师。毕天齐问梅山坡对方红有没有那意思，如果有那意思，他可以从中传个话。梅山坡呵呵笑笑，没有回应。

春节前，梅山坡回了一趟北里县，处理完公司的事情，把母亲从村里接到哥哥家，然后又返回了省城。尽管嘴上说春节把老张头一个人留在工地上他不放心，但实际上他放心不下唐婉儿，不想让她一个人孤零零地过春节，因为书上说越是表面上寂寞的人越害怕寂寞。

回省城的当天，梅山坡就带着两箱子食品去了唐婉儿家，把他春节期间在工地上值班的事告诉了唐婉儿，问年夜饭他可不可以陪她一起吃。唐婉儿沉思了半晌，摸起电话打给了方红。

“方红也在省城过春节，初三才回娘家，年夜饭咱们三个人一起吃吧！”尽管是商量的口吻，但语气却是最后的决定。梅山坡嘴上虽说好，但心里还是希望单独跟她在一起，尽管他知道那很尴尬，也不可能。

除夕那天，梅山坡半夜醒过来就再也没有睡着。天一露白，他就迫不及待地把早已编好的新年祝福短信发给了唐婉儿和方红，不到一分钟方红的短信就回过来了，他断定她那充斥着感伤、充满了感情的短信绝不会是转发他人的，也不可能是即兴编发的，一定是跟他一样早已编好保存在手机里的。梅山坡正在考虑如何回复她的时候，她的短信又来了：“长夜漫漫，孤独难眠！你呢？”梅山坡想了想，回了一条：“省城过年，心潮澎湃，梦醒夜半，喜迎新年！”没等第三条短信编好，方红的电话就打过来了。方红要梅山坡早上去她家吃饭，然后再一起去唐婉儿家，反正都睡不着，还不如趁早凑到一起聊个天。

马路上车稀人少，空空荡荡，梅山坡忽然想起父亲在世时经常说的那句话："有钱没钱，回家过年。"心中不免产生出无限的伤感。

到达方红家的时候才六点半多一点，方红正在烧水泡茶，见梅山坡到了，连忙把他让进屋里。

"房子有点小，只有三十多平！"方红笑笑。

"功能倒齐全，看着挺温馨的！"梅山坡环顾四周，啧啧赞道。

"错过了福利分房，以后住房都得自己买，我一个穷教师，哪买得起？一平方一千五六百块钱哪！"方红将一杯热茶端到梅山坡面前，咯咯笑着说，"你这盖大楼的，什么时候能安得广厦千万间，大庇天下寒士俱欢颜？"

梅山坡笑笑："你这条件可比我那里强多了！我住的简易房，夏天像闷罐，冬天像冰窟！这就叫编席的睡光床，卖盐的喝淡汤！"

没多大会儿，方红将一大碗面条端到梅山坡面前，上面还有四个荷包蛋。"这么多鸡蛋我哪吃得了？给你两个！"梅山坡说着夹起一个荷包蛋放到方红碗里。

"我碗里有，再说我不太愿意吃鸡蛋！"方红说着又将荷包蛋夹回梅山坡碗里。

梅山坡表情不自然地瞄了方红一眼，极力躲避着她那热情期待的目光，好不容易将话题引到了过年上。

到达唐婉儿家的时候，唐婉儿刚煮好牛奶煎好鸡蛋准备吃饭，见梅山坡和方红来了，连忙把他俩让进屋里。看着西式风格的早餐，望着满屋子里转悠的方红，瞅着茶几上的茶具，梅山坡真真切切地感觉到了她俩之间的差别。

三个人坐在沙发上漫无边际地聊着，聊得最多的还是大学时期的那些事。方红说她真傻，如果时光倒流，如果人生可以重新再来，她一定不会像过去那样选择。唐婉儿说人生本来就是在不停地选择，既然已经选择了，那就没什么后悔的，重要的是再次选择时谨慎一些罢了。方红说她很敬佩梅山坡，不跟风不盲目，毕业这么多年始终追寻着心中的梦想，不跟她一样随意挥霍人生。梅山坡腼腆地笑笑，任由两个女人你一言我一句地说着。

吃过午饭，唐婉儿跟方红就开始准备晚上的年夜饭，梅山坡插不上手，就抄起拖把抹布里里外外又打扫了一遍，尽管地十分干净，家具也一尘不染。

精致的八个菜上桌后，唐婉儿点上两根大红蜡烛，优雅地摇动着杯中的红酒，淡雅地笑了笑。“做梦都没想到咱们三个人还能有机会一起过年，所以这个年特别有深情有意义。在没有确定一起过年的时候我还在想，今年的春节是不是如柳宗元《江雪》中所描绘的那样‘孤舟蓑笠翁，独钓寒江雪’？忽然定下来一起过年，心中真有‘忽如一夜春风来，千树万树梨花开’的感觉！”唐婉儿说着跟方红和梅山坡碰了碰杯子，轻轻抿了一口。

“毕业这么多年，这是我过的最温馨最浪漫的一个年，谢谢你们俩！”方红鼻子一酸，眼睛湿润了。唐婉儿十分理解地拍了拍方红的手，然后替她理了理有些凌乱的头发，尽管是平常的动作，但梅山坡看了却感觉十分暖心。“婉儿不是大家想象得那样高冷、那样不食人间烟火，实际上她很善良很随和，只是不轻易表达罢了！”梅山坡忽然感觉傅芳心的话是对的。

“前面走过的路，或许不是我们本来想走的路，但一条路有一条路的风景，我们没有必要对已经走过的路念念不忘！”梅山坡怔怔地望着唐婉儿，没想到一向惜字如金的唐婉儿如此文艺又如此豁达，对生活的理解如此通透又如此磊落，跟她比起来，他感觉自己太狭隘太自我甚至太猥琐太阴暗了！

方红不好意思地看着唐婉儿，干笑了两声：“我有些激动！我知道人应该往前看，可我就是走不出过去的阴影。但愿今晚之后也能像你一样洒脱，跟你一样早看日出、夜望明月！”

“我没有你想象得那样坚强那样洒脱！我倒希望跟你一样该哭的时候哭，该笑的时候就笑，可我做不到！”唐婉儿说。

“‘爆竹声中一岁除，春风送暖入屠苏。千门万户曈曈日，总把新桃换旧符。’伴随着新年的钟声，咱们一起送走过去，迎接未来吧！”伴随着中央电视台春节晚会的倒计时，唐婉儿端起了酒杯。

“丁零零，丁零零……”，新年的钟声刚刚敲过，唐婉儿家的电话铃声跟着就响了起来。唐婉儿放下酒杯，走到茶几旁，拿起电话淡淡地应道：“嗯，挺好的！也祝你新年快乐！方红跟梅山坡来家里了，我们三个人一起过的！好吧，先这样吧！”唐婉儿放下电话朝梅山坡瞥了一眼，然后不紧不慢地又回到了自己座位上。

“是他打来的？”方红问。

“嗯！”唐婉儿答。

“看来还是一往情深、初心不改呀！”方红笑笑。

“已经是过去时了！”唐婉儿淡淡地说。

“万一是重新开始呢？”方红问。

“年过了，一切不都得从头开始？”唐婉儿一语双关道。

“你们这是在对暗号？我怎么听着云里雾里的？”何非踏着新年的钟声给唐婉儿打来电话，这让梅山坡既感到意外又有些不解甚至还有些醋意！他不明白，已经离了的两个人为什么还能这样心平气和地来往，还能在新年到来的第一时间给对方送上美好的祝福？是唐婉儿离不开何非？还是何非已经觉察到了自己的龌龊？害怕唐婉儿看出他的惶恐，梅山坡装模作样地去了厨房。

吃罢水饺，三个人挪到沙发上聊了一会儿，梅山坡就借口老张头等他一起过年回了工地，尽管他十分渴望唐婉儿留他在家住一宿，况且方红还半开玩笑半认真地说她俩明天睡到自然醒，午餐的事由他负责，可唐婉儿好像没听见一般，一句挽留的话都没说。梅山坡心里明白，唐婉儿是不可能留一个男人在家过夜的，尽管方红还在。可即使她有留他在家过夜的意思，他也未必会留，因为他早就跟她俩说过了，晚上要回工地陪老张头过年，况且在唐婉儿家住，他肯定拘束得不知怎么办才好。

回到工地的时候已是凌晨两点了，老张头早就鼾声如雷了，可梅山坡却无论如何也睡不着，脑子里想的都是何非打来的那通电话和唐婉儿接完电话后的那神秘一瞥，他不知道那一瞥意味着什么，是想说他俩已经没关系了？还是说照片的事她已经知道是怎么回事了？万一有一天唐婉儿真的知道了照片的事，他就再也没机会像昨晚那样跟她坐在一起，静静地听她说话，默默地感受着她的气息了。他知道，现在他要做的就是全力展开对她的追求，尽快取得她的芳心，只有她再嫁了，何非才有可能不再追究照片的事，因为到那时再追究已没有任何实际意义了。

梅山坡拿出日记本，一气呵成地写完了他认为最有纪念意义的日记——《怀着愿景过年》：“他痴恋她，所以他放弃陪伴母亲而毅然决然地留在省城陪她过年，因为他认为那是最好的爱她的方式；她喜欢他，所以她同意陪他一起去她家里过年，因为她认为那是最佳的接触方式；她需要他和她，所以她愿意他跟她一起来她家过年，因为她认为春节本就不是一个孤独的节日，就这样，三个有着不同想法、怀着不同愿景、有着不同性格的人凑到了一起，共同过了一个充满伤感、充满憧憬、充满深情的春节……”写完日记，梅山坡又写了一段充满感情的祝福语发给了唐婉儿和方红，早晨八点了，他估计她俩应该起床了。

短信发出去没多大会儿，方红的电话就打过来了，她要梅山坡开车拉着她俩去城南的观音庙上香，正月初一正是上香的日子。见梅山坡没有回应，方红急了，问他是工地上有事，还是打心眼里不愿意陪她俩去？梅山坡哈哈笑着，说他当然愿意为两位美女同学效劳了，只是认为与其去城南还不如去阜城，因为阜城寺庙的香火更旺，况且去阜城只比去城南多一个小时的车程。

路上车少人少，平时两个多小时的路程仅用一个半小时就到了阜城师范大学。车子刚一停下，方红就迫不及待拽着唐婉儿快步来到了西联五教室。站在教室前，三个人感慨良多，上学时的情景还历历在目，谁知一晃就毕业十六年了。

走过林荫大道，来到那棵粗壮的法桐前，梅山坡想起毕业离校前的那个晚上，当他看到何非牵着唐婉儿的手从他旁边经过的时候，他趴在法桐树上哭了，因为他感觉从此以后他再没有机会在这里等她看她了，尽管心有不甘，但他必须接受现实。

走过餐厅走过宿舍走过萃花园，当三人来到学校报告厅的时候，方红停下脚步，死活不愿意再上前看一眼。在她看来，报告厅既是她的梦想之地，也是她的伤心梦魇之地。如果当年不是因为在这个报告厅里举办了那场报告会，如果当时上台献花的不是她，如果年少的她理性多一点感性少一些……人生没有如果，历史不会掉头。

“香咱就不去上了，从学校到我家也就一个小时的车程，中午去我家吃饭吧！”见两人没吭声，唐婉儿掏出手机直接给家里打了电话。

从阜城到安宁市只有八十多公里，没用一个小时就到了，尽管唐婉儿和她父母极力挽留方红和梅山坡吃完午饭再走，可方红一再推辞说到她家吃午饭时间刚好。没办法，梅山坡只好跟在方红后面上了车，继续往她家方向前行。

“老同学，你现在也算是功成名就了，也该考虑个人问题了，你不会是单身主义者吧？”方红哈哈笑着。

梅山坡不好意思地打着哈哈道：“功成什么？就我这条件，嘿嘿！”

“跟你说正经的！你是不是一直恋着她？”

“谁呀？你说的谁呀？”

“婉儿，唐婉儿呗！”方红说完，两眼死死地盯着梅山坡。

“别别别，别、别开国际玩笑！”一紧张，梅山坡说话都结巴了，车跟着抖动了起来。

“别紧张，开个玩笑！”方红笑着拍了拍梅山坡的肩头。

“上学那会儿，我们宿舍曾因为唐婉儿展开过无数次辩论，辩论的结论是：她是紫罗兰，我们都是狗尾巴草！”梅山坡说。

“你们男生都那么理性？难怪女生们没人追哪！”方红笑笑说，“你们这个比喻说恰当也不恰当，说不恰当也恰当！婉儿冷艳、高雅、知性，确实是一束紫罗兰，但你们也没有必要那样妄自菲薄呀？呃！我大概明白了！”

“你明白什么了？”梅山坡问。

方红诡异地看着梅山坡，笑而不答。

到达方红家的时候已是下午一点多了。方红的父亲和弟弟听到马达的声音一齐迎出门来。

“都这个点了，一定饿了！”方红父亲说着把梅山坡让到主宾位子上。

“我不喝酒，一会儿还得开车！”梅山坡挡住方红弟弟方圆准备倒酒的手，推辞说。

“去北里还得三四个小时呢，住一宿，明天再走！”方圆说。

“你都开了五个多小时了，不累？”方红生气地问。

“没事。车少，三个多小时就回去了！”梅山坡说。

“三百多公里，三个小时可到不了！”方红父亲说。

“这酒是我们领导送我的，尝一杯吧！”方圆拍着五粮液酒瓶子劝道。

“你这政策研究室主任当得可以呀！过年领导还得给你送酒？”方红一边往梅山坡盘子里夹着菜，一边调侃着弟弟。

“写了一年材料，过年还不赏瓶酒喝喝？同学来了，你不陪一杯？”没等方红吭声，方圆直接将一杯酒端到了姐姐跟前。

可能是一夜没睡加上开了五六个小时的车的原因，梅山坡实在是太困了，喝完一杯酒眼睛就睁不开了，只好去房间里眯瞪一会儿，可一躺下就睡得死死的，要不是方红喊他起来吃晚饭，说不定他会一觉睡到第二天。

方圆本来想让梅山坡再喝点透透的，说中午酒喝多了，晚上必须再喝点透透，否则胃会很难受，可方红死活不让他们再喝了。

一到县城哥哥家，梅山坡就给方红发了短信，因为从方红家出发时方红反复交代，要他到家后一定给她发个短信。信息发出去方红的短信接着就回过来了，说在他车里放了点东西，一定记着拿出来。

车后备厢里除了有两箱当地土特产，还有一封信，虽然只有短短两页纸，但表达的意思十分清晰。

纠结了整整一天，梅山坡终于写信把实情告诉了方红："那天去你家的路上，我们谈论起紫罗兰与狗尾巴草的故事，尽管我知道紫罗兰跟狗尾巴草很难生长在一起，但我却忍不住幻想着人世间可能会有例外。我时常在想，丑小鸭都能变成白天鹅，狗尾巴草为什么就不能跟紫罗兰在一起？为了狗尾巴草能配得上紫罗兰，我竭力改变自身条件，努力缩小与她的差距。婉儿受伤住院那天，我们一起去看她，当听说她可能与拐相伴一生时，我竟然难过得好几天没吃下饭去，因为我感觉她的伤与我有关。既然我认为她的伤与我有关，她现在又一个人生活，而我又等了她接近二十年，如果她同意，我愿意照顾她一辈子。谢谢你，方红，你让我有了呵护紫罗兰的勇气！如果没有你，我可能还会像过去那样只敢远远地望着她，静静地想着她，默默地恋着她！原谅我吧，方红，你的这份情感，我会永远铭记。"

二十

正月初七，即将赴驻外领事馆工作的马连波受阜城市人民政府的邀请要来阜城做报告，准备陪同一起回阜城的刘中原给同宿舍的同学和杨百团等人打电话，邀约大家一起回母校看看。

正月初六那天，梅山坡一早就从家里出发了，到达阜城的时候才十点半多一点。梅山坡先去宾馆开好房间洗了个热水澡，七八天没洗澡，身上的馊味他自己都能闻得到，然后穿好西服打好领带，泡上一杯西湖龙井茶，慢慢悠悠地品着。大约过了半个多小时，刘中原跟高茗带着一对双胞胎女儿也到了。见了两个孩子，梅山坡稀罕得不得了，连忙掏出两个大红包，一个孩子给了一个。

除了西安工作的吴天奇临时有事没来、孙大猛已去世之外，501室的其他人都来了，杨百团、宋真真和江宏图也来了。晚上，梅山坡在阜城宾馆安排了一桌，把已经担任经法学院党支部副书记的辅导员游福也请了过来。那天晚上，梅山坡十分亢奋，借着酒力给唐婉儿和班里其他三朵金花挨个打了电话。

送走辅导员老师，大家又聚到了马连波房间里，唯独江宏图酒喝多了，回房间睡了。同学们聚到一起，自然还是聊每次见面时都会聊的那些话题：上学时如何爬进食堂里“偷”碗，看电影时如何“偷”别人的椅子，谁给谁写了求爱信，谁的外号是谁给起的……闲聊中梅山坡得知江宏图的父亲因为贪污受贿被判了十二年，老婆前些日子也跟他离了婚。家遇不幸，梅山坡对江宏图很是同情，但一想起他以前张狂的样子，尤其是羞辱自己的情景，心里又有一种说不出的痛快。

第二天一早，同学们相约回校园里看了看，然后挥手告别。

“上大学那会儿，江宏图多牛气呀，你看他现在，就一蔫蔫的茄子，真是人无千日好，花无百日红呀！”一上车，黄贯中就忍不住地感慨道，“你还记着当年咱俩谈论起紫罗兰跟狗尾巴草的事吧？后来我想了想，终于想通了！紫罗兰再高贵也是草本植物，怎么就不能跟狗尾巴草在一起？如果紫罗兰也生长在狗尾巴草那样的环境里，人们还以为它高贵吗？”

“不管人们是不是这么以为，但紫罗兰肯定认为自己就是比狗尾巴草高贵！别看江宏图现在一副可怜兮兮的样子，但骨子里瞧不起咱们这些农村孩子的毛病一点都没有改，在这一点上刘中原就比他强百倍！”梅山坡说。

“他瞧不起咱们，咱们还瞧不上他呢！他那样牛，昨晚上他怎么不请客？不还是你这个大企业家请的吗？”黄贯中问梅山坡，说你这么多年不婚不娶，是不是还是因为当年江宏图说的那些话？

梅山坡说也不全是因为江宏图当年说的那些话，主要是他心里的情结一直没有打开。梅山坡说毕业后他想忘记唐婉儿，可他偏偏教了一个跟唐婉儿长得十分像的唐小娟，又认识了形象、神也似的唐小娟的妈妈牛兰花，这让他产生出了无限的遐想与期待，他认为这绝非偶然，而是冥冥中预示着什么。在他苦恼着如何才能有机会见到唐婉儿的时候，一个靠照顾才上了高中的学生竟然奇迹般地考入了北方大学，毕业后又帮他顺利中标了省体中心项目，让他有机会跟唐婉儿接触，他认为这是上天对他的垂怜。既然她现在已经恢复了自由身，生活中又遇到了些困难，只要她不排斥他，他愿意照顾她一辈子！

“都知道你暗恋唐婉儿，但不知道你如此坚定如此痴情。你已经等她二十年了，人生最美好的时光已经在等待中失去了，难道你还想再失去二十年？掉头，我陪你去见唐婉儿，把你二十年的等待与思念当面告诉她，如果她无动于衷未被感动，那她就不值得你继续等待！你已经三十七岁了，马上就到不惑之年了，难道你还要等她到知天命甚至耳顺的年龄？”见梅山坡没有掉头的意思，黄贯中火了，“她就算是七仙女，终究也是离过婚的，现在还瘸着一条腿，你还有什么不自信的？你看人家刘中原，为了高茗，什么都豁出去了，那才叫爷们儿！别让江宏图那小子再瞧不起你了！”黄贯中的话没说完，梅山坡一个急转弯，掉头朝唐婉儿家的方向驶去。

车往回开了没多大会儿，宋真真就打电话给黄贯中，说她跟杨百团回港城路过安宁市，想拐个弯去看看唐婉儿，问他俩要不要一起去。黄贯中说英雄所见略同，他跟梅山坡已经在去安宁城的路上了，自打毕业后就没见过唐婉儿，也不知道唐大美人还认不认得他。宋真真咯咯笑着说你很有女人缘，唐大美人怎么会不记得你呢？

同学们来看她，唐婉儿十分高兴，中午在安宁市最好的饭店——梦回唐朝订了一桌，尽管感冒发烧还没有好利索，但她还是执意陪几个同学喝了一些葡萄酒。最后一道菜上来，梅山坡就站起来出了房间，黄贯中紧跟着也走出了房间。“那事我要不要跟她妈先说说？大老远跑来，不是就为了一顿饭吧？”

“这事用得着跟她妈妈说吗？真是皇帝不急太监急！”梅山坡斜睨了黄贯中一眼，笑着进了洗手间。望着梅山坡的背影，黄贯中吆喝道：“房间里不是有洗手间吗？”

黄贯中扭身准备回房间，看到唐婉儿的妈妈滕校长从房间里出来，连忙将她叫到一边，嘀嘀咕咕了大半天。过了好大一会儿，滕校长从外面回来了，朝梅山坡会意地笑笑，然后附在唐婉儿耳朵上说着什么。

送走杨百团跟宋真真，滕校长又把黄贯中叫到一边，嘀嘀咕咕地又说了好大一会儿。

“感冒还没好利索，中午不该喝那么些酒！”梅山坡说。

“你怎么把账结了？你们来安宁，哪能让你请客？”尽管是责怪的语气，但唐婉儿满眼里都是感激。

“你哪天回省城？到时候我来接你吧？”梅山坡羞羞答答地问。

“又不顺路，到时候让我爸派车送我吧！”唐婉儿说。

“还是给我打个电话吧，不就两个多小时的车程？”梅山坡瞅着唐婉儿的伤腿，没敢抬头看唐婉儿的眼睛。

黄贯中喊着梅山坡上车走了，滕校长望着梅山坡的背影，喃喃自语道：“小伙子是不错，就是个子矮了点！”

到达黄贯中家的时候天还没上黑影，黄贯中父母正在忙活着烧火做饭，见梅山坡跟着黄贯中进屋，热情地打着招呼。

黄贯中跟梅山坡坐在客厅里正喝着茶，滕校长的电话就又打过来了，说他俩刚走没多大会儿，唐婉儿不小心又摔了一跤，情况还挺严重。黄贯中一脸狐疑地问梅山坡，又像是在自言自语：“咱俩刚走她就摔了，不会是考验你吧？”

“谁又摔了？”话一出口，梅山坡就意识到自己这话问得有些唐突，心情骤然紧张起来。他十分不悦地瞪了黄贯中一眼，心想像滕校长那样有身份有修养的人，怎么可能拿自己女儿开玩笑？实际上黄贯中这样想并非一点道理都没有，别说他俩还隔着三百多里路了，就是在安宁城，市发改委主任和市委党校副校长的女儿摔了，还需要找他俩去帮忙吗？

“她爸在国外考察，如果事不紧急，她妈不会打电话给咱俩的！”听到唐婉儿再次受伤的消息，梅山坡坐不住了，起身要走，黄贯中一把将他摁回座位上：“天马上就黑下来了，就是赶过去，你能帮上什么忙？安心住一宿，明天再说吧！”

“她肯定摔得不轻，否则她妈不会打那个电话的！不行，我得马上赶过去！”梅山坡说着站起来就往门外走，等黄贯中追出门外，车子早已开出去老远了。

“真是个痴心汉子！真把人家当成自己老婆了？”黄贯中望着手里的食物，无奈地摇着头。

车开到一个叫二十里铺的地方，突然抛锚不走了，梅山坡费了九牛二虎之力才把车推到附近的一个修理厂，可修车师傅回家过年都还没有回来，没办法，梅山坡只好将车留在修理厂，一路跑着去了安宁。

推开医院306病房的门，梅山坡一屁股瘫坐在地上，呼哧呼哧地喘着粗气，半天没说出一句话来，把唐婉儿和滕校长都吓了一跳。

开了一下午车，空着肚子又跑了二十里路，唐婉儿猜测梅山坡肯定是饿了，就让母亲带他回家吃点饭，然后好好地睡一觉。见唐婉儿坚持，梅山坡只好跟着滕校长去了她家，草草扒拉了两口饭，换下湿漉漉的衣服，就又回到了医院。

见梅山坡独自一人回来，唐婉儿无奈地摇着头，催促他去附近找家旅馆先住下。梅山坡憨憨地笑笑，说他整天在工地上跑来跑去，身体早就练出来了，如果回来就是为了睡觉，那他回来干什么？

梅山坡满眼温情地望着唐婉儿，轻轻问："疼吗？没伤着骨头吧？"

"结果明天才能出来！唉！真是祸不单行！这难道就是命？"唐婉儿唉声叹气道。

"你怎么还信那个？人这一生，哪有一帆风顺的？"梅山坡说。

"你不相信命运，所以你很自强！"唐婉儿说。

"其实我很自卑，尤其在你面前！"梅山坡说着低下了头。

唐婉儿调皮地眨了眨眼睛，没有说话。

"我写了五本日记，也写了一些诗歌！"梅山坡偷偷瞄了唐婉儿一眼，感觉她会问"都写了些什么，能不能让我看看"，可是她没有，这让他有些失望。

望着有些疲惫的唐婉儿，梅山坡说了句"你睡会儿吧，有事叫我"，然后走到对面的床上和衣躺下。尽管又乏又累，可梅山坡却一点睡意都没有，倒是唐婉儿没多大会儿就睡着了。梅山坡偷偷望着睡梦中的唐婉儿，顿时理解了"气质如兰、温润如玉"的意思了。他做梦都没想到自己能有机会与唐婉儿独处一室，并尽情地欣赏她入睡的样子，好几次想走上前去轻轻地亲吻她一口，但是他没有。他不会乘人之危，也不想破坏他在她心目中的"实诚人"形象，更不想辜负她妈妈对他的信任，否则她也不会故意不来医院，好让他有一个与她独处的机会。

第二天一上班，市人民医院骨科室杨主任就亲自将检查结果送到了病房，并建议尽快手术，否则很可能留下后遗症。

送走杨主任，滕校长跟梅山坡站在病房外面商量了好长时间，感觉应该尽快进行第二次手术。

“上次手术做得不成功，这次如果能去北京做的话还是尽量去北京做吧，婉儿那腿，经不起折腾了！”滕校长说北京协和医院她有个熟人，昨晚她想跟他联系，可一直联系不上，如果再联系不上，她就去找院长帮忙联系，院长肯定跟北京的医院有联系。梅山坡想了想，掏出手机拨通了马连波的电话。

梅山坡把唐婉儿再次受伤的消息告诉了马连波，要他尽快想办法联系北京最好的医院。马连波说他虽在北京待了多年，但跟医院确实没什么交集，但同事中肯定有跟医院熟的。一听这话，梅山坡急了，对着话筒吼了起来：“在北京待了十五六年，连家熟悉的医院都没有，说出去不怕人家笑话？唐婉儿也是你同学，不管你联系好没联系好，今天我们都往你那里赶，你看着办吧！”

“这还没去资本主义国家呢，就开始受资本家压榨了！看这架势唐婉儿已经答应你了？你这不是往江宏图刀口上撒盐吗？他现在可是十分脆弱！”一着急，马连波粗话都快出来了。

“别废话了，赶紧去想办法吧，我这就去发动车！”梅山坡说。

“开车来？七八百公里呢？”马连波惊呼道。

“伤成那样，不开车怎么去？”梅山坡问。

“我跟中原、高茗回北京，三个人，不，五个人就买了两张火车票，还带了那么多东西，你也没说送送我们，唐婉儿一摔，你就专车接送，都是同学，这区别也太大了吧？白陪你睡了四年觉了！”马连波故作生气道。

“你腿摔了，我也专车接送，还外交官呢，就这点情怀？好了，不跟你扯了，快去办正事吧！”梅山坡说完就把电话挂了。

梅山坡拉着唐婉儿母女二人到达北京的时候已是晚上十一点多了，三个人先在北京协和医院附近找了家旅馆住下，然后等着第二天去医院办住院手续。

住院的第三天，主治医生将滕校长和梅山坡叫到办公室谈了许久。主治医生说，因为第一次手术做得不够成功，导致伤者骨骼变形，肌力下降，这为再次手术增添了难度。他建议再次手术时选用国外进口材料，尽管价格高些、部分费用公费医疗报销不了，但成功率高，使用寿命长。滕校长沉思了一会儿，说上午她爸爸打来电话的时候再跟他商量商量，可等了一天，也没等来唐婉儿爸爸的电话，一着急，滕校长的血压就上来了，心跳也不正常了，女儿的手术还没做，她自己先病倒了。

梅山坡目送唐婉儿被推进了手术室，正想找个地方坐一会儿，一名护士拿着一张单子从手术室里出来，大声喊着唐婉儿家属，梅山坡答应着连忙跑上前去。

“签字！”护士将手术单递到梅山坡手上。

“她妈在楼上打吊瓶，我找她签字去！”梅山坡说。

“病人都上手术台了！你不是她对象？”护士不耐烦地斜睨了梅山坡一眼。

“不、不……是、是……”梅山坡红着脸、嘴哆嗦着。

“怎么这么磨叽？一会儿麻药就过劲了！”一听这话，梅山坡毫不犹豫地在手术同意书上签上了自己的名字。

多亏手术那天唐婉儿的表妹从安宁赶到了北京，否则梅山坡真不知道该怎么办好了，因为手术后的那几天，滕校长的“三高”一直降不下来，晚上根本无法陪在唐婉儿身边，万一唐婉儿需要大小便，他可以不在乎，但一向矜持的唐婉儿不可能不在乎。

正月十三那天，梅山坡回到了北里县，除了参加正月十六的公司开工典礼，还有一个任务就是回来筹钱。十五六万元的手术费，梅山坡估计唐婉儿的父母一下子拿不出来。

梅山坡离开北京的第八天上，唐婉儿也回到了安宁市，因为手术分两次进行，再次手术要等一个月之后，一直待在北京，花销太大。

回到安宁的第二天，唐婉儿给梅山坡打来电话，说手术费她父母筹集得差不多了，要他不用再操心了。唐婉儿明白，这次去北京，梅山坡是既出力又出钱，她不想欠他太大的人情，尽管妈妈认为他是可托付之人，但她感觉她跟他不合适，况且那样做对梅山坡来讲也不公平，她不想让别人说她太自私。

傅芳心从泰城来安宁看望唐婉儿，两人聊了一天一夜，聊得最多的自然是梅山坡。“山坡对你实在是太好了，简直好到无以复加的地步，这样的男人现在可是越来越难找了，我看你就别再矜持了！”傅芳心看了看唐婉儿，继续劝道，“当然了，跟何非比起来，山坡确实不够帅，可人家有能力有事业，空有个皮囊有什么用？”

“你以为我还是上学时的我？我现在还有条件选择吗？我只是不想连累人家，不想让人家当背锅侠。再说离婚时我跟何非有个约定，给他两年时间，让他自证清白！”唐婉儿摇着头，无奈地苦笑着。

“自证清白了又能怎样？难道你俩还能回到从前？你都三十七八了，

再不考虑孩子的事，以后可就再没机会了！你不可能就这样过一辈子吧？”傅芳心问。

“孩子是两个人的事，你看我现在还有那条件？即使有那条件，拿什么去养活？养孩子不得花钱？”唐婉儿无奈地笑笑说，“我准备在学校里申请一间宿舍，出院后搬到学校里去住，房子让方红和毕天齐帮忙给处理了，等以后有条件了，再想办法买吧！”

听了唐婉儿的话，傅芳心十分难受，她用力握着唐婉儿的手，劝她暂时不要想着卖房子，手术所需的费用，大家一起想想办法，只要腿不留下残疾，费用可以慢慢还。唐婉儿说卖房子并不仅仅因为凑不齐二次手术所需要的费用，而是不想一出门就遇见何非的领导和同事，因为那栋楼是房改房，住的都是省剧院的人。见唐婉儿态度坚决，傅芳心也就不好再说什么了，而是将这一消息悄悄告诉了梅山坡，临走时又将五千块钱偷偷压在了唐婉儿的枕头底下。

听说唐婉儿要卖房，梅山坡十分吃惊，他知道一向心高气傲的唐婉儿不到万不得已是不会出此下策的，而这很大程度上都是自己造成的。梅山坡知道唐婉儿是那种不轻易求人、不愿意接受别人馈赠的人，她宁愿把房子卖了，也不会要他帮忙凑钱的，现在唯一的办法就是悄悄买下她的房子。

听到唐婉儿卖房子消息的当天，梅山坡先是给毕海打了电话，然后又给研究生毕业后分配到上海一家外资企业的张安打了电话，两人在电话中聊了很长一段时间，梅山坡也没好意思开口提借钱的事。

为了尽快把房子卖出去，唐婉儿将房子的售价定在了十三万元，这个价格远低于市场价格。为防止别人抢先买去，梅山坡从公司账户里预支了三万元，毕海和毕天齐说他们俩分别可以给凑两万元和一万五千元，算来算去，还有四万多块钱没有着落，情急之下，梅山坡只好又打电话给张安和叶杨，要他俩帮忙想想办法。张安说上海生活成本高、花销大，自打结婚他就没想着家里有过余钱，即使有点余钱也都在老婆那里，想从她手里抠出来，那得做艰苦卓绝的工作。叶杨说他去年刚买了房子，身上还背着贷款，如果急需，他可以帮忙联系贷款公司给贷点。知道梅山坡为钱的事寝食难安，毕天齐就提议让杨百团和刘中原等同学帮忙凑点，可梅山坡死活不同意，他不想让同学们笑话他这个“企业家”浪得虚名。

知道一时凑不齐十三万元，梅山坡就让毕天齐跟唐婉儿商量分期付款的事，第一期先付八万，剩余五万三个月内一次性付清。唐婉儿沉思了一会儿，说跟家里人商量商量后再给他答复，可整整两天都没有收到她的回复。正当毕天齐再次准备给唐婉儿打电话的时候，何非突然打电话约他去了一家小酒馆，两人聊了半天，把他跟唐婉儿离婚的原因说给了毕天齐，讲到伤心痛苦处竟然呜呜地哭了。

“要是那晚没醉，要是不去红磨坊，我就不会让小人给算计了，婉儿也就不会让车给撞了！我对不起她，对不起她呀！”何非说剧团里长得漂亮的女演员确实不少，有的还非常年轻，但他自始至终就爱着唐婉儿一个人，没有做一件对不起她的事。

“市中的那处房子是政策性分房，自九零年搬进去就一直没离开过，现在要卖掉，明摆着是想跟过去彻底诀别，一点念想都不留！”何非说着摘下眼镜擦拭着眼泪。

“也不全是！唐婉儿是那种不愿求人的人，她卖房子完全是因为手术需要钱！”毕天齐说梅山坡并不是真心想买她的房子，因为他手里没那么多钱，况且他们公司很快就在省城开发房地产项目了，他买房子完全是为了帮婉儿凑足手术费，如果直接帮她凑钱，她肯定不接受。

“他是搞建筑行业的，了解市场行情！我听说他准备让叶杨帮忙借高利贷，借了高利贷，那房子就只能卖了，不卖房子，难道让唐婉儿还高利贷？”何非稍微稳定了一下情绪，接着说，“我父亲在银行还存了几万块钱，明天我把它取出来，以你的名义借给梅山坡，让他一次性把钱付清，但这事绝对不能让他俩知道。”

毕天齐怔怔地望着何非，说他既然对唐婉儿这么有感情，当初为什么还同意离婚？是不是因为唐婉儿不想要孩子？何非说婉儿不是不想要孩子，只是第一个孩子没保住，接着他又受了伤，要是当时有个孩子，他俩可能就离不了婚了！

第二天，何非将五万块钱交给毕天齐，毕天齐又将银行里的一万五千块钱取出来一起借给了梅山坡。钱凑齐的当天，梅山坡和毕天齐带着梅山坡的堂姐梅丽去了唐婉儿家，因为房子是以梅丽的名义买下来的，双方签了协议，当面付清了房款。

二十一

唐婉儿回到省城的当天就给梅山坡、毕天齐、方红和傅芳心分别打了电话，报了平安，表达了感谢，并约定第二天中午一起吃饭。方红本来是不打算去的，因为她不想见梅山坡，但唐婉儿的面子她又不好不给。看到唐婉儿的伤完全好了，大家都很高兴，喝了不少酒，尤其是梅山坡和方红，舌头都喝大了。

“婉儿是咱班的班花，很多男生都惦记着她，你们两个有没有对她心怀鬼胎？”方红指着梅山坡和毕天齐问。

不知是真喝多了，还是没听出方红话中有话，梅山坡顺着方红的话就来了：“岂止是班花？起码是、是系花！比高茗，对，比刘中原他老婆漂亮多了！”

“你们单位的小会计怎么样？没婉儿漂亮吧？”方红的语气中明显带着挑衅。

梅山坡佯装听不懂，故意打岔道：“什么小会计？差远了！”

“我已经够倒霉的了，你俩就别合起伙来作践我了！”唐婉儿苦笑着，无可奈何地摇着头。

烂醉如泥的方红被毕天齐打车送走了，唐婉儿和傅芳心害怕梅山坡醉酒驾车，就喊他上楼醒醒酒以后再走。正准备上电梯，梅山坡忽然想起下午买的水果还在车上。

傅芳心跟着唐婉儿上楼后，看到地上摆满了纸箱，就问她弄那些纸箱干什么，唐婉儿说房子卖出去四个多月了，一直没给人家腾出来，她自己都感觉不好意思了，这次叫她来，就是让她帮忙收拾房子的，下次再来，就只能跟她一起去挤集体宿舍了！

“谁跟你挤集体宿舍？这家你不用搬，也搬不了！”傅芳心神秘地笑笑，瞅着房门说，“那家伙怎么还不上来？去车里睡觉去了？”

“钱都收了，房子再不腾出来，那可真成老赖了！”唐婉儿一边往茶壶里倒着水一边说。

“跟你签协议的人是不是叫梅丽？你知道她是谁吗？”傅芳心笑着在沙发上坐了下来。

唐婉儿一愣，继而问道：“不会是梅山坡的姐姐吧？”

“他对你是真好！一心一意地好！”傅芳心用艳羡的眼光看着唐婉儿说，“他怕你不接受他的帮助，就让他堂姐跟你签了购房协议。为凑齐房款，他就差去借高利贷了！”

“腿伤了，脑子怎么也短路了？这么明显的事，我怎么就没想到？”唐婉儿朝傅芳心尴尬地笑笑。

“你也不想想，谁家买了房子让你长时间占着不搬？肯定是最亲最熟的人啦！山坡对你是死心塌地，我看你就别再固执了！”傅芳心瞅了唐婉儿一眼，问道，“你没觉出方红今天有些反常吗？你那么聪明，就没从毕天齐的话中听出点什么？”

“我不是说脑子短路了吗？哪还能听出什么？喝茶，你最喜欢的西湖龙井！”唐婉儿说着端起茶杯慢慢品着。

“海南黑美人，又甜又沙！”梅山坡敲门进来，提着两个西瓜直接进了厨房，并将日记本偷偷放在了橱柜里。

梅山坡吃了两块西瓜就走了，下楼就给唐婉儿发了短信：上次你不是说要看我写的诗吗？当着傅芳心的面我没好意思给你，就将日记本放在橱柜里了。写诗是从见到你的那天起开始的，算下来已经二十多年了，可以说你是我写诗的引领人，也可能是唯一一个读我诗的人。这些诗对他人来讲可能一文不值，可对我来讲却是永不磨灭的记忆。诗，我会一直写下去，但不知将来是否还会有人读？

傅芳心睡后，唐婉儿将厚厚的日记本从枕头底下拿出来，一页页地读着，越读越吃惊越感动。她没想到梅山坡对自己如此痴情，痴情得近乎到了疯狂的地步，为了自己，他愿意放弃一切，甚至生命。

一觉醒来，傅芳心发现唐婉儿房间里的灯还亮着，就推开半开半掩的门问了一句：“都两点了，怎么还不睡？”见唐婉儿眼圈红红、激动不安，傅芳心甩掉鞋子，径直上了床。

坐着聊、躺着聊，聊了整整一夜，她俩确实累了，也确实饿了。

“饿不饿？我熬奶去？”唐婉儿问。

“中午让梅山坡请客！那家伙的目的马上就达到了，不该好好地请请咱俩？”傅芳心咯咯笑着。

“那事我还得考虑考虑。谁知道他日记上写的那些东西是不是真的？”

“还考虑什么？你没发现他看你的眼神跟看别人的不一样？”

“腿折了，脑子短路了，哪还有心思去看别人的眼神？”

“搂着剧团的人睡了十几年，还有什么眼神能逃过你的眼睛？”话一出口傅芳心就后悔了，她望了望神情黯然的唐婉儿，真想狠狠地抽自己。

结婚的日子很快就定下来了，农历六月十六，那天是唐婉儿三十八岁的生日。

唐婉儿本来打算结婚那天把傅芳心和省城的几个同学叫到一起吃顿饭就行了，可梅山坡感觉还是应该跟一个组的同学打声招呼比较好，孙大猛走了，马连波去了国外，其他人都来也不过六个人。唐婉儿想想也是，就让梅山坡看着去安排，但要求范围越小越好。

给一个组的同学和同宿舍的魏明打完电话后，梅山坡头脑一热，又拨通了江宏图的电话。

该通知的同学都通知到后，梅山坡忽然想起一件事，连忙又打通了毕天齐的手机：“婉儿住院时你朋友给帮了大忙，借了五万块钱，还钱的时候也没请请人家，这次是不是应该一起请请人家？”

“还是别请了吧！他要是去了，你俩那婚可能就结不成了！”毕天齐哈哈笑着说。

“尽瞎说！她来了，我们怎么就结不成了？她是老虎？”说这话的时候梅山坡脑海中突然闪出方红的名字。

“你知道那五万块钱是谁借给你的吗？何非！”当毕天齐说出何非名字的时候，梅山坡的第一反应是他在逗他，当毕天齐将事情的来龙去脉告诉他时，他却茫然了。他不明白何非为什么要这样做，是在帮他还是在害他？尽管他埋怨毕天齐没早将这件事告诉他，也埋怨叶杨把他买唐婉儿房子的事告诉何非，但他心里明白，如果当时没有何非借给他的五万块钱，他很可能就挪用项目工程款了，因为那念头在他脑海中不止一次地闪过，尽管他知道那是违法的，但在走投无路的时候，他不敢保证自己就一定不会做出违法乱纪的事情。

结婚那天来了十二个同学，江宏图也来了，这让梅山坡倍感意外。

宴会开始前，梅山坡就跟杨百团和魏明交代，说中午还有其他客人要照顾，同学那桌他跟唐婉儿无法全程作陪了。杨百团拍着胸脯说“一切都在掌控之中”。话虽这样讲，但局面最终还是失控了。不知是触景生情，还是后悔以前说过的话，江宏图竟当着同学们的面哭了，他一哭，方红也跟着哭了，这让梅山坡紧张不已，后悔当时不该头脑发热给江宏图打了那通电话。

“班长不是说一切都在掌控之中吗？他俩怎么就哭起来了？今天这场合，合适吗？”梅山坡打电话把毕天齐从房间里叫出来，有些生气地问。唐婉儿望着一脸不悦的梅山坡，淡淡地笑笑说：“都是老同学，没什么不合适的！我进去看看！”唐婉儿说着推门进了房间，梅山坡想阻止已经来不及了。说来也怪，唐婉儿进去没多大会儿，房间里就传来爽朗的笑声。

魏明、江宏图、吴天奇坐当天下午的车走了，方红说身体不舒服晚上没有再来。十个同学围坐在一起一边喝着酒一边天马行空地聊着，当聊到江宏图跟方红时，杨百团突然问了一句：“你们感没感觉到他俩很有夫妻相？咱们是不是帮他俩撮合撮合？”话未说完，刘中原带头鼓起掌来，并要杨百团跟宋真真分别去征求他俩的意见。

杨百团跟江宏图很快就沟通完了，但宋真真跟方红沟通了半天，方红也没有给出一个明确的答复。

“她说她没有思想准备，想再考虑考虑。”宋真真说。

“还准备什么？难道跟他俩一样也准备二十年？”刘中原指着梅山坡跟唐婉儿说。

“芳心，要不你再给她打个电话？这么多年了，一个人的日子她还没过够？”宋真真说。

“早知道下午不让江宏图走就好了，晚上直接让他去方红家住下，看她同意不同意！”黄贯中搞怪的样子惹得大家哈哈大笑。

“别看江宏图平时咋咋呼呼的，胆子好像挺大，可没班长那两下子，要是有班长一半的功力，拿下方红那还不是分分钟的事情？”刘中原一本正经地说。

“光玩套路不行，关键还得看脸皮，在这方面，班长可没你造诣深！”孙汉拍着刘中原的肩膀笑着说。

“你怎么知道班长不如中原的？我怎么感觉还略胜一筹呢？真真，你说对不对？”黄贯中反驳孙汉道。

“你这家伙！怪不得大家都叫你探子哪！”宋真真笑笑。

“你看看，你看看，都承认了不是？人家可是一个被窝里睡的，最有发言权了！”黄贯中说着端着杯子走到宋真真跟前。

“我感觉咱班同学里面，就数梅山坡最厉害，不言不语地就把咱们班第一美女给征服了，他才是真正的十段高手！”听到杨晓夸奖自己，梅山坡得意极了，偷偷瞄着唐婉儿，脸上写满了幸福。

“他们三个都是高手，只不过套路不一样罢了！”傅芳心说。

“对！班长挥剑斩白蛇，中原炮火战高平，山坡八卦玩太极！”听黄贯中将自己比喻为白蛇，宋真真装作十分生气，硬逼着黄贯中喝了满满一杯酒。

大家正打闹着，方红的电话又回过来了，宋真真连忙让大家噤声，顺手打开了免提。方红问宋真真征求过江宏图的意见了没有，他是什么态度？宋真真开玩笑说，按照国际惯例这事应该先征求女士的意见，不先征求她的意见，她哪敢先去问江宏图？方红说那你去征求一下江宏图的意见吧，如果他不太情愿，这事就到此为止。宋真真把免提一关，大家兴奋得跳了起来。

杨百团再次拨通了江宏图的电话，把宋真真跟方红沟通的结果告诉了他，要他当着同学们的面清晰地表明他的态度。江宏图十分干脆地告诉杨百团，只要方红愿意，明天中午他就返回省城请同学们吃饭，请同学们都不要走。挂断江宏图的电话，杨百团接着用宋真真的电话打给了方红，开玩笑说江宏图怕夜长梦多，当晚就要返回省城迎娶她，要她赶紧准备准备。杨百团还告诉方红，说江宏图的叔叔在市里当教育局局长，他已经跟他叔叔说好了，一结婚就把她调到他们市里去。

那晚大家高兴，都喝了不少酒，当梅山坡和唐婉儿回到居住的小区的时候，已是晚上十点多钟了，小区里已很少有人走动。梅山坡环顾四周，胆怯地牵住了唐婉儿的手，唐婉儿没有推脱也没有迎合。望着唐婉儿的背影，黑暗中的何非眼睛湿润了。

何非眼睛一眨不眨地盯着六楼的那扇窗子，当灯光亮起、熟悉的身影走到窗前朝外张望片刻，然后将红色窗帘徐徐拉死时，他的眼泪就再也无法控制。那是一扇他熟悉得不能再熟悉的窗子，就是在那扇窗口前，他不知多少次地仰望星空、翘望远方，也不知多少次地揽着心爱的人儿看着月亮、说着情话，可那原本属于他的东西从此以后再也不属于他了，那原本心心相系的人儿再也不需要他牵挂了，他懊丧、后悔、委屈……

蚊虫叮咬得他浑身没一处囫囵地方，他想离去，可又心存不甘。已是凌晨两点了，窗口的灯光依然亮着，他猜测他俩还没有睡，还在说着情话，诉着衷肠，因为唐婉儿向来不习惯亮着灯睡觉。他希望窗口的灯光一直亮着，只有亮着他才安心，才证明她还没有让他碰她，可他又希望灯光尽快熄灭，因为她不喜欢熬夜，只有灯光熄了，她才能安心地睡去，他也好死心地离去。

房间里的灯一直亮着，可婉儿却早已睡了，应酬了一天，她确实累了。一觉醒来，发现梅山坡还坐在旁边痴痴地望着她，于是皱了皱眉头，要他赶快休息，上午还要陪同学。他说你睡吧，我就这样看着你。她说睡觉有什么好看的，忙了一天，不累？他甜蜜地笑笑，没有吱声，只是痴迷地看着，他感觉她睡觉时的美是另一种美、另一种优雅，这种美只有他能够看到，也只有他能够看得出来。他不忍心睡去，因为睡去后就看不到她那张美丽的脸和铺满整个枕头的淡棕色秀发了，听不到她那匀称且带有乐感的喘气声音了。婉儿转了个身又睡过去了，他轻轻撩起她的头发，放在鼻子上忘情地闻着，他感觉他闻到的不是洗发水的味道，而是幸福甜蜜的味道、胜利满足的味道。

一晃又到了年底。学校放假的第二天，梅山坡就把唐婉儿送回了娘家，怀孕三四个月的人最需要关心和陪伴，而年底这段时间他确实没时间陪她，因为省体中心项目竣工验收的工作正在紧锣密鼓地进行。

唐婉儿回娘家仅仅过了三天，梅山坡就感觉如同过了三年，自从婉儿去了娘家，他感觉他的心也随她一起走了。

梅山坡百无聊赖地翻看着书柜里的书，结婚半年了，他还是第一次翻看唐婉儿的书柜，要不是为了给即将出生的孩子起一个大气响亮的名字，他还真想不起看看唐婉儿的书柜里到底藏了些什么书。

梅山坡从书柜里抽出长篇小说《窗外》，琼瑶写的这本书他在大学里读过，其中的情节他还清晰记得。梅山坡打开书随意翻着，忽然想起那首火遍大江南北的歌曲《窗外》，尽管上大学那会儿还没有《窗外》这首歌，但他感觉这首歌就是为他写的："多少回我来到你的窗外，也曾想敲敲门让你出来，想一想你的美丽我的平凡，一次次默默走开……"但最终他没有让月亮陪在她的窗外，而是可以面对面地与她诉说情怀，他感觉他比小说《窗外》中的主人公江雁容和歌曲《窗外》的演唱者李琛勇敢得多、幸运得多，也幸福得多。

梅山坡小心翼翼地打开书柜抽屉，里面除了有一本阜城师范大学的纪念影集外，还有一本十分精致的日记本，他犹豫再三，还是情不自禁地打开了，他知道，未经她允许，他不应该私自看她的日记，尽管她现在已经是他的妻子了。当他翻开日记本的第一页，看到扉页上那句"赠我亲爱的婉儿——何非"的留言时，他更加欲罢不能了，迫不及待地想知道她日记里到底写了些什么？他们之间到底发生过什么？有没有别人无从了解的东西？

夜深了，梅山坡久久无法入睡，他终于明白他俩结婚这么多年一直没有孩子的原因了：何非并非如叶杨所言生活不检点导致生育能力丧失，而是为保护唐婉儿下体受过伤，等身体完全恢复准备要孩子的时候却发生了后面的那些事情。何非呵护照顾赛西施也并非外人所想象得那样，而是受父亲所托，因为赛西施的男人跟随何非父亲多年，是何非父亲最信任的部下。有人说赛西施的男人是替何非父亲背锅才锒铛入狱的，也有人说赛西施的男人出事后把所有问题一肩扛下来，才让何非的父亲免受牢狱之灾，不管传言是否属实，何厅长要儿子、儿媳照顾赛西施却是不争的事实。男人出事后，单位里的确有个别男人对赛西施心怀不轨，叶杨就是其中之一，为此何非还与他发生过激烈冲突。在唐婉儿的眼里，何非浪漫、潇洒、懂人生、会生活，是一个热爱工作、体贴他人的君子，绝非是一个无所事事的纨绔子弟。一对原本恩爱的夫妻，却以离婚收场，照片绝对是压垮他俩婚姻的最后一根稻草。

“明天我又要成为新娘，嫁给我既熟悉又陌生的一个人，这事看似荒唐，但却实实在在地发生了！人嘛，终究不是生活在真空里，在浪漫、爱情与物质、关怀之间，我只能选择后者。分开前的那天晚上，咱俩长谈了半宿，你承诺两年后还我一个真相、给我一个惊喜，可当我看了他用二十年的青春写的日记的时候，我被感动了。正如傅芳心所言，一个年近四十的女人还有挥霍的资本吗？五年前，你想辞职办音乐培训学校，我不同意。时至今日我仍然固执地认为，一个单位如同一个人的人生，有上坡就会有下坡，但总有走平路的那一天。人不能成为金钱的奴隶！当你知道我要嫁给他的时候，你一定认为我已经变成金钱的奴隶了……”唐婉儿在日记的最后一篇这样写道。

看了日记，梅山坡忽然明白唐婉儿之所以答应嫁给自己，除了因为自己的真情、她妈妈与傅芳心的劝说之外，还有一个重要的原因就是她不想让何非把大把的时间浪费在所谓的对真相的追究上，那样的人生挥霍没有任何意义。如果时光倒流，如果人生可以重新选择的话，他认为她还会那样选择，因为她爱他，而他对她也一往情深。

梅山坡深深地吸了一口气，尽管他明白爱一个人并非一定要得到她，追求幸福的途径应该光明磊落，可依他自身的条件和自卑的个性，不可能如杨百团那样举重若轻，如魏明那样善变实际，如刘中原那般自信坚持，他感觉他能得到唐婉儿的唯一办法就是让她离开何非，如同招投标那样，只有搞掉对手，自己最终才能留下。他坚信他比何非更爱唐婉儿，也更能让她过得幸福、安逸。

天不亮梅山坡就开车去了福寿大街，来回找了三遍才在一个犄角旮旯里找到了唐婉儿日记中所说的“东方音乐培训学校”，隔着窗户朝里面望了望，二十多平方米的房子里除了有几件乐器和几个方凳外，别无他物。梅山坡瞅了一眼头顶上的门匾，鄙视地“哼”了一声。

小年的前一天，毕思潮来省城走访，梅山坡陪着他跑了整整一天，临上黑影的时候两个人跟着毕海进了一家饺子馆。

“项目验收报告马上就下来了，你今年可以安心回家过个安稳年了！”毕思潮接过司机小杨提进来的茅台酒刚想打开，梅山坡一把夺了过去说：“自己就别喝这么好的酒了，留着请客户吧！小杨，车上还有北里特曲吗？”

“孝敬你老丈人的两瓶我早给你留好了，不喝也不会多给你一瓶。”毕思潮笑道。

“王主任今天已经说了，百分之三十的尾款这几天就划拨。我爸难得从乡下来趟省城，就让他腐败一次吧！”毕海笑着将酒从梅山坡的手里拿了过去。

“因为省体中心项目，你跟路总在省城待了接近两年，不容易！这事我已经提请董事会批准额外奖励你俩两万块钱，回去就让财务打到你俩的存折上！”毕思潮端起酒杯放在鼻子下闻了闻，轻轻抿了一口。

“老师在省城这两年不亏，来时一个人，回去一家子！”毕海这么一说，大家就把话题引到了唐婉儿跟孩子身上。毕思潮说省体中心项目结束后，他肯定得回北里县上班，问唐婉儿和孩子怎么办。梅山坡说这两年他对省城的房地产市场进行了深入研究，认为百里集团将来要有大发展，必须把业务重点转移到房地产市场上，而省会城市是最重要的市场之一，因为省会城市人口多、需求旺、利润高、潜力大、竞争相对公平，像省体中心这样的项目不是年年都有，也不会每次都能竞标成功。毕思潮说这事他跟毕海探讨过，也跟部分董事讨论过很多次，但大部分人持反对意见，他要梅山坡认真准备一下，年前开董事会的时候作为一项议题研究讨论。

董事会是腊月二十七那天召开的，会议开了一天也争论了一天。大部分董事认为，百里公司的根在北里，优势也在北里，如果把着力点放在外地市场上，很可能外地市场没开拓起来，本地市场也丢失了，丢了西瓜芝麻也没捡着，况且房地产开发资金占用量大，投资周期长，质量要求高，一旦出现纰漏，十多年的努力很可能化为乌有。

“大家有担心，我很理解，有顾虑也很正常，可北里是个穷县、山区县，市场就那么大，消费水平就那么高，公司要发展，必须走出去。我马上就六十四岁了，是咱们这些人当中年龄最大的，按道理讲早该回家含饴弄孙、颐养天年了。忙活了大半辈子，所有的家当都在公司里，如果出了问题，后半生就甭想有舒坦日子过了。昨晚我跟家属聊起去外地发展的事，她说干砸了咱不还有每个月好几百块钱的退休金嘛，饿不死人！公司几百口子人跟着你吃饭，不发展能行吗？一个老娘们都有这样的格局，咱们这些大风大浪里都闯过来的人，怎么都成了裹脚老太太了？”毕思潮说完连抽了几口烟。

“董事长，你就下决心吧！如果有不同意的，想退股，大不了再搞一次清算。”见大家都闷声不说话，路亮率先表了态。

会议开到晚上六点多钟才结束，最后形成了三条决议：一是在省城注册成立房地产开发有限公司，为百里建设集团公司的全资子公司，毕思潮担任董事长，梅山坡为总经理；二是暂缓实施原定五百万元的年终分红计划；三是全力准备年后省城三宗土地的招拍挂、竞拍工作，确保一宗土地竞拍成功。

陪董事们喝完一杯酒，梅山坡就匆匆去了哥哥家，自从父亲去世后，哥哥就把母亲接过来一起住了。见梅山坡进屋，嫂子连忙吩咐孩子们把早已炒好的菜端上桌。

“六点多才散会，好不容易撒了个谎才脱开身，孩子们肯定都饿了！”梅山坡歉意地朝嫂子笑笑，然后扶母亲在桌子旁坐下。

“一下午没住嘴，饿不着他们！倒是你哥急等着你回来喝酒，好几次想给你打电话，都让我给拦下了！”嫂子边摆筷子边笑着说。

“腊月二十七八了，什么事就不能过了年再研究？一坐就是八九个小时，不累？”梅山江边往母亲杯子里倒着酒边嘟囔着。

“三呀，明年你姐姐家的冬冬就大学毕业了，你可别忘了给他找个活干，你姐夫一个人供冬冬上学不容易，可别毕了业找不着个活干呀！”母亲唠叨道。

“我兄弟认识县里那么多领导，还能让冬冬没活干？娘你就别瞎操心了！”嫂子说着往婆婆碗里夹了块鱼。

吃完饭母亲回房间里睡了，梅山坡陪着哥哥和嫂子聊了大半宿，临去房间睡觉的时候将一个装有两千块钱的信封交给嫂子，让嫂子过年给孩子们再添些新衣服。

二十二

农历五月底，唐婉儿在省人民医院产下一个女婴，梅山坡为她取名为唐梅。为照顾妻子和孩子，梅山坡让企业处于半倒闭状态的堂姐梅丽请了长假，又把已办理退休手续的岳母从安宁接到省城，因为新注册成立的鸣天下房地产开发建设有限公司在省城的第一个房地产项目开工在即，作为公司的总经理，他实在没有太多的时间照顾陪伴妻子。

尽管头昏脑涨、疲惫不堪，但梅山坡还是坚持在小区里转悠了大半个小时，一遍又一遍地用手抠着喉咙，感觉酒吐得差不多了，才胆怯地上了楼。自打生下女儿，唐婉儿一直食欲不振，入睡也越来越困难，说话也没了从前的轻柔与优雅，常常因为一点小事而大发脾气。每当看到婉儿无精打采、郁郁寡欢的样子，梅山坡心里总有一种说不出的心痛，后悔让她生下这个孩子。

梅山坡蹑手蹑脚地进了屋，瞅了一眼熟睡的妻子，俯下身子刚想亲她一口，她的眼睛突然睁开了，好像不认识他似的瞪着他，瞪得他心里直发毛。“把你吵醒了？房管局的那帮孙子实在是太能喝了，把路总喝得都现场直播了！”梅山坡赔着笑脸解释说。

唐婉儿冷冷道：“你离我远点，我闻着那味就恶心！”

梅山坡轻轻叹了口气，抱起毛巾被悻悻地去了客厅。

知道梅山坡晚上喝酒了，岳母转身去厨房给他倒蜂蜜水，梅山坡将毛巾被和枕头扔到沙发上，跟着岳母也进了厨房。

“婉儿得了产后抑郁症，有时间你就多陪陪她！”岳母小声说。

“产后抑郁症？那是个什么病？好治吗？”梅山坡惊恐地问岳母。

“我们单位里有个老师以前也得过那种病，听说是妊娠分娩过程中体内激素急剧变化引起的，也可能是产前产后心理变化造成的，反正现在得这病的人挺多，严重的还有可能自杀！”听了岳母的话，梅山坡的酒顿时醒了一半。

唐婉儿的病一天重起一天，去医院看过两次，也吃了一些中药，但都好像没什么效果。自从知道妻子生病，梅山坡几乎推掉了晚上的所有应酬，一下班就着急忙慌地往家里跑，同事们都暗中开他的玩笑。

鸣天下公司在省城开发的第一个房地产项目——百里挑一住宅小区开工仪式那天，来了许多人，市里区里的领导都来了，所以那天晚上梅山坡回家很晚。

卧室里的灯还亮着，唐婉儿还没有睡，呆呆地坐在床上，见梅山坡进来，眼皮朝上翻了翻，鼻子轻蔑地哼了哼，“啪”的一声把灯关了。

一连三天，唐婉儿都没跟梅山坡说上一句话，两人之间就像隔着一堵墙，这让梅山坡既恐惧又烦恼。此时的梅山坡深深意识到唐婉儿变了，变得冷漠、多疑、自私、任性，变得没了知性、优雅，变得不理解、体谅别人……

梅山坡去工地上转悠了一圈就回了家，梅丽和唐婉儿都不在，岳母说婉儿去小区公园里溜达去了，估计很快就回来了。梅山坡不放心，去小区公园转悠了两圈也没有看到唐婉儿，急匆匆地又上了楼。

“医生要她常去外面走走。她那病都是憋出来的！”岳母说。

“出月子没多久，怎么能让她一个人出去呢？应该让我姐姐陪着她一起出去！”梅山坡不无埋怨道。

“又不是三岁两岁的小孩，下趟楼还用着人陪了？这些日子她都是一个人出去溜达的！”岳母笑着去房间接电话去了。

望着熟睡中的女儿，梅山坡忍不住俯下身子想亲她一口，当鼻子碰到盖在孩子身上的妻子的睡衣的时候，那熟悉而又陌生的味道立即勾起了他的情欲。七八个月了，对于一个健康的男人来说，这是一段十分痛苦而又漫长的等待与煎熬。

梅山坡顺手拿起唐婉儿的枕头抱在怀里，静静地坐在一旁看女儿睡觉的样子。记得结婚那天晚上，他就是这样坐在妻子身旁静静地看着她睡觉的，他感觉女儿睡觉的模样像极了妻子，他确信女儿长大以后一定像妈妈一样美丽、漂亮、知性、优雅。

女儿醒了，梅山坡拿枕头当道具跟孩子玩起了躲猫猫，她好像懂得爸爸的意思似的，“咿咿呀呀”地配合着。“啪”，一封未写地址、收信人姓名的信件从枕头里滑落出来，梅山坡犹豫再三，还是没忍住将信从信封里抽了出来。

信是何非写给唐婉儿的，他说他办的音乐培训学校效益很好，最近又开了一家分校，将来孩子学琴，他免费给教。何非告诉唐婉儿，红磨坊的照片是梅山坡趁他醉酒时串通服务生照的，以前跟赛西施在一起的那些照片大概也是他寄的，要不是因为顾及她的感受，他早就报警了，让梅山坡为破坏他人家庭的恶劣行径付出代价。

信未看完，梅山坡就已经紧张得不行了，他一遍又一遍地劝诫自己：莫慌、别怕，他可能就只是猜测，可他紧张的情绪总是难以平复下来，汗水顺着脸颊哗哗地淌着，心怦怦地跳个不停，他怕唐婉儿回来后看出他的惊恐，就借口去找唐婉儿，匆匆下了楼。

在楼道里，梅山坡遇上了买菜回来的梅丽，匆忙把她拽到一边，问她最近有没有人来家里。梅丽想了想，说家里应该没人来过，倒是看见有人来小区里找过唐婉儿。

“那个混蛋肯定来找过她了，信也是他亲手交给她的！怪不得这些日子她对我爱答不理的！”梅山坡坐在紫藤架底下静了半天，忐忑不安的心才慢慢平复下来。

傅芳心的女儿来省城读私立高中，她来送女儿，顺便来看唐婉儿。傅芳心来家里，唐婉儿十分高兴，把一年多没用的咖啡壶又找了出来。

“女儿随你，长大后准是个美人胚子！”傅芳心抱着孩子啧啧称赞道。

“长得好看有什么用？关键还得看她命好不好！”唐婉儿说。

“你命还不好？山坡把你当成宝，连孩子的姓都让她随你了！“傅芳心说。

“我命有什么好的？我感觉这些年命运一直在捉弄我！”唐婉儿叹着气说。

“你一个大学老师，怎么能信那玩意儿？亏你还是学马列的！纯粹是在家把脑子憋坏了！”滕校长骂道。

听说傅芳心来省城，梅山坡连忙在唐婉儿最爱吃的鱼翅王酒家订了一桌菜，让司机把岳母和孩子一起接了过去。

“天齐去了韩国，方红调走后就再也没有见过，你这次来省城，只有我们一家人陪你了！”一进酒店，梅山坡就跟傅芳心解释说。

“在这么高档的酒店，有你和婉儿陪着，我还能不知足？”傅芳心环顾金碧辉煌的酒店，开心地笑笑。

那天唐婉儿的胃口不错，吃了两份鱼翅，还陪傅芳心喝了红酒。望着唐婉儿久违的笑容和优雅的品酒姿势，梅山坡高兴得直想哭。

傅芳心在省城住了一宿就走了，在送傅芳心去火车站的路上，梅山坡故意提起何非，问她是否跟唐婉儿聊起过他的事。傅芳心犹豫再三，还是没敢将唐婉儿对何非念念不忘的事告诉梅山坡，她怕他伤心，但她提醒梅山坡一定抽空多陪唐婉儿喝喝茶、聊聊天、看看电影、听听音乐，因为唐婉儿是那种追求生活情调的人，不可能像其他女人那样就知道天天围着锅台和孩子转。

火车还有半个小时才开，梅山坡跟傅芳心找了个僻静处坐了下来。梅山坡告诉傅芳心，何非找过唐婉儿，她那病很可能与他有关，他请傅芳心想办法多劝劝唐婉儿，没事别再跟何非来往了，孩子都有了，再跟前夫藕断丝连的，实在不合适！傅芳心十分同情地望着梅山坡，劝他不要太在意那些，总归他俩上大学时就在一起了，前前后后接近二十年，让她一下子忘记他确实有些难为她。傅芳心说何非曾经因为唐婉儿受过伤，所以结婚那么多年一直没有孩子，因为这事，婉儿挺内疚的，感觉挺对不住何非。

“有什么可内疚的？离都离了，还想那些有意思吗？再者说了，他要是真在意她，还能跟那些不三不四的女人眉来眼去？”梅山坡脸憋得通红，情绪有些激动。

傅芳心十分理解地拍了拍梅山坡的手，劝他不用担心，唐婉儿不是那种随随便便的人，她只是还没有完全做好当妈妈的思想准备，等完全适应了，病自然就好了。话虽这样讲，但傅芳心还是十分担心唐婉儿的身体，担心她跟梅山坡的婚姻。傅芳心明白，他俩之间确实存在着巨大差异：一个讲究品位，喜欢浪漫，追求精神愉悦；一个讲求实际，不谙风情，追求财富积累。这也难怪，一个从小生长在农村、连饭都没得吃的孩子，怎么可能要求他像贵族家庭中长大的孩子那样洒脱、浪漫？从小在优越生活环境中长大的唐婉儿，也不可能理解穷苦出身的梅山坡对物质的那种渴望和对贫穷的那种恐惧。

傅芳心登上火车走了，上车前反复叮嘱梅山坡一定要跟唐婉儿好好谈谈，主动把一些事情解释清楚，这让他强烈意识到她可能已经知道信的事情了。梅山坡天天盼着唐婉儿主动提起信的事情，可是她没有。焦虑不安的梅山坡只好又打电话给傅芳心。

“上次来我家时婉儿是不是跟你说过什么？我怎么感觉她好像有什么事瞒着我？”寒暄过后，梅山坡直截了当地问。

“其实也没什么！她只是感觉冤枉了何非，有些事可能还与你有关！”傅芳心说。

“毕业后我就见过他一两次，有什么事能与我有关？”梅山坡故作诧异地问。

“究竟是什么事她没告诉我，我也不太清楚！你俩是两口子，有些事她连你都不告诉，还能告诉我？”尽管傅芳心只字未提信的事，但梅山坡感觉还是应该借傅芳心来省城这事，让唐婉儿主动把信的事说出来。

梅山坡去公司开完一个短会就回了家，唐婉儿不在家，梅丽说她接了一个电话就下了楼，具体去哪了她也不清楚。

梅山坡围着小区转了一圈也没有看到唐婉儿，正当他准备上楼的时候，无意中看见唐婉儿从一辆红色轿车上下来，尽管没看清车上的人是谁，但他断定那人一定是何非。

梅山坡躲在没人的地方偷偷流了很长时间的眼泪，等心情基本平静了才上楼换了件衣服又回了公司。

酩酊大醉的梅山坡是被同事送回家的，尽管同事们知道他心情不好劝他少喝点，但他最终还是喝醉了。

半夜醒来，梅山坡感觉口渴得厉害，想去厨房倒杯水喝，又怕弄出动静吵醒了唐婉儿，因为一旦被吵醒，她肯定又会一个人呆呆地坐到天亮。梅山坡实在不明白，医学如此发达的今天，为何就解决不了一个小小的失眠问题。梅山坡用力揉了揉又痛又涨的额头，后悔晚上不该赌气喝那么多酒，尽管他知道靠作践自己消除不了唐婉儿的心病，可他感觉那是减少痛苦、博得她谅解与同情的唯一办法。口越来越渴，小腹胀得也越来越厉害，没办法，梅山坡只好悄悄地先去了一趟厕所，然后又小心翼翼地进了厨房。

卧室的门开了，唐婉儿从卧室里出来去了洗手间，旋即又从洗手间里冲了出来，身后传来马桶冲水的声音。“啪”，唐婉儿打开客厅的灯，十分鄙视地瞅着光着脚丫的梅山坡，咬着牙说了两个字：“农民！”扭头又回了卧室。

梅山坡狠狠地瞪着唐婉儿的背影，真想把她拽回来指着她的鼻子大声告诉她：“老子不冲马桶不穿拖鞋，不是因为老子恶习难改，而是怕马桶冲水、拖鞋走动的声音惊醒你！上推三代，谁不是农民？”

听到声响，岳母从房间里出来，望着满脸泪水的梅山坡，轻轻地叹了一口气，嘴里嘟囔道：“这个婉儿，真是越来越不像话了！”

国庆节那天，杨百团跟宋真真来省城办事，江宏图带着方红也来省城检查身体，所以四个同学就提前约定国庆节那天几个家庭一起聚聚，因为除了毕天齐媳妇，其他人都是同学，所以家庭聚会实际上就是一个小型同学聚会。接到杨百团电话的当天，梅山坡就给唐婉儿做工作，让岳母也帮着做工作。对国庆节同学聚会一事，唐婉儿没有表示反对，这让梅山坡十分高兴，可真到了聚会那天，她却突然说不去了，任凭梅山坡如何哀求，她都一声不吭，这让梅山坡十分生气。

怕两人吵起来，滕校长急忙把梅山坡叫到她房间：“我猜测她不愿意见同学，可能是嫌自己太胖了！昨天她把以前的衣服都找出来试了一遍，没有一件是合身的，为此还发了大半天脾气！”

“我们单位有个同事生孩子时胖了七十多斤，她才胖了二十多斤，有什么大不了的？衣服不合适，咱现去买就是了，能花多少钱？”梅山坡故意把声音提高了八度。

“她忽然在意自己的形象，说明她那病有所好转了，你就别强求她了！医生说，抑郁症的人不仅怀疑一切、否定一切，而且自我评价和生活信心都非常低，硬要她去，可能对她的自信心是个打击。”尽管岳母说得在理，但梅山坡还是难掩失望之情。在梅山坡看来，这次同学聚会，是他缓和与唐婉儿关系的最好机会。两三个月了，她对自己一直实施“冷暴力”，话不跟他讲，身子不让他碰，他感觉自己都快抑郁了！梅山坡希望唐婉儿参加同学聚会的另一个原因，就是想通过聚会帮助她放松一下焦虑、郁闷、压抑的心情。

见唐婉儿没一起来，同学们都不高兴了，火力全开地调侃起梅山坡。

刚开始梅山坡还替唐婉儿打掩护，可两杯酒没喝完就有些把控不住自己的情绪了。

宋真真跟方红一起去了省立医院，四个同学在毕天齐朋友开的茶馆里无拘无束地聊了一下午，聊得最多的还是梅山坡跟唐婉儿。

晚饭前方红和宋真真回来了。一回来就各自趴在自己男人耳朵上嘀嘀咕咕地说着什么，从杨百团、宋真真和江宏图、方红的眼神中，梅山坡判断她们说的事应该与他有关。

方红去房间外面接电话的时候梅山坡跟了出去，问她跟宋真真是不是有什么事瞒着他，因为他感觉她俩看他的眼神不对。方红神情不自然地搪塞说她跟宋真真是“陈奂生上城”，感觉什么都新鲜，刚才她俩说的是去医院检查身体的事情。梅山坡不信，非要方红跟他说实话不可，方红犹豫再三，还是将她俩在省立医院看见唐婉儿、滕校长和一个男人的事情告诉了梅山坡，因为她俩只看到了那个男人的背影，是不是何非她俩实在难以确定。

一回到家，梅山坡就径直进了卧室，推了一把侧面躺着的唐婉儿，色厉内荏地问她跟谁一起去的省立医院。

唐婉儿扭过头来瞪了一眼醉醺醺的梅山坡，鼻子用力嗅了嗅，十分嫌弃地“哼”了一声，然后又将头扭了过去。

“我问你跟谁去的医院！”一生气，梅山坡语气重了许多。

唐婉儿翻过身子吃惊地盯着梅山坡看了足足有一分多钟，看得梅山坡心里直发毛。

“你监视我？”唐婉儿责问中饱含着无限的失望与愤怒。

“我没有监视你！是她们去医院时正好看到的！那个男的是不是……”

话到嘴边，梅山坡又将“何非”两个字咽了回去。

唐婉儿轻蔑地“哼”了一声，翻过身子不再理会梅山坡。

“男人的耻辱莫过于你用生命去爱她，她却牵着别人的手等待你生命的终结”。当杨百团饭桌上说的这句话再次在梅山坡耳边响起的时候，他的情绪彻底爆发了，他爬上唐婉儿的身体，粗暴地扯下她的内衣，疯狂地释放着原始的野性……

没有反抗，也没有挣扎，唐婉儿犹如一具木偶，任由被酒精麻醉得失去自我、被满脑子猜忌折磨得失去理性的梅山坡疯狂地发泄着。那一刻，她的心死了！

一觉醒来，梅山坡发现唐婉儿不在，连忙穿上衣服下楼找遍了整个小区也没有看到唐婉儿的踪影，不祥与恐惧在他心中骤然生起。

梅山坡不停地拨打着一个又一个的电话：方红、宋真真、梅丽、毕天齐、傅芳心，他甚至还打了何非的电话，可所有人要么不接，要么关机，尽管他知道半夜三更他不该打扰人家，可他还是希望所有人都能接他的电话，哪怕是嗤笑辱骂他几句都行。

梅山坡十分无助地哭了，那一刻他终于明白，尽管自己是她的丈夫，但并不是她的爱人，跟自己在一起，她并不开心，正如一首诗写的那样：你是我生命中的那个人，带来了绿色，惊艳了时光，让我念念不忘；我为你寸断肝肠，哭红了眼眶，却还得笑着求你原谅……

正当梅山坡不知所措时，梅丽的电话回了过来。梅山坡哭着将昨晚的事叙述了一遍，问她应该怎么办？梅丽沉思了一会儿，问了一句：“你没去楼顶上看看？这些日子，她经常一个人跑到楼顶上数星星看月亮！”

梅山坡呼哧带喘地跑上楼顶，唐婉儿果然在那里。

二十三

何非早晨醒来发现一个号码夜里给他打过两遍电话，以为是培训学校的老师打的，连忙回了过来。

看是何非的来电，梅山坡犹豫再三还是接了，解释了半夜给他打电话的原因，建议两人见面聊聊，何非毫不犹豫地拒绝了。

自从知道唐婉儿经常一个人跑到楼顶上数星星看月亮之后，全家人都不让她晚上一个人出门了，梅山坡还准备辞掉总经理的职务一心一意在家陪她，他害怕缺少陪伴的唐婉儿病情越来越严重。

滕校长陪着唐婉儿去小区散步去了，唐梅吃完奶粉又睡过去了，闲来无事的梅山坡跟堂姐梅丽又聊起辞职的事。

“奋斗了这么多年，一下子放弃确实有些不甘，可眼下这情况又能怎么办呢？总不能让她一辈子生活在忧虑中吧？”梅山坡问。

“这事你再好好考虑考虑，千万别草率了。男人一旦没了事业，在女人眼里，那可就一文不值了！”梅丽说。

“可我根本没心思工作！与其这样，还不如先辞了！”梅山坡唉声叹气道。

“可我感觉她并不盼着你回家！”望了眼惊愕不已的梅山坡，梅丽继续讲道，“你不在家的时候她有说有笑的，可你一回家，她就变得沉默寡言了，我感觉她心里有个老大的疙瘩似的！”梅丽说。

听到唐梅咿咿呀呀的声音，梅山坡连忙冲进卧室，将醒过来的女儿一把抱进怀里。

“她在家的时候都跟你们说了些什么？”梅山坡问。

“上次你同学在医院里看到的那个男人不是何非，是省立医院的夏医生，他爸跟唐梅姥姥是同事，是他帮忙联系神经科教授的！”怕梅山坡不相信，梅丽就将滕校长联系夏医生的经过叙述了一遍。

听到开门声，梅山坡连忙抱着孩子迎了上去：“姥姥和妈妈回来喽！叫妈妈，叫妈妈！”

唐婉儿瞅都没瞅孩子一眼，径直去了卧室，滕校长见状连忙打圆场道：“今晚省剧院有场音乐会，你带婉儿一起去吧！”

“音乐会？那玩意儿有什么听头？”话未说完，滕校长的脸一下子阴沉了下来，吓得梅山坡连忙改口道，“您也一起去吧？”

“一张票三百多块钱！再说还有唐梅哪！”滕校长说。

“不就三百块钱嘛！那有什么？”梅山坡豪爽地说。

“一起去吧！你们回来以后我再回家！”梅丽说着从梅山坡手里接过孩子，心里不停地嘀咕着：“乖乖！听个音乐会还得三百块钱？”

听音乐会的人挺多，梅山坡转了两圈才好不容易找到一个停车位，当他停好车从侧门跑进礼堂的时候，看见唐婉儿和滕校长正跟一个男人说话，从侧面看应该是何非。怕大家尴尬，梅山坡连忙找了个座位坐下，待那个男人离开后，他才悻悻地走上前去。

音乐会以小提琴协奏曲《梁祝》拉开帷幕。伴随着美妙的旋律，唐婉儿的情绪越发活跃起来，脸上的表情也跟着丰富了起来，看得出来，她完全融入音乐的旋律中了。梅山坡知道，唐婉儿小学三年级就开始学习小提琴，一直学到初中毕业，如果当时有等级考试，她一定能考到最高的十级，因为在音乐方面她很有天赋。高考前，唐婉儿曾想报考音乐专业，可父母一定要她报考北方大学中文系，谁知高考时发挥失常，被调剂到了阜城师范大学政治系，为此她还跟父母闹过很长时间的别扭。尽管没能从事音乐专业，但唐婉儿对音乐的喜爱从来没有放弃过，这可能就是她跟何非恋爱结婚的主要原因。

看唐婉儿那如醉如痴的神情，再看看左前方座位上的何非聚精会神的样子，梅山坡忽然生出一种莫名其妙的惆怅与失落，甚至还有些嫉妒与怨恨。他不明白那些呜呜呀呀的声音到底有什么好听的，两个半小时对他来讲简直就是一种折磨，要不是为了检验专家们的治疗方法是不是有效，他宁愿待在家里看孩子，也不会花钱买这份罪受。

一回到家唐婉儿就径直去床上躺下了，连外套都没脱。音乐会《梁祝》那美妙的旋律又在她脑海中响起，十八相送、楼台相会、羽化成蝶……梁山伯与祝英台那惊天动地的爱情故事一幕幕地呈现在她的眼前，她希望自己如故事中的主人翁一样，化作蝴蝶在多彩自由的天空中起舞。梅山坡悄悄地走到她身边，轻声说了句“洗漱一下再睡吧”，见她没吱声，知道她还沉浸在音乐中，就默默地在她身边躺下了。

“音乐会上我看到他了，他也在听音乐会！”梅山坡说这话是想让唐婉儿问谁在听音乐会，然后就上次去医院看病误会她的事情诚挚地跟她道个歉，谁知唐婉儿没接茬，只是“嗯”了一声。

“《梁祝》的音乐旋律实在是太美了！人真能羽化成蝶？”梅山坡一脸讨好地问。

“你就不能让我静会儿？我累了！”望着唐婉儿一脸不耐烦的样子，梅山坡失落极了。

梅山坡两眼死死地盯着天花板，忽然想起顾城那首著名的诗作《一代人》：“黑夜给了我黑色的眼睛，我却用它寻找光明。”他不知道眼前的黑夜何时才能过去、光明何时才会到来。记得结婚那天晚上，他坐在她身边静静地看了她一宿，感觉有了她，无论黑夜有多长、苦难有多重，人生都充满了幻想、充满了光明，可自从知道她心里一直挂念着何非，跟自己在一起并不快乐的时候，他才明白他的人生并非充满着光明，更多的可能是黑夜，他不知道自己的那双黑色的眼睛，能不能再次找到光明。

唐婉儿轻轻地翻了个身，扭头斜睨了一眼身旁的梅山坡，知道他还在吃自己跟何非说话的醋，可她做不到主动去抚摸他一下，安慰他有些受伤的心灵。尽管她努力不去想她跟何非的过去，但她还是忍不住回想起刚结婚那会儿他俩合奏一首《梁祝》曲子、手拉着手去听音乐会、面对面地谈文学谈艺术、依偎在一起数星星看月亮的情景，她认为人就应该那样活着，没有情调、没有爱好的生活，如同人生缺少阳光，缺乏温情，跟行尸走肉并无不同。她承认梅山坡疼她爱她，可她并不爱他，跟他结婚完全是一时的冲动，甚至是一场误会，尽管她极力想让自己像当初爱何非那样爱他，可她做不到也装不出来。以前她曾认为，孩子或许能够重新点燃她爱情的火花，可真的有了孩子的时候她才霍然发现，那句被文人骚客说烂了的“孩子是爱情的结晶”的话完全是一句骗人的鬼话，纯粹是为原始的冲动寻找一个冠冕堂皇的借口。她知道自己有强烈的先入为主的特质，不可能因为孩子的降临而骤然改变，与其在一起不快乐地活着，还不如各奔东西，尽管她知道那样做对孩子意味着什么，但她一如既往地相信，“没有爱情的婚姻是不道德的”的话无比正确。

梅山坡辗转反侧了整整一宿，他知道唐婉儿也没怎么睡，要是往日，他肯定会厚着脸皮主动去贴近她搂抱她，不管她愿不愿意、嫌不嫌弃，可那晚他没有，一点冲动都没有，他不知道那是不是就是人们常说的“哀莫大于心死”，但他知道跟自己在一起她真的很不快乐。

休完产假，又休完一个月的病假，唐婉儿回到了学校。上班的前一周，梅山坡把全部存款从银行里取出来，又跟同事借了点，给唐婉儿买了一辆宝马车，这样她就不用每天去挤公交车了。车买回来的那天，唐婉儿十分高兴，趁晚上街上人少车少的时候，要梅山坡陪着她练习了两三个小时，晚上还主动配合他亲热了一番，这让梅山坡倍感意外，因为唐婉儿是那种不轻易表达情感的人，别说她不怎么喜欢车了，就是再喜欢的东西，她也不会轻易笑得几乎露出满口的白牙。

转眼一个多月又过去了。那天司机小杨从外面回来，说他在安源大街上看到了唐婉儿的车了，梅山坡的心“咯噔”了一下，第一感觉就是唐婉儿去找何非了，因为安源大街就在福寿大街旁边，何非的东方音乐培训学校就在福寿大街上。整个下午，梅山坡都不知道自己该干什么好了。

晚上回到家，梅山坡没忍住又将小杨在安源大街上看到她车的事情告诉了唐婉儿，尽管他极力装出不经意的样子，但唐婉儿的脑海中还是闪过梅山坡派人跟踪她的念头，她想跟他解释说她去看傅芳心的女儿正好路过安源大街，但她最终却没有解释。

元旦放假的前一天中午，梅山坡突然接到唐婉儿的电话，说她在福寿大街上发生了交通事故，要他尽快赶过去。撂下唐婉儿的电话，梅山坡开上车就着急忙慌地往福寿大街上赶，谁知半路上与一辆急速行驶的商务车相撞，商务车上的司机下车后二话没说上来就是一拳，把梅山坡打得鼻口蹿血。梅山坡顾不上理会，掏出手机分别给叶杨和司机小杨打了电话，要他俩速去福寿大街帮唐婉儿处理事故，他在半路上遇上了点麻烦，一时半会儿赶不过去。望着梅山坡满脸是血，司机害怕了，尤其是听到梅山坡打电话安排人去别处处理交通事故时，心里就更没底了，误以为梅山坡是交管局的。

救护车把梅山坡拉到了省人民医院，诊断结果是鼻梁骨折，必须住院治疗，初步估计各类费用三万至四万元。住院手续还没办好，小杨跟叶杨就赶过来了，见唐婉儿没一起来，梅山坡心里多少有些失望。

梅山坡躺在病床上刚想眯瞪会儿，那个叫王凯的商务车司机来了，满脸愧疚地握着梅山坡的手，一个劲儿地道着歉。王凯说上午他跟老婆刚离完婚，一出民政局就遇上这事，情绪有些冲动，要梅山坡无论如何都要原谅他！小杨说再冲动也不能打人呀！他们可是找律师咨询过了，他这一拳，起码罚十万判一年。叶杨也吓唬王凯说他们单位有个小伙子因为打人被判了三年徒刑，到现在还在监狱里关着，他问王凯跟老婆离婚是不是也是因为经常冲动的缘故，王凯摇着头叹着气说不是，他俩离婚是因为老婆跟别人相好了。

王凯放下两万块钱走了，临走时哀求梅山坡一定不要起诉他，否则他这辈子就算完了！

梅山坡住院的第四天，唐婉儿来医院里送饭，见小杨不在，就问他去哪了。梅山坡说医院里催着续费，他让小杨去找王凯了，如果他再不露面，他就让黄律师直接起诉他。

“刚离了婚，家里还有个上小学的孩子，能不诉就别诉了，再说是你违章在先！”唐婉儿劝道。

“我的车是越过了黄线，可他也不能打人呀！就他那德性，老婆能不出轨？”梅山坡说着偷偷瞄了唐婉儿一眼，心想：“没事你老往福寿大街跑什么？莫非你跟何非也……”

唐婉儿走后没多大会儿，小杨就气呼呼地回来了，把他跟王凯见面的经过一说，梅山坡二话没说掏出手机直接给黄律师打了电话，发誓一定让王凯吃点苦头。

给黄律师打完电话没多大会儿，王凯的电话就来了，没说几句话，梅山坡就把电话给挂了，他不相信王凯这几天一直都在外地，更不相信那样巧就把手机给弄丢了。

梅山坡在医院里住了八天就出了院，是医生说服他出院的，因为近来医院里病号多、床位紧张，况且骨折之类的硬伤不需要长时间住院治疗，需要在家慢慢康复。尽管住院记录上是八天，但实际上梅山坡只在医院里住了三天，其余五天都是打完针直接回家了，他害怕自己不在家的时候何非再去找唐婉儿。医院要求梅山坡出院，也并非如他们说得那样一床难求，而是何非要医院劝说梅山坡出院的。

黄律师报案的当天，王凯就被公安局带走了，赛西施听说后立即打电话给何非，要他尽快帮忙想想办法，因为王凯是她姨家的表弟。接到赛西施电话的当天，何非就去公安分局找到了当局长的同学，了解到被打之人是梅山坡时，先是给唐婉儿打了电话，然后又给法院打了招呼。何非向赛西施保证会让梅山坡撤诉的，如果他坚持起诉，他就以侵犯隐私、损毁名誉、破坏他人家庭为由起诉梅山坡。

梅山坡出院的第二天，突然接到何非打来的电话，要他立即从法院里撤出诉状，否则他也会向法院递交诉状，大不了鱼死网破。

命令的口气，要挟的口吻，梅山坡怒了，他大声吼道："别说王凯是你表弟了，就是你亲弟弟，就凭你这态度，这官司我是非打不可！"

"你别嚣张，要不是为了唐婉儿，我早就把你送进去了！"何非怒道。

"江山易改，本性难移！我看你那水性杨花的毛病改不了！"梅山坡本来是想用狗改不了吃屎这句话的，可话到嘴边又改成了水性杨花，说出口后他才感觉这词用到男人身上并不合适。

"可我从来不用下三滥的手段去破坏别人的家庭，但愿你那些烂招损招别用在盖楼上，否则会被天打五雷轰的！"

"你现在不也正用下三滥的手段去破坏别人的家庭吗？你这样做就不怕被天打五雷轰？"

"那叫以其人之道还治其人之身！我不会捏造事实，我那样做只是让当事人明白真相，明白你是个什么样的货色！"

"要想人不知，除非己莫为！你不拈花惹草，别人怎么会抓住你狐狸尾巴？那些镜头，不是我找人摆拍的吧？"

"我不跟你废话！你不是要打到底吗？我奉陪，看哪个先败下阵来！"何非骂完后直接把电话挂了。

"奶奶的，打到底就打到底，谁怕谁呀？"梅山坡说着直接拨通了黄律师的电话。

梅山坡把王凯起诉了，何非又把梅山坡告了，这事唐婉儿很快就知道了，她十分生气，第一时间要求梅山坡亲自去法院把诉状撤回来，这让梅山坡大为不满。梅山坡认为，王凯众目睽睽之下把自己打了，事后还态度恶劣，自己气不过才把他给起诉了，作为妻子，不仅不站到自己这边，还胳膊肘往外拐，是可忍，孰不可忍。更让梅山坡气愤的是，他被打的原因还是因为帮她去处理交通事故，而她三番五次出现在福寿大街上，大概率是去会何非。在梅山坡看来，自己诉王凯、何非诉自己的事情肯定是何非告诉唐婉儿的，要求自己撤诉也一定是何非的主意，他之所以这样做，除了感觉自己没有赢的机会外，更重要的是想通过这种方式戏弄和报复自己。梅山坡认为，自己作为受害者，不可能既忍受妻子的可能出轨，最起码是精神出轨，又承担经济、精神损失，那样做，不仅会让何非变本加厉，而且也让自己失去做男人的起码尊严。面对唐婉儿的撤诉要求，梅山坡毫不犹豫地拒绝了，并第一次与唐婉儿发生了争执，还说了一些过分的话。自那以后，本来话就少的唐婉儿就更加沉默寡言了。

二十四

一进入冬季，母亲的哮喘病就犯了，哥哥连续打电话给梅山坡，要他带孩子回去一趟，说母亲想见孩子，可他一直没能回去，除了感觉母亲那病是老症候、每年都犯以外，还有三个重要原因：一是小区主体工程近日即可完工，他想等工地停工后再回家探望母亲；二是跟何非的官司正处于胶着状态，他不敢关键时刻贸然离开省城；三是跟唐婉儿的冷战未结束之前，独自一人回去，不仅可能会加深两人之间的隔阂，而且还容易被何非钻了空子，况且母亲最想见的是孩子，唐婉儿不回去，他一个人没法带孩子回去。

哥哥又来电话了，说母亲已经两天不吃不喝了，很可能熬不过这个冬天，要梅山坡再忙也要带孩子尽快回去一趟，千万别让老人留下遗憾。放下哥哥的电话，梅山坡直接开车去了北方大学，把母亲的病情当面跟唐婉儿说了，问她能否带孩子陪他回去一趟。唐婉儿面无表情地瞅了一眼梅山坡，冷冷道："学校正组织期末考试，我没时间回去，如果孩子你能带回去，你带回去就是了！"

梅山坡十分沮丧地回到家，将哥哥三番五次打电话要他带孩子回去的事情告诉了岳母和梅丽，岳母想都没想就拨通了唐婉儿的电话。唐婉儿电话中告诉母亲，说学校里下了通知，要求所有教职员工无特殊原因一律不准请假，这个节骨眼上去请假，无疑是自讨没趣。

“学校抽调了大批老师筹备校庆活动，婉儿他们都被安排了监考任务。要不我带孩子跟你回去一趟？”岳母问。

“只要你跟弟妹同意，我带孩子一起回去就是了！老长时间没回去了，正好一起回去看看我婶子！”梅丽说。

简单收拾了收拾，梅山坡拉上梅丽和孩子就往北里县赶，还没出城，唐婉儿的电话就来了。她说寒冬腊月，家里条件又那样差，万一孩子生病了怎么办？梅山坡说他带孩子去哥哥家，又不回小店村，如果老人没什么大碍，他跟姐姐明天就带孩子回来，不会冻着孩子的。

唐婉儿嘟嘟囔囔着把电话挂了，听得出来，她对梅山坡带孩子回老家十分不满。

“当妈的哪有不心疼孩子的？婉儿就是有病，要是没病，她会很稀罕这孩子的！”梅丽安慰梅山坡道。

“她以前很有教养的，怎么现在变成这样了？”梅山坡愤愤地说。

“她有病，心里又有疙瘩解不开，你就别责怪她了！”见梅山坡默不作声，梅丽接着问，“你是不是做过对不起她的事？我怎么感觉你俩之间有什么事似的？”

“都是何非那混蛋闹的！他要不从中横插一杠子，婉儿能那样？再者说了，离都离了，还眉来眼去的，哪个男人受得了？”

“婉儿可不是那样的人，你可别胡思乱想！不是姐姐说你，那天你俩吵起来说的那些话，我听了都觉着不得劲！你是上过大学的人，有文化，以后可别说那么没水平的话了！”

“姐，你跟婉儿聊得多，你跟我说实话，她是不是真离不开何非？”

“婉儿是个怀旧的人，他俩在一起待了那么多年，家庭、兴趣又那样相似，离开离不开我说不上，但一点感情都没有那肯定也不对！”梅丽停了停，继续说，“你等了她那么多年，现在又给你生了这么漂亮的一个小宝宝，你就多忍耐着点吧，等孩子大了，兴许就好了！”

到达县城哥哥家的时候已是下午两点多了，哥哥、嫂子和快一年没见面的姐夫都在。

“刚让大夫来家里看过了，可能就这一两天的事！”哥哥说。

“这两天眼睛就一直盯着那个门口，眨都不眨一下，快把孩子抱到她跟前让她看看吧！”嫂子说着把梅山坡推到婆婆跟前。

“娘，我把孙女给你抱来了！梅梅，快叫奶奶！”梅山坡说着把女儿放到母亲身边，孩子像懂事似的“咿咿呀呀”地说着，小手还紧紧抓住了奶奶的手。

下午四点多钟，母亲走了，穿着她生前亲自缝制的衣服走的。从她那慈祥的眼神中，梅山坡看到了她的欣慰，也看出了她的不舍。

母亲咽下最后一口气后，哥哥就跟梅山坡商量，说人既然已经走了，就让老人家早一天入土为安吧！“我听天气预报说，后天可能要变天，咱们没必要非等到三日了，明天就出殡吧！”梅山江说。

“你是大哥，你跟嫂子说咋办就咋办！”梅山坡流着眼泪说。

“我已经给山河打过电话了，要他先去大大的坟头上烧烧纸，告诉他明天就把娘送过去，要他在那边先准备准备！”梅山江说。

“老人去世这事是不是应该跟他婶子也说一声？”嫂子问。

“丧事明天就办，告诉她，她可能也来不了了！”梅山坡本来是想说告诉她也不可能来的，但当着哥哥嫂子和姐夫的面，他没好意思说出口。他十分感谢哥哥决定第二天就让母亲跟父亲合葬，要是哥哥坚持三日出殡，唐婉儿有时间赶来而没有赶来，那他可就在老少爷们面前丢大面子了，因为村里人把给老人办丧事看得比什么都重要。

唐婉儿没接梅山坡的电话，估计她还在为带唐梅回老家这事生气，梅山坡只好又给岳母打电话，告诉她母亲去世了，他只有给老人上完三日坟后才能带孩子回去，要她跟婉儿放心。

母亲的骨灰盒是用挂着黑纱、带着哀乐的殡仪专用车送回村里的，那是北里县殡仪馆唯一的一辆高级殡仪车，用一次四百多块钱，普通老百姓别说用不起了，就是用得起也不一定能租得到。据说北里县前后两任县长的骨灰，都是用这辆车接送的。用拉县长的车送母亲的骨灰回村里，这在小店村引起了不小的轰动，因为陈老七的爹去世时也只不过用了辆双排座金杯，为此陈老七还在全村老少爷们面前吹嘘了很长时间。

母亲的骨灰盒摆放在临时搭起的简易灵棚里。想想再过一个多时辰母亲就永远离开这个居住了差不多一辈子的老屋，被移送到村子东北孙家岭的“新宅子”、跟早已等候在那里的父亲团圆时，梅山坡忍不住号啕大哭。他跪在母亲灵前，不停地烧着纸钱，他想让节俭了一辈子的母亲到了那边以后，不再为钱的事情发愁。

外面传来汽车马达的声音，没多大会儿，唐婉儿一脸憔悴地走了进来，这让梅山坡惊诧不已。梅山坡慌忙从地上站起来，快步迎上前去，问谁把她送过来的，路上晕没晕车。唐婉儿没有理会，径直进屋换上孝服，来到婆婆灵前规规矩矩地磕三个头，这让梅山坡倍感意外，他连忙将唐婉儿扶起来，亲自把她送进屋里，然后安排侄子和侄女去梅山河家，让梅丽把唐梅抓紧抱回来。之前怕家里哭丧的人吓着孩子，一回小店村，梅山坡就让梅丽抱着孩子去了梅山河家。

送走婆婆的当天下午，唐婉儿就跟梅丽带着孩子回了省城，临走时还嘱咐梅山坡头七的时候代她给两位老人上炷香，因为学校里有事，她不能在家等着给老人上头七坟了。梅山坡满怀深情地望着唐婉儿，嘱咐她回去时一定让司机开车慢一点。

返回省城的第二天，梅山坡主动去了何非的培训学校，何非想不见都不成了。

"要不咱俩去外面找个酒馆或者咖啡馆？在你这里，怕有不便！"梅山坡商量道。

"没必要，就在这里谈！"何非警惕地瞅了梅山坡一眼，冷冷地问道，"你今天上门来，是寻事？还是求情？"

"不寻事，也不求情，就是想跟你掏掏心窝子！"梅山坡说。

"有句老话你不可能没听说过，杀父之仇，夺妻之恨。你认为咱俩还能掏心窝子吗？"何非十分不屑地问。

梅山坡尴尬地笑笑，尽量装出一副平静的样子："凭你的家庭、个人条件，我哪有那本事？别抬举我了！"

"你敢说那些照片不是你寄的？信不是你写的？"

"照片是我寄的，信也是我写的，可你知道我为什么要那样做？"

"为了得到唐婉儿！一个被单相思折磨得失去理性的人，还有什么卑鄙的事情做不出来？"

“我承认我暗恋唐婉儿，从见到她的第一天起！可我那样做，并不仅仅是为了得到她，而更多的是为了……”

“宁拆十座庙，不破一桩婚！我们都是在圣人家乡读过书的，这道理你会不懂？你那样做，不觉得亏得慌？”何非粗暴地打断梅山坡。

“当看到下雨时你为赛西施撑着伞、每天接送她回家的时候，我相信那些传闻是真的了。你能想象出一个男人得知单恋了近二十年的女人被丈夫背叛时的心情吗？”梅山坡问。

“我想象不出，也没有必要去想象！”

“当我听说你跟赛西施相好，尤其是看到歌厅里的小姐依偎在你怀里的时候，我错误地判断你背叛了唐婉儿！吃惊、愤怒、不解、心疼！我不停地问自己，一个拥有让无数男人魂牵梦萦的女人的人，为什么还要去招惹别的女人？这样的男人，值得婉儿珍惜吗？”

“既然心疼她，为什么还要把那些照片寄给她？你就不怕她绝望？不怕她痛苦？”

“怕！但我更想让她知道真相，让她知道你不值得她爱恋，如同你写信告诉她照片的事情一样！”

“可你知道赛西施家里发生过什么，我跟她家是什么关系吗？”

“后来知道了，是听婉儿说的，所以感觉对不住你！”

“在红磨坊，我喝醉了，后面发生了什么，我根本不知道！再说去那种地方，完全是因为陪客人，没想到被你钻了空子！”何非苦笑了两声，有些无可奈何地问，“你盯了我多久了？你太可怕了！”

“有十多次吧？但红磨坊那次，纯粹巧合！”

“为了给我下套，你可是煞费苦心呀！真是难为你了！”何非不无讽刺地说。

“并非为你设套，只是想知道你到底爱不爱唐婉儿，爱得有多深、多沉，因为她不应该只得到三心二意的爱，而应该是热烈深沉而又全心全意的爱！”梅山坡说他将那些照片寄给唐婉儿的时候确实想到了她的失落她的痛苦，甚至也想到了她可能会因此离开何非，但他并不确定离开何非的唐婉儿就一定嫁给自己，因为他们两个人之间存在着差距，尽管经过多年打拼，他有了一定的社会地位和个人财富，但对于唐婉儿那样的人来讲，对财富和社会地位的渴望远没有那些从小生活在社会最底层的人那样强烈。梅山坡说他暗恋唐婉儿，无论何时他都愿意为她付出一切，甚至去死，这就是当她遇到困难的时候他全心全意帮助她的理由，也是将那些照片寄给她的原因。

“一个女人被一个男人虐恋着就一定幸福吗？你俩在一起后，你感觉她快乐吗？”何非点燃一支烟慢慢吸着，语气显然缓和了许多。

梅山坡长长叹了一口气，答非所问道：“自从她得了那病，我都跟着抑郁了，我们是不是不该要那个孩子？”

“她一直想要个孩子，可我没能如她所愿，这可能也是我们分开的原因之一吧？如果当时有个孩子，那些照片或许就没有那样大的杀伤力了！”何非边说边狠劲地吸着烟。

“我们倒是有孩子了，可她……唉！我不知道怎样才能让她快乐起来！”梅山坡叹着气说。

“我不该把真相告诉她，那样她可能就没那么痛苦了！”何非说当他得知信和照片都是梅山坡寄的时候，他生气极了，一心想着报复，想以其人之道还治其人之身，他先是写信给唐婉儿叙述了事情的经过，然后又当面还原了事情的真相，报复的目的是达到了，可她心里的负担却加重了，这是他不愿意看到的。他不想让唐婉儿沉浸在痛苦与压抑中，如同梅山坡当初也不希望的那样，不管她跟他是否在一起。

“假如她愿意回到你身边，你还会像以前那样对待她吗？”梅山坡眼含泪花地问。

“爱情是商品吗？可以随便转让吗？”何非瞪了梅山坡一眼，喃喃道，“你认为我们还能回到过去吗？”

“虽然我们已经有了孩子，但她跟我在一起并不快乐！与其维持着并不能让她快乐的婚姻，还不如让她重新再选择一次！”梅山坡说。

“她可不是那种随随便便的人，你可不能再伤害她了！”何非情绪激动地从椅子上站起来，焦躁不安地来回走动着。

“老人去世那天，她在灵前一跪，我顿时释然了！那时的我才忽然明白，她并不是一个自我的人，而是一个识大体顾大局的人！为顾及他人，她能够委屈自己！”梅山坡说唐婉儿喜欢将心事藏在心里，不轻易对外发泄，她的个性注定她容易患上诸如抑郁之类的病症。“自从上次无意中看到你写给她的信，我就时刻关注着她的情绪变化，尽管心有不甘，但不得不承认，你才是她心中永远抹不掉的记忆，我可能永远代替不了你在她心目中的位置！”梅山坡幽幽地望着何非，有些凄惨地笑着。

“她是一个追求生活情调的人，让她天天围着孩子转，她可能还没有做好思想准备，但假以时日，她会调整好自己的！如果有必要，或者说你信任我，我可以帮你做做工作。”何非的胸襟与大度让梅山坡自惭形秽，也更加让他感觉到他俩天生就应该在一起，只有在一起，彼此才幸福。梅山坡忽然生出一种从未有过的后悔与自责。

一进入五月，梅山坡就琢磨着如何借女儿周岁生日的机会把傅芳心、宋真真、杨百团等同学请到省城来，给女儿过生日是假，帮唐婉儿放松心情是真。自从岳父跟人合伙做生意被骗，两个月前搬来他们家居住之后，家中就沉浸在一片哀伤之中：岳父整日愁眉不展，唉声叹气；岳母也像抑郁了一般，有时呆呆坐着半天不说一句话，有时又哭又闹大发雷霆；尽管妻子表面上看好像什么事情都没发生过一样，但梅山坡实在担心她哪天装不下去了，变得跟岳母一样，那日子可就真的没法再过下去了。

退休后的岳父本来是可以安享晚年的，因为他跟岳母退休金加起来足足有七八千块，可他感觉退休前积攒下的那些资源就此不用实在是太过浪费，因此别人一撺掇，他就跟人合伙做起了生意，谁知被骗得一塌糊涂，欠下了近百万债务：工资账户被封，新买的房子被抵押，债主隔三岔五地来家里闹腾，一向好强的岳父实在没有办法了，只好把门一锁，跑到了省城女儿家。岳父来家里之后，梅丽就以孩子不需要三个人照顾为由主动提出来不干了，梅山坡知道她是受不了家里那压抑得让人喘不上气来的氛围。自从堂姐走了之后，梅山坡的心就没有一天不悬空着，他真担心他跟唐婉儿都不在家的时候，老两口一赌气把孩子扔在家里不管了，或者把怨气都撒到孩子身上，尽管他相信他们不可能那样做，但他心里总有一种不踏实的感觉。看到妻子跟岳父岳母整日愁眉不展的样子，梅山坡也就不好开口提约同学来省城给女儿过生日的事情。

二十五

暑假很快又来了。一放假，唐婉儿就带着母亲回了安宁，自从半年前新买的房子被法院强制拍卖之后，母亲就担心住了十多年的房子也被强制拍卖，尽管唐婉儿反复告诉她不可能，但她心里总有一种不踏实的感觉。

唐婉儿跟母亲到家没几个小时，债主就找上门来了，声称不还钱就在他们家安营扎寨不走了。没办法，唐婉儿只好把身上仅有的一千块钱掏给了他们。

天不亮滕校长就起了床，实际上整个晚上她都没怎么合眼，一会儿坐起来看看手表，一会儿又蹑手蹑脚地走到门口听听外面还有没有动静，确信要账的人都走了，她把女儿叫了起来，问梅山坡什么时候来接她们，她担心天一亮要账的人就又回来了。

唐婉儿把身子使劲往床边靠了靠，给母亲腾出一大块地方。“我没打电话给他，天亮后让小李安排车送咱俩吧，他现在是办公室副主任，安排个车应该不难！”小李是唐婉儿父亲原来的司机，父亲退休前把他提拔成办公室副主任。

“可是天一亮那帮人又回来了怎么办？我跟你爸都是安宁城要脸要面的，被人家堵在家里指着鼻子骂，丢不丢人？”滕校长嘟嘟囔囔着在女儿身边躺了下来。

“人家没在咱家里又哭又闹就已经够文明的了，谁让我爸欠人家那么多钱的？”唐婉儿说。

“你爸那个老东西，放着安稳日子不过，非得跟人家合伙做生意！这下好了，新房子被抵债了，饥荒还欠着一屁股，就我俩那点退休金，不吃不喝也得偿还十多年，实在不行，就跟他离了，他惹下的祸，就让他自己受去吧！”滕校长赌气道。

“婚内债务，离了你也得跟我爸一起还！别胡思乱想了，快先睡吧，困死了！”唐婉儿说着把床头的灯关了。

刚迷糊了一会儿，唐婉儿又被母亲推醒了，她俩蹑手蹑脚地来到门口，透过猫眼朝外张望，发现门外守候着两个人，男的蹲着，女的站着，尽管没交流，但滕校长断定那两人是两口子。

“这才不到四点，他们就来了，看样子今天想走也走不成了！”见唐婉儿一声不吭地回到床上，滕校长斜睨了一眼，也跟着回了卧室，随手把房门关了。

听女儿不停地翻动身子，知道她没睡，滕校长就又把灯打开了：“能不能跟山坡说说，让他凑些钱把你爸欠下的债务先还了？我跟你爸都六十多岁的人了，天天像过街老鼠一样被人追着讨债，这脸面往哪里搁呀？唉！”

“他到哪里讨弄那么多钱去？再说我爸欠下的债凭什么让人家还？还是自己想办法吧！”唐婉儿赌气地说。

“都是一家人，怎么还能分你家我家？再说保住这房子，将来不还都是你们的？”见唐婉儿不说话，滕校长急了，“你别再跟那个何非来往了，都离了好几年了，再藕断丝连的，不合适了！”

“离了就不能来往了？就不能成为朋友了？感情不是泥巴，不可能捏什么就是什么！我们两个人交集的东西实在是太少了，你总不能看着我们就这样别别扭扭地过一辈子吧？”唐婉儿说着干脆坐了起来。

“小梅除了个头矮点，哪方面比何非差？男人只要能养家，真心对你好，就知足了，女人还能图个什么？”

“现在不是过去，靠男人养活，女人都独立了，还需要把男人能不能养家作为衡量标准吗？有多少家庭是靠女人养活的？你现在不就是在养活我爸吗？”婉儿表情不自然地笑了笑。

“话是这样讲，可女人找男人不就是为了图个依靠吗？你呀，就是看那些乱七八糟的东西看多了，把自己看得都抑郁了！”滕校长叹着气说。

“可我感觉完全好了，一点都不抑郁了！你没感觉到我现在不急不躁、头脑冷静吗？”唐婉儿一本正经地问。

滕校长想了想，使劲点了点头：“你爸出事后，我担心得整夜整夜地睡不着，就怕你承受不了，病情加重。可我不明白，自从你爸从安宁到了省城，你好像变得安静多了，要是对山坡再热情些就好了！”滕校长说着拍了拍女儿的脸。

“一个人对你不停地付出，而你心里却还嫌弃他，做那事有时候还想起别人，那种罪恶感、愧疚感，不是亲身经历的，是永远体会不到的！”唐婉儿十分感伤地说。

“你妈都这把年纪了，什么感受没体验过？”

“他对我是挺好，可我无论如何都找不到那种感觉！我努力了，可就是不能与他产生心灵上的共鸣！尤其是那件事情之后！”

“哪件事情？既然这样，当初为什么还跟人家结婚？是因为人家带你看病？还是因为替你保住了房子？”一提到房子，滕校长的眼睛忽然又明亮了起来，她紧紧抓住女儿的手，动情地说，“那时你俩仅仅是同学关系，他都心甘情愿地因为房子的事求爷爷告奶奶，现在你俩都有孩子了，让他再出点钱不过分吧？房子我们住了多年，有感情！”

“那时是那时，现在是现在！我不想跟一个并不爱的人过一辈子，也不想让别人过那种一直得不到真爱的生活，那不道德，也很残酷！”唐婉儿说杀人偿命，欠债还钱，这是亘古不变的真理。既然债主找上门来了，那就应该坦然面对，东躲西藏的像个老赖，不应该是他们这种人家干的事情。老话说得好，躲得了初一，躲不过十五。唐婉儿说着走到门口，“呼啦”一声打开了房门，把门外的一男一女请了进来，惊得母亲半天说不出话来。

中秋节过后的第三天是个星期天，唐婉儿主动叫着梅山坡去了电影院，两个人静静地看完一场电影，又默默地走进了影院旁边的一间咖啡馆。“结婚前你在这里请我喝过咖啡，今天我也请你一次吧！”婉儿说。

梅山坡没有吱声，只是默默地看着唐婉儿，她的一反常态让他惊奇，也让他害怕。

“咖啡很苦，为什么那么多人愿意喝它？是因为它苦中带甘？还是人们愿意自讨苦吃？”婉儿一边搅动着咖啡一边说。

“知道你有话要讲，也知道你要说的话可能早已想好很久了！对我来说，你的任何决定我都能够接受！”梅山坡十分淡定地说。

“除了父母，这个世界上可能没有谁比你对我更好了，可我是那种不会照顾别人、不爱掩饰情感的人，跟你在一起，我感觉有太多的不适，我累了，我想一个人走一走！”

“是因为他还是因为他写给你的那封信？如果他不来打扰，你是不是也会做出今天这样的决定？”梅山坡问。

“付出真爱，才能无愧于心、值得你爱，而我在情爱方面对你是吝啬的，不是我不想付出不愿意妥协，而是付出不了也妥协不了！我不想就这样欺骗你也欺骗我自己一辈子，那样对你对我都太残酷！”唐婉儿十分歉意地握了下梅山坡的手。

“上学的时候，老师曾讲过柏拉图的故事，其中一段话我抄在了笔记本上，我背给你听听：‘相爱是种感觉，当这种感觉已经不在时，我却还在勉强自己，这叫责任！分手是种勇气，当这种勇气已经不在时，我却还在鼓励自己，这叫悲壮！’我想知道，那种感觉你是否曾经有过？”

“我只是认为你很善良、很上进，跟上学那会儿判若两人。至于有没有发自内心地爱过你，我，我确实不能确定！”

“既然你自始至终都没有过那种感觉，为什么还情愿冒着风险生下唐梅？生她的时候你可算是高龄产妇了！”

“是本能，也是为了回报你那份痴情！”唐婉儿瞅了一眼梅山坡，继续说道，“我曾天真地认为，生下孩子之后我就会死心塌地地付出全部感情，如同当初同意跟你结婚时想的那样，事实证明我做不到，所以抑郁了！”

“债主频繁上门，我真担心你病情加重，可你没有，反而感觉好了！我想知道，这到底是为什么？”梅山坡问。

“人一旦下定了决心，心里就释然了！我不想既让你背负感情的包袱，又让你付出经济的代价，你知道，我父母现在是债台高筑，在他们心里，你是他们唯一的救命稻草！”

“我要是说愿意呢？尽管我负责的那个小区项目因为去年冬天盲目赶进度，导致质量出现问题，年终奖没了，但我还有股份，我可以把股份卖了，只要你愿意！”梅山坡用期盼的眼神看着唐婉儿，他多么希望唐婉儿答应，可是他再次失望了。

“我自小生活优越，也该过过苦日子了！你自小生活困苦，不该一生困苦，这就是所谓的轮回吧？”

“你是因为忘不了他？还是因为我不够磊落？当然了，他现在已经成气候了，在省城开了好几家培训学校，你是准备……算了，不说了！”梅山坡无奈地摇着头，心情沮丧极了。

唐婉儿怔怔地望着梅山坡，轻轻地叹着气。

梅山坡回到家的时候已是晚上十一点多了，唐婉儿还没睡，正坐在客厅里等他。明天就要去办理离婚手续了，她感觉还有话要跟他说。

“晚上跟谁喝的？没喝多吧？”唐婉儿将一杯蜂蜜水放到梅山坡面前，重新坐回刚才坐的那个位置。

“单位里有个哥们，听说咱俩要离婚，怕我想不开，就拽着我去喝了杯酒！不多，就两杯！”梅山坡说着却打出三杯的手势。

知道梅山坡在撒谎，因为何非早就发短信告诉她了，晚上他俩在一起，都喝了不少。

“咱俩在一起的这几年，你酒基本戒了，我知道都是为了我，但不管为了谁，酒能少喝点就少喝点吧，男人非得靠酒精才能表达感情吗？”可能是因为她第一次对他如此温情，也可能是明天就要分开了，听了唐婉儿这话，梅山坡真想大哭一场，可他硬是强忍着没让眼泪流下来。

唐婉儿将离婚协议书递到梅山坡面前："明天一早就去民政局了，这是协议书，你看看还有什么要改动的？"

"有什么可看的？我签字就是了！"梅山坡看都没看，赌气地在离婚协议书上签上了自己的名字。

唐婉儿本来是想最后一次尽妻子的义务的，可梅山坡压根儿就没上床，而是在床前坐了一宿，他想像小时候过年守夜那样守在她身边，如同结婚那晚守在她身边一夜那样。再过几个小时就分开了，以后再也没机会看她睡觉的姿势、听她喘息的声音了，尽管有些怨她，但他并不恨她，因为她让他曾经有过美好的过去，以后还可能为他留下美好的回忆。既然她不是现在不爱他了，而是自始至终都没有爱过他，再去强求，已没有任何意义了。既然分开可以让她释怀、让她愉悦，若是硬在一起，他自己都感觉有些无聊也有些贪婪。

办完离婚手续回到家，梅山坡带上自己的随身物品刚想出门，唐婉儿把他叫住了："如果明天有空，咱俩去房管局把过户手续办了吧，房子在我名下，我心里不踏实！"

"有什么不踏实的？房子过到我名下，你娘俩住哪？再说协议咱俩已经签了，我说过了房子我是不会要的！"梅山坡瓮声瓮气道。

"债主今天又来家里闹腾了！房子还是尽快过到你名下比较好，即使过到你名下了，你还能不让我娘俩先住着？"唐婉儿说。

"债务又不是你欠下的，他们凭什么打你房子的主意？你就这么着急盼着跟我分得清清楚楚？"梅山坡说着"呼啦"一声打开了房门，当他走出那扇门的时候，他忍不住哭了！他知道，从他走出那扇门的那一刻起，他就不属于这个家了，那个曾经让他感到自豪感到温馨感到热恋的家，从此再也不属于他了！那个曾经让他痴迷让他疯狂让他甘愿奉献的女人，从此抛弃他、远离他、不再成为他生命中最重要的部分甚至是全部了！别了，婉儿！别了，我的女儿！当他在心中呼唤出那个梦中都不知道呼唤过多少次的名字的时候，他竟然哭出了声音。

梅山坡在小旅馆那张又窄又硬的床上躺了整整一天，他想忘掉过去、忘掉婉儿，可是他不能，只要一闭上眼睛，满脑子里都是唐婉儿。他后悔离开家的时候即使不能拥抱也应该和颜悦色地跟她说一声再见，而不应该说那些可能让她伤心让她难堪的话，那是他第一次用那样的语气那样的态度跟她说话，尽管她不爱他，但他确信当他离开他们共同生活过的家的时候，她一定会有一丝丝的歉意，甚至还可能会有一丝丝的悔意。

“想女儿的时候你就回来看看，房子是你的，家里的一切，我都不会动的！”当梅山坡再次想起唐婉儿说的这句话的时候，他忽然想起了那份他扫都没扫一眼的“离婚协议书”，连忙从包里翻出来，快速浏览了一遍，心里矛盾极了。

跟唐婉儿离婚的第二个月，梅山坡被免掉了鸣天下房地产开发公司总经理职务，一是因为他负责的住宅小区项目出了严重的质量问题，导致公司损失巨大；二是董事会成员中多人收到检举梅山坡挪用公款帮其岳父还债的举报信，为便于查明真相，毕思潮只能免掉他总经理职务；三是离婚后的梅山坡无心工作，经常喝得烂醉如泥，公司上下意见很大。

听说老师从省城回来了，担任镇长的任东华约着在县城工作的几位同学一起请梅山坡吃了一顿饭，唐小娟也去了。七八年没见，唐小娟胖了许多，完全没了上学时的纯真与灵性，这让梅山坡多少有些失望。席间梅山坡问起牛兰花，得知她三年前就去世了，走时才刚过五十岁。

酒刚进行了一半，任东华就接到县政府值班室的电话，说镇上一企业发生火灾，要他尽快赶往现场。接到火警电话的任东华，连招呼都没顾得上打就急匆匆地走了。任东华走后，梅山坡领着几个学生喝完杯中酒，也离开了酒店，当他经过县烟草公司的时候，忍不住再次来到了那扇他曾经无数次仰望的窗子下面。

正月初一那天，梅山坡在毕思潮家里喝了半天也聊了半天，对梅山坡说的那些话，当时毕思潮没太在意，以为他刚离了婚又被免了职，难免情绪低落，言语有些阴沉。当后来得知梅山坡真的出家之后，毕思潮捶胸顿足，后悔那天没好好劝导劝导他，更后悔在他家庭出现变故最需要得到安慰得到承认的时候免掉他总经理的职务。

正月十五那天，唐婉儿收到一个包裹，里面除了两套孩子衣服、一个芭比娃娃，还有一封信，连忙打了开来：

“婉儿，当你看到这封信的时候，我可能已经去了连我自己都不知道是哪里的地方了！咱俩分开的这段时间里，我想了很多事也见了很多人，忽然感觉大彻大悟了！小时候感觉姐姐是傻的，很可怜，现在看来她是这个世界上最幸福最快乐的，因为她无欲无求，所以也就不用为欲望和追求所羁绊、所折磨。人最大的幸福可能不是得到了他想得到的东西，而是为得到他想得到的东西而孜孜以求的过程，因为再美好的东西也有失去、老去的时候，唯有美好的记忆永远不老、永不远去。

“二十四年前，咱俩在西联五前的法桐树下相见，那时的你惊为天人，而卑微的我如同大自然中的一枚沙粒，不起眼也没人注意！我不该对你有非分之想，因为我们来自不同的天地，可我却偏偏疯狂地喜欢上了你！毕业后我想慢慢地忘记你，可我偏偏又遇上了一个不该遇上的“你”——一个长得像你的女人！为了你，我卑躬屈膝、发奋努力；为了你，我夜不能寐、不择手段……当我真正拥有了你的时候我才蓦然发现，我们本该一直行走在平行线上，不交叉但能相望，因为只有那样，我心满足，你心不苦。

“何非是个好人，有内涵有教养，对你深情，对人深厚，我祈祷你俩再续前缘、再度牵手。唐梅尚小，我无以尽责，只能有劳于你，日后我会日夜祈祷，以赎我罪。‘离婚协议书’我没舍得毁掉，因为上面有你的印记，带在身上恐有不便，今寄往你处任你处置。省城房地产项目拖了公司经营的后腿，去年只有十万块钱的分红，全在卡上了，用它替你爸先偿还些债务吧！出家人四海为家，无欲无求，所以公司里的股份我全部转到你名下了，并委托人做了公证，但愿它能帮到你和孩子。孩子长大后，你不要告诉她我去了哪里，那会给她带来无限的纷扰与痛苦，她要是问起，你就说我去了离天堂最近的地方……”

信未看完，唐婉儿已泪水涟涟，心里不停地埋怨梅山坡，怨他痴怨他傻，怨他做出那看似荒唐却又有些合乎情理的决定……

唐婉儿趴在女儿身边睡着了，梦中她看到梅山坡背着一个行囊急匆匆地行走在一条崎岖不平的土路上，当他走累了想坐下来歇歇脚时，蓦然发现遥远的天边有一个人牵着一个孩子正追赶过来，他朝那大人和孩子挥挥手，嘱咐道：“回去吧！记着给我写信！”

唐婉儿一个激灵醒了过来，冥冥中她感觉应该给梅山坡写一封信，把想说的话说给他，尽管她知道信写好后无处可寄，但她感觉还是应该把想说的话写给他：

“山坡，知道你收不到也看不到这封信，但我还是固执地写了！遁入空门，这念头我也曾经有过，但没想到你却付诸实践了，那样坚决，毫无征兆，我知道这一切都是因为我！我并非因为何非才与你离婚，因为我跟他离婚的第二年他就跟他们培训学校的一名钢琴老师好上了，即使没有那个钢琴老师，我们也不可能再走到一起。之所以义无反顾地离开你，除了不想让你为我们家背负上沉重的经济包袱外，更重要的是我不想过那种只接受别人恩泽而不能为别人付出甘霖的生活，因为在我心里你只是我要好的一个同学而已，这种关系并未因我们同床共枕而改变，也没因为我们有了可爱的宝宝而改变，尽管人们常说孩子是爱情的结晶，可对于很多人来讲，孩子只是原始冲动的产物。当一个人努力去爱另一个人却怎么也爱不起来的时候，她内心的矛盾、纠结、压抑、痛苦是其他人无法理解也无法体味的。山坡，原谅我，不是我不想改变，是我确实无法改变，所以我抑郁了，尤其是当我知道那件事情的真相之后，那种排斥感就更加强烈了……”

唐婉儿聚精会神地写着，当她抬头望见不知何时已经醒来的女儿正眯着眼睛朝她微笑的时候，她再也控制不住自己的情绪，趴在女儿身上嘤嘤地哭了，不满两岁的女儿用稚嫩的小手抚摸着她的脸，不停地喊着妈妈，像是在劝她，又像是在埋怨她。

一晃两三个月就过去了。一天晚上，唐梅突然从睡梦中惊醒，哭着告诉妈妈说她梦见爸爸了，她爸爸住在一个破房子里，没好饭吃，没新衣服穿，还经常有人打他，要妈妈带她去找爸爸。滕校长说孩子忽然做这样的梦，说明她爸爸托梦给她了，否则的话，一个两岁的孩子怎么会做这样的梦？“婉儿，马上就放假了，你还是去把他找回来吧！他那么在意你，只要能找到他，就一定能劝他回心转意的！你要是没去努力，将来孩子长大了，一定会埋怨你的！”

又过了一周，唐婉儿突击把一学期的课全部讲完，就登上开往浙江的火车，她将寻找的第一站定在灵隐寺，因为结婚前梅山坡曾去过那里，冥冥中她感觉梅山坡应该去了东南方向，如果灵隐寺没有，她就去普陀寺、南华寺、少林寺……一直找到他为止。